月 燃

焦雨溪——著

天津出版传媒集团

百花文艺出版社

图书在版编目（CIP）数据

月燃 / 焦雨溪著. -- 天津：百花文艺出版社，
2023.9
ISBN 978-7-5306-8624-9

Ⅰ.①月… Ⅱ.①焦… Ⅲ.①短篇小说-小说集-中国-当代 Ⅳ.①I247.7

中国国家版本馆 CIP 数据核字(2023)第 153220 号

月燃
YUE RAN
焦雨溪　著

出 版 人：薛印胜
选题策划：汪惠仁　　　　　编辑统筹：徐福伟
责任编辑：齐红霞　　　　　特约编辑：王亚爽
装帧设计：郭亚红
出版发行：百花文艺出版社
地址：天津市和平区西康路 35 号　邮编：300051
电话传真：+86-22-23332651（发行部）
　　　　　+86-22-23332656（总编室）
　　　　　+86-22-23332478（邮购部）

网址：http://www.baihuawenyi.com
印刷：山东临沂新华印刷物流集团有限责任公司
开本：880 毫米×1230 毫米　1/32
字数：174 千字
印张：8.625
版次：2023 年 9 月第 1 版
印次：2023 年 9 月第 1 次印刷
定价：60.00 元

如有印装质量问题,请与山东临沂新华印刷物流集团有限
责任公司联系调换
地址：山东省临沂市高新技术产业开发区新华路 1 号
电话：(0539)2925886　邮编：276017

目 录

水狗在花瓶里游泳

同学会 I

前脚往门里一踏，情况特殊得让人不知道寒暄什么好，只好后脚就赶忙扫了二维码，老同学们一人给仇伟老婆转账一千元，算给仇伟随了最后一笔份子钱。仇伟的老婆小琴，准确地说现在应该是仇伟的遗孀小琴，向满满一屋子的老同学们边哭边说，后面葬礼就不办了，家里早没了大办白事的钱，一个病婆婆、一个高考生，已经把家底掏空了。说是吐苦水也是倒血水，末了，遗孀小琴号出一句悲中带凶的誓言："我铁了心要告银行的，要赔款，仇伟可是让银行活活累死的呀！"

彼时，终年四十五岁的仇伟，挺大的个子，就那么直直地躺在卧室的床上，像一个纸包硬币卷那么僵硬死板。四月了，颐粟城的天气也就那样，整座城市预备在跳转到夏日前，维持着半死不活停在冬天的老做派。其实倒春寒比冬天的冷折磨人，因为暖气没了，仇伟的尸体也随着冷空气的包围，合理地迅速僵硬到穿不上寿衣的程度，老同学们凑钱买来的几套寿衣自然是用不上了。没拆包装的寿衣被小琴通通放在沙发上，像校服整齐划一地叠成一摞。

遗孀小琴的哭声把一幢楼都弄响了。今天的简易版追悼会，来的人比前一晚同学会的人还多。听说仇伟暴毙的消息后，许多前一晚没来的同学都从颐粟城的县区赶过来，满满一屋子人，几乎一个班都聚齐了。这群这辈子都没怎么出过省的中年男女，又是老乡又是老同学还是同行的，在各座城市之间是绝对稳固的小团体，无论于情还是于理，最后一面总是要赶来见的，毕竟这么多人看着呢。但见完了也就见完了，还能怎么办？眼看着不大的客厅快要没处下脚，乔学有、宋得津和曹立民三个在市里银行上班的就先离开了。早上八点，纵有天大的事，银行的人也该去上班了。

走在微有春光的太平路上，几个男人都沉默着，泪是流不出来的，男人只要到了四十岁，眼里心里就都很难有眼泪，能在被生活打磨得皮糙肉厚的中年男人身上流淌的水分，不是汗就是雨，心里那点波澜早被太阳和月亮磨平了。尤其在银行工作的，别说眼泪了，谈话都必须带着钱味的实际感，彰显职业病，谁让职业病是这个年代最光荣的病呢。

宋得津先开了口："难受是心里难受吧，这钱包又送出去一千块钱，这个月算白干！"

曹立民扶了扶塌鼻梁上总是挂不住的眼镜，接着损他："往好了想，现在不随，以后仇伟儿子结婚你不得一样随？你这次随了和以后随是一码事，有点人情味吧。"

宋得津哼一声:"那敢情是你们个个月入一万块钱,都不缺钱。"

乔学有总比其他金融从业者要多愁善感一些,当然这也可能是他头发不多的原因,他摸了摸斜梳才勉强盖住头皮的头发,叹了口气:"真没承想,昨天聚餐还好好的人,唉……"

沿着太平路流淌的太平河,涟漪光彩照人,波光粼粼映在春天里每个路人的脸上,让活着的人们显得无比灿烂,这份光芒自然也不会放过他们三个刚死了老同学的中年男人,所以他们三个也因着春光,被迫显得生机勃勃。只是乔学有这话一出口,三个人又不约而同地陷入了沉默。

昨晚,是省城银行学校的同学聚会,毕业二十五年,这帮同学,从省会的银行学校毕业后都被分配到了老家的各大银行。颐粟城银行的仇伟、乔学有、宋得津和曹立民四人,大学时就关系不错,而且曹立民和仇伟还是室友。毕业后四个人按照定点分配,都进了老家颐粟城的银行支行。只不过除了仇伟,其他三人早就调进了分行,尤其曹立民,三十岁刚过就升了正科。

颐粟城巴掌大的地,分行支行又常有业务往来,几个人是能常见到的。工资少又不好烟酒的仇伟,平时不怎么参加中年男人们的酒局,昨晚是难得的同学聚会,他出现在酒桌上,拿捏得住分寸,只喝了两杯啤酒。老同学们知道仇伟有心梗,就都没劝酒。

可谁也没想到,第二天早上,通讯录里按首字母排第一的曹立民就接到了小琴的电话,说仇伟没了。老同学们互相通知,一起到仇伟家的时候,救护车已经准备离开,仇伟经确认已没有任何生命体征。救护车不拉死人,最后救护车司机给了小琴一张灵车的名片,乔学有到仇伟家的时候，看到小琴把那张银灿灿的名片攥在手里，一遍遍摩挲，最后皱巴巴的名片像块足疗店割下的脚皮，贴在了地板上。

据小琴说，仇伟昨天同学会结束后深夜到家，自己还给他煮了碗面条养胃。凌晨一两点，仇伟说口渴，起来喝过一次水，四点多他发的病，整个人在地上挣扎了几下，就失去意识了。小琴作为颐粟城附属医院护士长，用了一切与抢救相关的专业技能，还是没把仇伟救回来。救护车也叫晚了，六点才叫，车到的时候人早就没了。小琴现在还担心在郊区上高中住校的儿子能不能承受丧父之痛，她已经致电老师让儿子打车回来一趟，只说了是家里有点事，再多一句也不敢说。

三个人快走到银行的时候，宋得津掐着双下巴问了句实际的："你们说这小琴能拿到赔偿金吗？刚才她嚷嚷着说要告银行。"

乔学有想了一下，并没有给出明确答案，这是他一贯的做事风格，只说知道的信息："赔偿金、保险什么的，咱们单位应该是有，只不过老仇也不是在上班时间死亡的，会不会稍微有点困难？我上次听说工伤是要在上班时间发生意外才算，不知道老仇这事算不算同一类型。"

曹立民到底是科长，一副领导做派地开了口："这和是不是上班时间压根儿没关系。"他把手举到左前侧摆摆，仿佛在开会讲话，"你说的这个赔偿，是省行给咱们统一上的保险，单位里每个人都有，仇伟赔偿这事要说最难的地方，是他没死在医院里，没有医院的死亡证明，不符合相关规定。"

乔学有点点头："那行里怎么也得有点补贴吧？"

宋得津咳了一口痰："呸，支行那效益还想要补贴，当是咱们分行呢？"

曹立民进银行大门之前把烟掐了，烟屁股往地上一踩，从他锃亮的皮鞋底下旋着窜出一股烟灰，领导们通常都是讲话时斩钉截铁，但说决定的时候举重若轻，这些做派显然在曹立民身上已经腌入味了，他习惯性地一挥手做散会状，轻轻说了一句："没戏。"然后步伐轻健地走进了银行大门。到底是科长，不说"不能""不行"，这两个词太死板、太基层，"没戏"这两个字好，好就好在它把仇伟家属向单位要钱这事变成了一出"戏"，好像领导的慧眼早就识得了——有群人正在后台等着去演这出"戏"呢，还必须是场闹剧。

花瓶

乔学有一家住在离单位十分钟脚程的帝景苑高层。儿子乔润玉前年就去四川上大学了，家里只剩乔学有和苗好两口子。苗好和仇伟的老婆小琴同在附属医院的医务部当护士。小琴是护士长，苗好是副护士长，两人干的活其实差不多，办公室都是同一间，只是苗好这个"副"护士长，比小琴这个"正"护士长享福。苗好离单位只有十五分钟脚程，偶尔颐粟城换季时变温剧烈，一冷一热的，苗好就打车，三分钟不到就到达单位了。颐粟城这小地方打车不贵，七块钱的起步价，乔学有虽然心里觉得家离单位这么近还打车有点浪费，但从没说过什么。

比起苗好，仇伟的老婆小琴就没那么幸运。仇伟当初图便宜把房子买在大学城，小琴每天要坐二十分钟公交车，再步行十分钟才能到附属医院。

半小时的通勤在巴掌大的小城里无疑是艰辛的，旁人听到大多沉默不语，偏偏苗好从小养尊处优，是个心直口快的主儿，经常带着绝非恶意的调侃挖苦小琴："别老买鲜花了，省下钱打辆车，攒多了就换房了！"小琴有个琉璃花瓶，是整个护士长办公室里最不符合气氛的物件，过于华丽了，好像不但医院配不上它，小琴的经济水平也不太配得上它。琉璃花瓶的淡黄色常把太阳光折射，给简陋的办公桌镀上一层金，让一切都越看越假。

乔学有在饭桌上听了，好奇地问苗好："那仇伟他老婆怎么说？"

苗好歪着那颗因为不用计算柴米油盐而脑回路极少的大头，顶着那张没被生活折磨过的蠢脸，重复了小琴说的话："小琴说，一个星期十五块钱的好心情，买不了吃亏买不了上当，但也省不出个别墅。"

苗好是听不出来小琴怼她呢，还向乔学有直夸小琴心态好。苗好后来去西藏旅游，回来还给小琴带过布达拉宫的纪念品。苗好说，小琴也一直想去西藏旅游，但一是没时间，二是家里没钱。仇伟的老娘病着呢，一个月去医院透析加上吃药，还得请个护工，这就不少钱。别看小琴是护士长一个月一万五千块钱，仇伟可还是一个月才三千块钱的支行基层，哪有闲钱旅游啊。

小琴想去西藏这事，乔学有也听仇伟说过。仇伟说的时候满脸无奈，但是笑着的，仇伟说小琴觉得西藏很浪漫，纳木错的湖水，清澈到可以净化人的心灵。

乔学有在仇伟死后第三天去了支行许行长的办公室，要为老同学讨些补贴。许行长摇着头，一脸无奈："乔哥，实话说，仇伟都三个月业绩不达标了，按照结算，他其实都欠支行钱……"

支行的烂德行乔学有怎么会不懂，不比他们几个在分行养老的，又是主任又是科长，即使是犯过事的宋得津没了工资，也靠着扫厕所每个月稳拿一千五百块钱的补贴。支行这几年效益越来越差，给基层布置的存款贷款任务严重超标，就是亨利·桑顿来了都做不完。

乔学有当即给一个老同事打了电话，厚着脸皮，打劫似的拉了一笔业务过来算在仇伟的账上。这对一向不好事的乔学有来说，可算把面子豁出去了，怎么着许行长也得在仇伟最后一笔工资上睁一只眼闭一只眼了，起码这个月的三千块钱，得给！许行长叹着气点了点头，给了分行的这位乔主任好大的面子。

其实乔学有帮这个忙，除了有老同学的情谊在，还有点报答小琴的意思。二十年前这帮小伙子刚在颐栗城银行支行上岗，没上几天班就到了在小城市里大家心照不宣的适婚年纪，稍微拖个一两年，就是"剩男"了。乔学有动作最快，是银行同龄青年里第一批进婚介所登信息的，就是《颐栗晚报》上那种小豆腐块的征婚启事。也就因为这个"快动作"，乔学有好巧不巧，在无数个相亲对象中相到过当时还不是仇伟老婆的小琴。

乔学有送过小琴几天花，但档次都配不上小琴那昂贵的花瓶，倒是让另一个护士苗好十分珍惜地摆了起来，虽说是插在矿泉水瓶里,但苗好煞有介事地给矿泉水瓶用记号笔画了花纹。后来乔学有发达了,从支行升到分行当了主任,苗好也有了贵花瓶,但她没那么喜欢花了,喜欢上了玉石项链,偶尔还买点字画、玛瑙回来收藏。

但分行主任乔学有心里,还会偶尔莫名地想起那段买花的日子。乔学有那个时候刚上岗没什么钱,相亲时看到高挑清冷的小琴,聊了几句知道她喜欢花,心里顿时就升起一股百合的香气,这是像百合一样的女人!于是乔学有就连续几天早起去颐粟城西大街的早市买两元一束的百合。凌晨五点起床的诚意,两块钱的花销,不要钱的步行。乔学有是个经济适用型的男人,他的好在于只给一个女人花钱,他的坏在于给唯一的女人花钱的时候也要考虑经济实惠。

普通护士小琴当年的脸和气质不同于今日枯黄的护士长小琴,更不同于能哭响一栋楼的遗孀小琴,她给乔学有的印象像初秋时挂在树上的最后一朵花,萧瑟地在风中飘摆,有种随波逐流的疏离、淡然,似乎什么都不在乎。

但后来事实证明小琴是在乎一些事情的,比如后来乔学有都快结婚的时候,从苗好那儿听说仇伟在追小琴,送的是贵一点的蓝色妖姬和香槟玫瑰,小琴就全收下了。按照苗好的说法,小琴有个七彩琉璃花瓶,据说是她祖母留给她的,算个古董,里面从来不插便宜花。

小琴的拒绝乔学有没什么感觉,相亲失败太正常了。真正让乔学有感激的一点是,当苗好在门卫处拿到那束快被大爷扔掉的花时,小琴没有吱声。甚至小琴还在后来乔学有和苗好正式谈恋爱的时候,专门偷偷打过一个电话给乔学有,说她在苗好从传达室把她不想签收的花拿回办公室的时候,趁苗好出去给人打针,把里面的卡片拿出来扔了,只用纸条留了乔学有的电话号码,还告诉苗好估计是花店送错了。

后来傻乎乎的苗好确实也拨通了"百合花失主"乔学有的电话,两个人阴差阳错地认识、吃饭,从约会再到结婚,该有的一样没落。而小琴,也始终为乔学有保守着他们之前相过亲,以及乔学有还短暂地追过她的秘密。这种秘密不大不小,但在低头不见抬头见的小城市里绝对能成为别人的笑柄,就像指甲缝插了刺似的,这辈子让你舒服不了。

乔学有对仇伟有种没来由的羡慕,却不是因为小琴。

乔学有从银行学校的学生时代起,就和仇伟一起游泳。那时其他男生都在打篮球,乔学有就独自去游泳。男生们也有在背后嬉笑的时候,大家都知道乔学有只游泳不打篮球是因为个矮,篮筐都够不着。有几个同学当着乔学有的面说出了那个如芒刺扎在他心口的外号——"小不点"。乔学有已经忍了这个外号许久。来省城银行学校上学的同学们都很清楚一件事:你的同学就是你未来的人脉和同事,板上钉钉的一个萝卜一个坑,都没有其他选择的余地。按照派遣证分配,大家都不出省城,未来想在银行业混好,就千万要避免和这帮同学起冲突。乔学有的爸爸就是银行的老员工,他教乔学有"宁可吃亏吐苦水,不能吃辣喷火焰"。

可忍耐哪有那么容易,外号这东西通常比人的真实姓名更接近一个人,更能代表人,更能刺痛人,久而久之,外号早已比真名更像真名了。一贯以老好人著称的乔学有忍不了了,他真想猛地回头露出恶狠狠的表情,近乎发疯地和那几个多嘴的男同学打上一架。眼看着怒火已经顶到嗓子眼了,仇伟却跟了上来——"老乔啊,我也想游泳。打篮球做什么,一身臭汗,哪儿有女人喜欢!"

乔学有以为仇伟是临时帮他解围,可从那之后仇伟就打定主意似的跟着乔学有游泳,放弃了打篮球,有股一言既出驷马难追的范儿。其实仇伟在校队里打过中锋,可就是这股舍己为人的劲儿,让乔学有羡慕。这种善良他学不来也不想学,但和仇伟的友谊却日渐深厚了。

其实仇伟游泳的样子一直深深地刻在乔学有心里,仇伟去世后的一段时间里,乔学有偶尔做梦还会梦到仇伟在水里的姿态,梦里常听流水潺潺,醒来后却喉咙干渴,起来将一大杯茶饮下去才能再次睡着。

仇伟走路慢吞吞的,虽然成绩好,但看得出脑子转得不快,可只要进水,他就活泛起来了。从技术上来说,仇伟游得并不好,蛙泳的腿和蝶泳的臂都不标准,可是他就是那么自由自在地融入水中,肆无忌惮地成为水的一分子。甚至游得起劲儿了,仇伟还在水底和乔学有对话,明知道对方不可能听清,可仇伟还是乐于咕嘟咕嘟在水底说个不停,好像自己是《西游记》里的龙王,抑或是虾兵蟹将。比起乔学有谨慎有序的动作带来的束缚拘谨,仇伟简直像一条活鱼。

乔学有有一次戴着泳镜在水底,看着游得旁若无人的仇伟,也咕嘟咕嘟和他对话。仇伟当然听不清老好人乔学有嘴里说的是什么,但乔学有时隔多年依然记得清清楚楚,他在水底说的是:"仇伟我真羡慕你,仇伟你个大傻子!"这句话是老好人乔学有这辈子少有的、不假思索就说出来的话，他每每想起都觉得，这句话有着近乎合理的古怪，却不能深究古怪在哪里，因为一思考就不能自洽。

最夸张的一次是两人暑假去北戴河游了一圈不过瘾，又坐火车回到颐粟城太平河的深水区游，最后被警察同志叫上来一顿训话。两个大男人穿着泳裤，身上滴着水，低着头一口一句："警察叔叔对不起。"等警察训完话一走，仇伟看着乔学有大笑起来，乔学有也轻松地笑了起来，明明挨了训，心里却从未有过地舒展。最后两个大男人抱在一起捶对方的背，像亲兄弟那样，在短暂的时刻里拥有了血缘般亲密的关系，只不过转瞬即逝了。可即使许多年后，乔学有想起那个后来人生里再没有过的无比放松的瞬间，想起仇伟游泳时畅快淋漓的姿态，总会觉得仇伟身上一定有什么值得自己学习的地方，只是他琢磨不透是什么地方罢了。

参加工作后乔学有的事业蒸蒸日上，进入分行有他爹一手拉着，加上会做人，领导喜欢，工资水平上去后生活条件越来越好。有一年他还买了游泳专业的课程，把游泳学到了挺不赖的水平，拿了市里业余比赛的奖状，分行为此还给他发过奖金。而仇伟，早就在支行忙得没时间游泳了。

但人生总得有不顺心的事。后来的中年人乔学有房也买了，职也升了，不顺心的事就成了儿子乔润玉。从学生时代起，乔学有就是天之骄子——身高以外的所有领域，就没有他跃不了的龙门。乔学有家世好，他爹是银行的骨干老员工；学习成绩从没掉出过前三，尤其数学，几乎回回单科第一。但关于学生时代的美好回忆，总是会在许多数学高分试卷出现的那一刻戛然而止，它们本该像蝴蝶一样在乔学有的青春记忆里翩翩飞舞，可每当数学试卷带着昔日的荣光准备照进乔学有疲惫的心灵暖他一下，儿子乔润玉的零分试卷就飞起一脚直踹他胸口，"咚"地一下，把他从高处蹬下来了，还带着点魂飞魄散的味。

乔润玉学习不好，他努力，但成绩差。他常吭哧吭哧在书桌前改错题，一改就改到后半夜，这副笨牛的死样子，让乔学有觉得打骂都没什么大用。于是他改在心里嫌弃儿子没遗传到自己的好基因。最开始乔学有动过几次怒，上手打，希望棍棒下揍出条龙来，可几次武力施压后不但没用，还让儿子和自己有些疏远了，老婆也埋怨。

苗好心疼孩子的方式直白有效：做好吃的。乔学有看着儿子吃得一脸满足，吃得忘记了烦恼，忘记了奋斗，气不打一处来："乔润玉，你个吃货蠢驴，平庸之辈！"

乔润玉高考那年，乔学有想辅导辅导儿子的历史来缓和关系，却被儿子看着书纠正了好几次年份。几个回合下来，乔学有发现不对劲儿，这个症状他有点熟悉，去苗好工作的附属医院检查才知道自己得了阿尔兹海默病，是从他父亲那儿遗传来的，只不过是早期，吃药能发展得慢点。乔学有为这病忧心忡忡的那阵子，还约过心梗的仇伟一起去医院拿药。两个大男人一人拎着一袋药，走在街道上，印着"附属医院"字样的白色塑料袋代替了昔日公文包，标志着他们真的进入了中年末期，在那些玻璃外壳办公楼的映照里，怎么看都有些凄凉。仇伟的病分明更严重，但还是一副乐呵呵的样子。仇伟还说羡慕乔学有：苗好心宽，不像小琴，看不惯他中年发福，每天逼着他跑步、倒立，非要让他在心梗和好身材之间找到一个平衡点，不能练犯病了也不能再胖了。他劝乔学有："放宽心，知足。"

仇伟确实知足，而且知足得近乎愚蠢。当年他在银行学校成绩常常是第一名——比乔学有还好，却一辈子困在支行工作，还不如那些没学过专业的人赚得多。仇伟结婚算晚的，他儿子仇晓华比乔润玉小三岁，乔润玉高考的时候，仇晓华还在准备中考，常有不及格。但仇伟还是周末带仇晓华去钓鱼，去郊游。只不过听曹立民的儿子说，仇晓华嫌钓鱼太寒酸，坚持要学什么高尔夫，仇伟没钱送他去，为此仇晓华还闹过一阵脾气。

后来乔润玉考上四川的大学，没如了乔学有的愿去北京读金融回来接班，继续做个银行人。乔润玉读了个颐粟城人眼里不着四六的传媒专业，却在大学期间和几个同学折腾了个辣兔头店，今年才大二，就往家里寄钱了。有次打电话，乔学有小心翼翼问起儿子开店算账的事情，表示自己可以帮忙，他还是担心儿子的数学。结果乔润玉在那边嘿嘿一下，告诉他："店里早就雇了会计，哪个老板会亲自算账呢？老爹放心，儿子养你。"

苗好后来说起儿子乔润玉，红扑扑的脸上总挂着满足的表情，有次还调侃说："还好没遗传他爹爱读书，我儿子老板头脑嘛，开公司去了，早看准了我儿子不是平庸之辈！"

一听这话，阿尔兹海默病早期的乔学有作为老子一生里仅剩的骄傲也消失了，他在心里把头垂了下来，像只待宰的呆鹅。仇伟去世的事情他回家后向苗好提过几嘴，似乎用感叹现象分析本质的方式向已经不在这个家里的儿子道歉："其实仇伟挺好的，你看他不逼孩子学习，父子之间估计有不少快乐回忆，早知道我也……"

正在往脸上抹第三层贵妇精华的苗好倒有些不屑："好什么，累死累活，老婆想旅个游都没钱。西藏哎，多便宜啊，都去不起！还是我老公啊，功夫也用在实处，升职赚钱，我们娘俩才有好日子过。"

苗好的心直口快，倒是把乔学有的骄傲给重新拉回来了。也对，他总觉得仇伟身上肯定有什么是值得他学习的，可思来想去，找不出可以具体学习的重点。在学习这件事上，乔学有第一次败下阵来，不得不放弃。本来还有点丧气，可他转念一想，仇伟这辈子多遭罪啊，学他干吗，学他有什么用？这个念头让老好人乔学有的心踏实了下来，他重新乐和起来，摆了摆儿子刚给他寄回来的高科技睡眠枕头，后脑勺一沉，陷入了梦乡。

水狗

生于天津长在颐粟城的宋得津——老宋，是全颐粟城分行里唯一长期持有春天的人。家嘛，让他赌命运给赌没了，他从六年前开始，住在现金中心的值班室里，盯着二十一台监控以外的另一块电脑屏幕，每天玩上一个上午加一个下午的《蜘蛛纸牌》，四花色的。值班室里空调永远开着，遥控器在他手里，二十六摄氏度，四季如此。广告上不是说了嘛，只要拥有××空调，就等于拥有春天。

老宋最近的人生里，原本最大的期望是仇伟发工资后请他去开心一下。仇伟说了，他出钱请老宋去，但他自己不去。老宋盼星星盼月亮，结果，得，还没到发薪日，仇伟没了。

老宋年轻时在部队是营级干部、司务长——这是好听的说法，不好听的叫炊事班的、管做饭的,在部队里确实不大风光。好在退役后他就被拉进银行学校学习了几天,然后顺势安排到银行了。军装抬人,老宋尚且穿着不显精神,进了银行学校穿校服,到了颐粟城银行工作穿行服,西装元素的服饰显得他更加脑袋大脖子粗,明眼人稍微接触几次就能摸清老宋肯定不是大款,久而久之,大家都看准了他就是个退役伙夫。"伙夫"这个外号也就被全分行广泛使用了。

但老宋一直想在金融界叱咤风云一把,他心里最原始的渴望永远是大把的票子、漂亮的妹子。他刚到分行现金中心没几年,就想玩把大的,还拽着几个同事集资,一人至少五千块钱,说要从山西前煤老板手里收几个煤矿过来,再拓展些能赚钱的"大业务",到时候做成了,所有出资过的"兄弟"都是股东。

几个要好的同事和没什么金融常识的业务员老宋"削进去"过,每个人投了五千元到一万元不等,最终血本无归。老宋从前途大好的投资老板重新变回了"伙夫",但是没人再管他叫"伙夫"了,大家背后叫他"五个亿",当面叫"老宋",为的是不让"伙夫"这个旧称呼侵蚀了债主该有的客套,否则不好要账。这些债主里包含乔学有和仇伟,只不过乔学有手握着现金中心发款的权限,后来一发补贴,他就对老宋一挑眉,哼哼一句:"老宋,我先拿着了啊。"所以乔学有是第一个追债成功的"股东",仇伟到死也没等到老宋把钱还给他,毕竟那么多债主排着队呢,也正常。

"五个亿"的绰号来自老宋最发达的时期,老宋有一次直接找到曹立民,问他:"曹科,要是存笔大钱,存个一两年,为咱们分行把任务完成了,是不是我能直升？"

曹立民当时一挑眉,早看出宋得津走偏了,故意笑着问他:"多少钱？"

宋得津叹了口气,是有钱人叹气的方式,从胸部叹出来的,带出一股吃饱了的富贵感:"少则一个亿,多则五个亿。"

"多少？"曹立民心里想笑,脸上努力绷着,但还是被老宋看出来了。

"怎么着,觉得我弄不来？"宋得津脸绷住了,像是有满满一肚子的钱收不住了,要撑破他的身体。

曹立民在分行虽然早升了科长,可他深知团结老同学的重要性,不想折了宋得津的面子,于是赶紧拉拢老宋:"哎呀,得津,这可不得了,你去办吧,办成了不仅得上报给你立功升职,我还要自掏腰包给你请五大桌。"

宋得津体面地从办公室出去了,但曹立民可不会面上饶人后嘴上再饶一把,他转头就把"少则一个亿,多则五个亿"的消息让秘书散了出去。他就知道宋得津弄不来这么多钱,这可是分行一年的任务呢。那段时间糊涂人看到老宋就是一句"牛啊宋得津",明白人看到老宋则会笑呵呵地说上一句:"咱们分行靠你了啊,宋行长！"那段时间老宋的笑容也越发显示出被纸醉金迷的生活熏陶后的满足,双下巴的缝隙里都夹满了商机。仇伟说了:"宋得津,你发达之后,笑起来简直像个伟人！"仇伟也想发财,就投了宋得津的生意,给了足足两千元,对仇伟来说这可是笔巨款了。

宋得津从集资买矿到落魄负债,一共历时一年半,那一年半可谓是他最风光的日子，恨不能在分行横着走。风光时老宋懒得和人分享他的"资本主义生活"，就是行长从身边路过他也乜斜着看，风光过后他倒回味起来了，而仇伟是唯一的听众。

老宋把那些好日子当成新闻说，当成纪录片说，后来当成相声说，说得明明白白，说得兢兢业业。老宋说："'资本主义生活'累着呢，白天要不停接电话，晚上还得去哄那些好妹妹睡觉，听她们哭诉自己的悲惨经历，没有我她们全都睡不着。最发达的时候同时要哄好几个好妹妹，一开始还觉得没把哪个哄高兴了心里对不住，后来扑上来的越来越多，心理负担就越来越小了。如果你是个有钱人，那女人就像零点的夜色，无边无际铺满你整个世界，任你随意一脚踏出去，多走一步就多一个选择……"做生意那一年半，老宋每天来上班就是懒洋洋往沙发上一躺，像只吃饱了的加菲猫。

仇伟那阵子从支行到分行做取款业务，进到现金中心讨口水喝，就能看到"加菲猫"瘫在单位的任何一处。仇伟曾做过精辟的总结："什么是贵族感，那可万万不是龙袍加身就行，穿什么都代表不了贵。贵的气质，就是吃饱了没事干的麻木神情！"

落魄后的老宋住在银行值班室，一日三餐靠食堂，老婆跟他离了，女儿早就在山楂厂工作了，偶尔给他寄几件衣服。讨债的人一开始三天两头到分行来闹，后来法院的判决下来了，老宋余生的工资，每月一万元，直接填补到债主账上——虽然几百万元的账肯定是还不完，但债主不怎么来了，现金中心的门口清静了。

老宋每个月靠单位补贴在食堂吃饭，偶尔的加班费被乔学有或者其他同事扣下，但想来想去手头总得有点钱花销，他就找了曹立民,谋了个扫厕所的差事。曹立民在那个听老宋夸下"五个亿"海口的办公室里,欣然同意了老宋的提议,只扫现金中心一层楼的厕所,一天一次,一个月一千五百块钱,不能再多了,已经太给面子了。

从那以后整个分行里最讨厌老宋的不再是握有他欠条的同事们——有乔学有把关呢,早晚能从补贴里把钱拿回来。最讨厌老宋的人成了清洁工大妈,原因是老宋本来只有资格扫男厕所,但现金中心没有女员工,所以老宋顺便把女厕所也扫了,相当于彻底承包了一层楼,大妈收入一下少了五百块钱。有一次老宋吃坏了肚子,到另一层楼上厕所,好巧不巧碰到大妈在给拖把冲水,他一转身脚下被大妈洒了一地脏水,差点滑倒。老宋气是气,回去和曹立民反映情况,曹立民嘴上说着理解理解,实际上什么也没处理。宋得津感觉到了,他落魄之后,大家见了他都自动变哑巴,有时候招呼都不想打。

仇伟在老宋落魄后倒是常和他聊天。除了听老宋说说游园惊梦般的"资本主义生活",还因为两人的母亲住同一小区,仇伟经常会和他聊聊老人的状况。仇伟最爱听的肯定是那些"夜色里的狐狸"和"月亮下的兔子",听老宋是怎么和那些精灵般的女郎游戏人间的,一听就不停地发出感叹。仇伟还提起过小琴不大愿意给他妈请护工,总觉得太贵,其实每天她去送两次饭就行了。但仇伟怕老人起褥疮,也不忍心老娘上厕所还用盆,仍是请了护工照顾。据仇伟说,小琴看到护工一个月五千块钱的工资账单,翻了好几个白眼,索性再也不去看他妈了。

倒是老宋后来净往自己妈那儿跑,为的是献殷勤,好让他妈能把房子留给他。但其他几个兄弟姐妹也盯着呢,哪儿有那么容易?老宋只得三天两头过去,听饥荒年代故事,听寡妇带大四个孩子多么不容易。小区里几个老人相熟,老宋的妈经常提东西去看仇伟他妈。老宋的妈年轻时是记者,去过不少地方,有一次说起,仇伟他妈很羡慕,说有一天病好了也想去三亚,听说气喘病只要到了三亚就能直接好起来。

老宋听他妈说了她老闺密的心愿,一脸的不解:"那一身病都瘫在床上多久了,能好吗,还三亚呢,出得了小区吗?"

老宋他妈拍了拍儿子在"春天"里被吹肿的脸,讲话时带了一股近乎语重心长的讥讽:"那人还不能有盼头了?老瘫子床都下不了,但心在三亚!"说完老宋的妈自己都忍不住笑了。

颐粟城人想去旅游没什么奇怪的。颐粟城也做旅游,旅游地区的物价已经让颐粟城人早早开悟——哪里花钱不是花,要不是差个户口,早就住北京去了。老宋也有想去的地方,东京、曼谷……多着呢!

老宋和仇伟聊天,聊着聊着就提议让仇伟出点钱,两个人一起去开心一下,他老宋可以重温过往,仇伟可以见见世面。

"你知道水狗吗?"仇伟拒绝老宋的时候,提起了这种动物。

老宋对这种根本不可能存在于颐粟城里的动物在此刻语境中的出现,表示出了极度的不解,他瞪大了被脂肪挤成两条缝的眼睛,双下巴的夹缝里塞满了中年男人的油脂和疑惑。

水狗在地上爬行时,形态似人,却不是人。水狗的一双眼睛是两个黑洞,嘴的弧度接近人类微笑时的唇弧。水狗是颐粟城人的叫法,因为它从水中爬出时毛发湿淋淋地贴在身上,背影像个溺死的女人变成的水鬼,再转过身就像条狗。它在中央电视台的《动物世界》中常作为原始森林的配角出现,播报员口中它叫树懒,在遮天蔽日的树木上栖息,行动极为迟缓,可偏偏能在森林中顺利存活,满脸麻木,手上的长指甲像钢叉,随时要插进其他动物的肉里似的。

乔学有在食堂吃饭的时候科普过:"树懒,就是那只水狗,其实是吃素的,而且吃得很少,一顿饭消化起来就要一个月,节碳先锋啊。"

仇伟说:"反正我看见这东西就浑身不自在, 像人却又不是人,唉……心里犯怵。"

仇伟在听老宋讲那些桃色往事时是个安静的好听众,但在老宋想拉他去"欢乐商务"一下时,他总会抗拒并笑着呵斥老宋:"我可不和你一块去当水狗! "

老宋也乐了:"嘿,你小子,听的时候挺来劲儿,真刀真枪不敢上了,还骂我。怎么着,我也和那水狗似的,像人不是人?"

后来老宋作为分行里为数不多和仇伟常来往的人,回忆起仇伟其人其事,为了抓住一生中在人群里为数不多的话语权,讲得事无巨细。

老宋故作深沉地复述了仇伟的话:"老宋,我没这个意思,唉,谁都是人,可谁都渴望有段时间可以不做人。和我亲、需要我负责的人,怕那个'不是人'的我,我不敢不做人,还必须时刻保证自己是个人,人生在世有几个人能不管不顾,肆意妄为呢……倒是你,虽然现在如此,也是洒脱了一回。"说到仇伟夸自己洒脱,老宋还故意咳嗽了几声,想让现金中心的人体会体会这话的深意,能深入思考后羡慕一下自己。可是仔细看看周围人的表情，大家都在憋着笑呢。

在一旁一边抽烟一边听的曹立民说："老宋确实是个好同志，你们有几个做到'以行为家'的？"他边说边指指墙上的"以行为家，爱岗敬业"八个大字，眼镜从鼻梁上滑下来了，是微表情里想笑的缘故，但领导的表情总是只存在于细微之中，是不易察觉的。

另外有个同事接了曹立民的话感叹："唉，老宋还真是，吃住都在银行，把一辈子献给银行了。"

也有个同事说："那可不，咱们冬天还得赶上十分钟的冰天雪地，老宋一辈子都是春天啊。"

老宋听出来大家挤对他呢，但他习惯了，笑着甩了他们一句"一屋子放屁"，自己拿着小锅下楼打饭去了。

游泳

这帮老同学没一个不羡慕曹立民的，同学会上就能看出来了，巴结都是明目张胆的，在现场的给曹科长敬酒，没赶来的给曹科长致电问好，申请下次"单独聚"。乔学有拐弯抹角地夸人，对曹科长过了秋天就要升副行长这茬只字不提，而是说起曹科长的儿子小曹。小曹在颐粟城私立高中，一个学期学费就五万元呢！"在儿子教育上这么舍得花钱，曹科长肯定是个有远见的领导，带大家走向美好未来，对吧，曹行？先这么叫着吧！"

曹立民口中直说"不敢不敢别乱说"，但连忙挥摆的手都遮不住他酒后笑得通红的脸，兴奋得近乎难为情了。其实后来曹立民后悔那天喝酒了,第二天他从接到小琴的电话开始,许久不发作的愧疚感就蔓延到心头了。曹立民清楚自己有酒后爱批评人的毛病,可当了这么多年领导,讲了几千场话,早就把批评人当习惯了。前一晚的同学会上他微醺之时,借酒劲儿,拍着仇伟的大腿说了不少,带着一股近乎爹训儿子的恨铁不成钢。曹立民是记得的,仇伟当时脸通红,但一副明白老同学好意的样子,一个劲儿点头,四十多岁的人,被训得就像刚来银行做前台的毕业生。

曹立民高升得早,全凭有才又有财。上岗第二年就当上副科的他,曾经想过拉下铺的好室友仇伟一把,想让他到分行办公室当秘书,专门给领导写些演讲稿、年度总结之类的。曹立民记着这位在银行学校里住他下铺的兄弟每天挑灯学习的样子呢。仇伟只要学习,就要打破砂锅问到底,咬定书本不放松。别人都是考了珠算三级就毕业了,甚至班上有个叫焦国起的爱打麻将,总逃珠算课去棋牌室转悠,考了两次才过。但仇伟考了珠算一级呢,其他货币银行学、高数之类的科目,自然不在话下。

但当年的仇伟支支吾吾拒绝了,说了句在曹立民看来有些伤人的话:“我就留在支行吧,现在积累了不少客户了。办公室秘书这活固然好,但我不爱拍领导马屁。”那个时候支行还没走下坡呢,仇伟当然有的选,后来月度任务压死人的时候,仇伟想来分行拍马屁也没名额了。

可“拍马屁”三个字确实伤了曹立民的心了,那个时候他刚升副科,多少人传他靠拍马屁上位呢。曹立民未升之前,先是从支行进了分行做金库管理,其实是领导有意赏识给了个轻松的活先干着,过渡一下，后面再"安排"。曹立民头脑聪明，干一行像一行，虽然当了领导之后主要的工作变成了讲话和开会，但是做基层的时候他也兢兢业业过，甚至练就了"一眼估钱"的特殊技能。

"一眼估钱"是省行一个领导给曹立民特殊技能的赐名。颐粟城银行现金中心每天流通五亿人民币，都汇总在金库里，曹立民看久了钱，不知是灵气使然还是刻意练习后的熟能生巧，后来只要随便指给他一间屋子、一个容器，他就能清楚地告诉你，这个地方如果装满一百元、五十元、二十元、十元、五元或一元人民币，总共有多少钱，下班之前在金库里用眼睛一扫，就知道预期的款项有多少还没到。

"一眼估钱"在酒桌上得到了省行领导的认可，难得的专业技能逐渐成了觥筹交错间曹立民哄领导开心专用的"杂耍"，但也成了一种下意识动作，就说仇伟的尸体被送去火化时，曹立民代表单位也跟着去送了，他在火葬场旁边看到棺材，一眼就估计出了一副棺材装满一百元大钞大概是两千万元，装满五十元纸币大概是一千二百万元……

"马屁"这个词只在曹立民耳边刺了一年不到，就随着他被扶成正科变成了多才多艺。升官后曹立民也更想得开了，什么是工作，工作就是会什么干什么，你擅长受累你就一辈子做业务受累，你会喝酒会聊天你就一辈子陪领导喝酒聊天……同学会那天，曹立民也是拍着仇伟的大腿这么"教育"他的。曹立民除了指点仇伟的工作，还"指导"了一番仇伟对儿子的教育规划："咱儿子回来都和我说了，怎么着，你连小仇想游泳都不让？孩子嘛，有梦想，咱们得支持，没钱砸锅卖铁也得硬上啊！人生就这么一回……"

曹立民讲的道理说服了在场所有人，他们被说服的表现是频频点头。曹立民一支烟吸到头，愁容下掩盖着喜悦："你们说说，男人一辈子，能剩下什么？"

"曹行你可什么都有了呀！"群众的眼睛是雪亮的。

"咳，都是屁话！男人还剩下什么，车子、房子、票子、儿子，就这几个子罢了！"曹立民又叹一口气，表情却拧巴了，上半张脸皱着眉，下半张脸喜笑颜开的。

小曹爱游泳，曹立民一边掏钱给儿子办卡请教练，一边也得讲两句："这游泳就像职场，更像人生，你怎么游都是到终点，看你选了什么姿势，怎么使劲儿，你看爸爸给你请的教练，蝶泳是不是又省劲儿又快？"

小曹和仇晓华是初中同学，都爱游泳。高中后小曹去了私立，仇晓华去了公立，两人就疏远了。但小曹以前和老爹曹立民感叹过，仇晓华可惜了，他的实力许多教练都说可以去试试走游泳专业呢。

两个孩子中学的时候一起上过街心花园的游泳班，小曹盛赞过仇晓华，说第一天大家还在学憋气的时候，仇晓华就已经在水里游了，教练给他稍微指导了几下动作，仇晓华再入水的时候就已经将蝶泳的精髓展现了出来。

曹立民还在游泳班验收课时特意去现场看了，确实，不像包括儿子在内的其他孩子在泳池中扑腾得生涩，仇晓华入水的一瞬像蛟龙入海，原本干瘦的身体在蓝色的泳池中姿态飞扬，他像被一块巨大的蓝宝石包裹住的精灵穿梭在水池，姿态优雅得像是在跳水中芭蕾。曹立民第一次相信了天赋这回事,但他安慰儿子:"咱又不靠游泳吃饭,当个爱好就行,好好学习才是正道。"

小曹笑嘻嘻的,丝毫不在意自己游得没有仇晓华好:"我肯定是当爱好啦,但仇晓华打算进游泳队,他想走专业。"

小曹上初二时因为游泳这项爱好彻底和仇晓华成了好哥们。他还和曹立民说过,一开始他本来觉着仇晓华有点孤僻,一脸刚冒出的青春痘,总是缩在班级的一角,成绩平平也不爱出风头,但相处之后他发现仇晓华其实挺有梦想的,仇晓华的偶像是世锦赛游泳冠军张琳,只不过除了小曹他谁都没告诉过。小曹和仇晓华就完全是反着来的,小曹一米八的个子,成绩稳居班级前十,打篮球上三分时总有女生在一旁尖叫。有小曹带着,仇晓华逐渐开朗了一点。

曹立民见过仇晓华几次,小曹有阵子总带他来家里写作业。曹立民心里直犯嘀咕,这仇晓华和仇伟年轻的时候差远了。仇晓华长得是挺像仇伟的,但青年时代的仇伟就算家里没什么钱,也无时无刻不绽放着苦中作乐的笑容。而仇晓华则是一张青春洋溢的脸上总有驱不散的愁云,眼神丧气得让人相信他对这个世界的滤镜是沥青色的。

小曹对开明的老爸曹立民是无话不谈,许多事他净往曹立民耳边倒,曹立民连他们几个男孩子谁逃了课都一清二楚。但曹立民的聪明在于擅长打破常规,对孩子们的事情只要不涉及底线,他从不评价,这也是做领导的心得:想和下级搞好关系,就不能太有层级意识,要到群众中去。甚至有一次曹立民听小曹提起仇晓华要和班花告白,他也只是笑呵呵听了就罢了。

男孩与男孩之间的友谊总是很容易开始,成群结队的契机往往只需要好学生一起讨论几次题目,贪玩男孩之间的一场球、一声兄弟,或不良少年递出一支烟、一罐啤酒……但男孩作为初具男人雏形的雄性动物,想熟到交换秘密的程度就难了。不像水做的女人,男人是孤立而坚不可破的固体,往往很难和同类真正相容,短暂地打开几次心扉已经是恩赐般的信任,但雄性之间的信任是把双刃剑,握手之间谁也猜不出对方手心里是否有根芒刺。

小曹被兄弟几个选中,帮仇晓华递情书给班花,大家首先考虑的是怕阵仗太大吓到人家,还有就是仇晓华为了班花专门攒了两百块钱,如果告白成功,大家再一起叫上"嫂子"撮一顿,不是更有面子?

据小曹说,仇晓华特意选在迷人的夏日傍晚告白,他们到达青少年宫附近的时候,班花刚从舞蹈班下课,和几个闺密结伴而行。班花练功裙外罩着一件薄外套,不施粉黛却在几个女生中显出一股濯清涟而不妖的绰约。看见小曹,班花的脚步停住了,有些欣喜地跑上来问他在这里干什么。班花看着小曹手里粉红色的信封,问的那句"干什么"问得胸有成竹,问得充满期待。

仇晓华就是在"干什么"三个字的话音刚落时,被小曹从背后拉了出来。之后他们两个一起见证了班花变脸,阴阳鱼似的,笑容一下就消失了,变成了嫌弃、看不起,小曹还被班花的表情吓出了"我×"。他一直不明白仇晓华为什么喜欢班花,他觉得班花不怎么样,走路慢,说话扭扭捏捏,不如跑起来一阵风、齐耳短发的体育委员。仇晓华则目光呆滞地看着班花那张平时对谁都亲切和善的脸,好像不认识眼前的女孩子似的。

班花旁边的闺密还问了仇晓华"从家走到山庄需要几分钟"这种本地人用来试探别人住房价格的问题，恶意作为青春情爱的回应，劈头盖脸地朝仇晓华砸过去，让他的少年怀春节节败退。还是小曹反应过来了，说了一句"呸"，拉着兄弟一顿疯跑，终于跑离了班花的辐射范围，仇晓华却还是恹恹的，病了似的。

那天两兄弟一路跑到了小佟沟，仇晓华大方地拿出五十元请小曹撮了顿麻辣烫，还买了一罐啤酒。那天两人聊了不少，还约好了周末一起去游泳。

交谈中仇晓华似乎不太高兴，几口啤酒下去后他说："要是奶奶不雇护工，其实我家能好过点……"小曹当时没反应不过来，随口接道："哎，你奶奶嘛，没有她就没有你爸！"

仇晓华脸色一沉："我爸，要不是他一个劲儿献孝心，奶奶花不了这么多……"

后来小曹在回家的路上想起仇晓华说奶奶的那句话心里总有点不得劲儿，但曹立民听完告诉他这没什么，谁还没点怨气，小曹也就略过了那股不适，没再思考下去，颐粟城这座小城市里的人，最擅长的就是放弃思考。

但周末那天之后，小曹就开始有意和仇晓华疏远了，这也是曹立民嘱咐的。

周末刚好是月考前夕，大家都在家复习，两个孩子到达游泳馆的时候还没什么人，泳池异常清澈，好像一块碧蓝色的宝石，他们换上泳裤一个猛子扎进去，刹那间仿佛变成了两条欢快的鱼。

但这次的游泳没能像往常一样持续一个上午,而是在一个小时内结束了。小曹时至今日都想不明白,仇晓华为什么要把他按在水里。

两个孩子游了两三圈,没刚进来时有劲儿了。再游一圈游到泳池中间时,小曹感觉脑袋上明显不对劲儿,他想起来换气,却发现起不来。他在水里呛了好几口。慌乱中小曹一下子反应过来了,是有人按着自己呢,他在水底看清是仇晓华用狗刨的姿势停在自己身边。小曹急中生智,干脆不扑腾了,屏住呼吸装死。果然按在头上的手松开了,小曹一个起身抓着游泳池的边上了岸,一边咳嗽一边看见仇晓华在水里站着。他把水全咳出来,哈哈大笑:"你这孙子,玩老子呢!"但意外的是小曹看到仇晓华就那么呆呆站在水里,眼神中流露出凶狠的呆滞,和他被班花拒绝时的眼神几乎相同。

小曹迟疑了一下,在岸上喊他:"你上来啊!"

仇晓华在水中扭捏了许久,最后上来了,但是刚一上岸就跑了。小曹看着他的背影,刚呛过水导致的头晕让他愣了好一会儿。等小曹回到更衣室,才发现仇晓华放衣服的格子都空了。

回到家里小曹把这事告诉了曹立民。曹立民的老婆忧心忡忡,生怕宝贝儿子被人谋害,让曹立民最好能和仇伟说一下,让他教训一下仇晓华。

但是曹立民想了想,觉得说了也没用,而且没证据,小城市还是以和为贵,说破了反而不好办。曹立民安抚了儿子,让他以后离仇晓华远点,老婆那边他也商量好了,离初中毕业也就几个月,他们两个轮流接送一下孩子,反正小曹和仇晓华以后不在同一所学校,见不到面了,剩下这几天将就一下吧。

曹立民知道两个孩子最后一次联系是中考之后的毕业聚会。仇晓华没去那场聚会,曹立民猜大概是因为掏不起两百多块钱的入场费——现在初中毕业聚会都讲究了,就算是个孩子,也得支棱起来出入些高端场所。可仇晓华人没到礼到了,他托一个同学给小曹带了一副两百多块钱的泳镜,说是祝他在私立高中学习顺利。小曹聚会结束回到家,还专门给仇晓华去了电话,两个孩子在电话里聊得挺好的。

小曹一边啃西瓜一边对着电话说:"要不你和你爸说说,看看要不去省队参加选拔赛试试?"

那边仇晓华在免提里沉默了一会儿,声音里带着不甘的喜悦:"不了,我爸说如果我不走游泳专业,高考完他让我去旅游呢。"

小曹顿了顿:"哦……那很好啊,你想去哪儿?"

"那肯定是新马泰之类的,声色犬马的。"

"哈哈哈你小子。"

同学会 II

三个老同学在仇伟家所在的小区门口集合了,数了数,手里的钱一共凑了两万元,奖金、补偿款、慰问金,就连宋得津从居委会募集的善款都凑进来了。临进门的时候,曹立民又往里面添了一千块钱,还叮嘱在屁股后拎着水果当苦力的儿子小曹说:"一会儿进去别乱说话。"

之所以这么叮嘱，是因为小曹这孩子脑细胞过于活跃了，高考完了没事干，总是追着曹立民讨论一个问题：是不是仇伟死后，小琴和仇晓华其实都挺轻松的，如释重负？

　　小曹还故作深沉地列举了许多种可能性：仇伟不肯送老母亲去养老院坚持请护工，仇晓华在学校上学也要花钱，仇伟每个月的工资甚至有时因为业绩不达标是负数，这无疑都让原本就不充裕的家庭雪上加霜，所以仇伟去世后，老母亲去了花费不高的养老院，仇晓华的学杂费、生活费不用再可丁可卯地计较，小琴的手上也宽裕起来，所以，仇伟去世，反而让他的家人卸下了重担？

　　曹立民每次都让小曹赶紧打住，小城市里可说不得这种话，传出去大家都没法混了。

　　但那天肯定是没人乱说话的，三个大男人一个小男人走进仇伟的家，与正在等着他们的遗孀小琴和丧父不久的仇晓华握了手，一握手，气氛就凝重起来了，变成了和遗孀交谈应有的氛围。

　　刚失去仇伟的母子一脸愁容地与他们寒暄，但他们四个不约而同地发现，遗孀小琴其实气色不错，甚至还打扮了。仇晓华穿着一身崭新的运动服，头发也刚理过，精神着呢。最近母子在仇伟老朋友们的帮助下赢了官司，二十万元的保险赔偿已经拿到了，仇伟的老娘也被送到了每月一千元的双塔山养老院，生活中大部分与钱有关的难题都随着仇伟的离开而离开了。客厅里的灯照得整个屋子亮堂堂的，被关在窗外进不来的夕阳显得卑微极了，有几束光在窗台上彷徨，刚想进屋就被水晶灯照得无影无踪。

　　小琴让仇晓华带小曹去卧室玩，小曹走了进去，看到了新款的笔记本电脑、投影仪……书桌上，仇晓华的笔记本整整齐齐放着，有几张高考前做过的试卷小曹拿起来看了看，发现仇晓华写在上面的字都写得比以往更加认真，更充满希望。

大人们在门外说着些什么，偶尔夹杂几声频率合理的叹息。小曹不想听内容，领导探望家属那套话术他早听腻了，他被仇晓华新买的飞机模型吸引了，仇晓华也大大方方邀请他一起拼。两个孩子拼了三大块，曹立民敲了敲卧室的门告诉小曹该走了。小曹起身离开时想不出什么好听的话作为告别的致辞，"节哀顺变"四个字对他们这代人来说太土太老气了，原本厚重深邃的意义、点到为止的含蓄，早变成了不想走心的怠慢。小曹顿了一会儿，干脆拍拍仇晓华的肩膀："发了成绩之后去新马泰吗？"

仇晓华回答时的嘴角有了笑容的弧度："还没定呢，也可能是俄罗斯。"少年清澈的眼睛已经被大千世界装满了，扑闪着，闪耀着，憧憬着。

四个男人离开仇伟家后准备去饭店吃一顿，原本要叫上小琴和仇晓华，但是小琴说晚上有安排了。在路上小曹和他们说起仇晓华可能去俄罗斯旅行的事，曹立民说："也好，之前仇伟说过他们家没什么钱，都没去旅行过。"

小曹咬一口雪糕说："怎么可能一家子都没去玩过呢？"

乔学有说："还真有可能，苗好和我说来着，小琴一直想去西藏，但从没去成过。"

宋得津咂咂嘴："嗯，是，仇伟他妈想去三亚也没去成。"

小曹一根雪糕吃完了，雪糕棍被他投三分球似的投进了垃圾桶,短暂的胜利过后他回过神来:"唉,那仇伟叔叔想去哪儿旅行呢啊?"

三个大人不作声了,不知道是在沉默还是在思考。但确实,没人知道仇伟想去哪儿玩。他们几个路过罗汉山时,天已经真正黑了下来,几束灯光将景区的睡罗汉大山照得像个真正的睡罗汉了。睡眠是一种休息,安眠则是现代人的向往,偶尔有长眠的人永睡不醒,也不失为把床和棺椁当了个好去处。

寒蝉

　　或许是奶奶老了，八十岁，是脾气再坏也没力气爆发的年纪。她较以前温和太多，眉间几道含怒的"川"字纹，只是随她递钥匙的手，微颤了几下，没再像我记忆中那样，攒成小笼包那样的封口。

　　她没想到我回来，我也没想到，鹤卿的房间会被她完好地保存着。平房屋院中，蝉鸣不绝，一棵树上似乎有一万只蝉在吵嚷，它们声嘶力竭，诉说着夏天快要结束的事实。

　　东间屋与西间屋并列。一直以为她仗着辈分，仗着"东为大"，占下冬暖夏凉的东间屋，将鹤卿塞进潮湿的西间屋，大概是同我父母一样，不将鹤卿放在心上。西间屋内桌上的相框中，鹤卿捧着装满香白杏的篮子，那张酷似我的脸笑得很僵硬。相框玻璃上只蒙了一层薄尘，是被擦拭过不久的样子。其实屋外已有堆不下的杂物，但西间屋也没被腾出来做杂物间。

　　我回头看摇椅上闭目养神的奶奶，猜测对于一向实际的她来说，这算份温情。一时间我替鹤卿感到些许宽慰，毕竟同为孙女的我,连这种级别的温情,都没在我这位奶奶的身上体会过。

我伸手摸条纹床单时,奶奶走进来,挠着在摇椅坐久了的屁股,拄着雕花拐杖问我:"看了一个晌午,有什么收获?"

我摇头,说想带些鹤卿的东西回去,被她拒绝了。她拉扯屋内的灯绳,灯泡忽明忽暗几下,稳定成微弱的黄光,并不足以照亮西间屋。鹤卿在时就用这种灯吗?这种灯泡,我只在健康教育手册上见过,教育我们不要吞下去,不然要一点点敲碎才能取出来。

不知道奶奶是不是在安慰我,她含着一口老痰说:"她这抑郁病,跟村东头的二栓子媳妇一样,早死了也好,做人都没法工作,天天闹自杀。除了我这把老骨头,谁能让她折腾一辈子?唉,死在我前面是好事,你们一家子的日子不得接着过?你好好上学,别记挂她了。"

从开车上路回村的那一刻,到现在站在鹤卿居住过的西间屋,我心里就一直想着这次回来的目的——写作课。为了收集我不擅长的现实主义小说的素材,我身上像是长了无数根触角,过于敏感地猜测着一切可能性。

奶奶对鹤卿的死,为什么这样的无所谓?甚至是……希望她去死?难道鹤卿是被奶奶下毒杀死的吗?确实,鹤卿死在奶奶重病的时候,而且死于服用农村很常见的老鼠药。或许是奶奶觉得自己快不行了,用了手段,让鹤卿先自己一步?

但这样写,以我的文笔风格,肯定不会出彩,这有些像悬疑小说了,还有点恶俗的家庭伦理意味,也不是我期望的类型。

我放弃了这个不算灵感的想法,告诉奶奶:"拿鹤卿的东西回去,是做课题研究,写小说,嗯……就是以后要在杂志上发表的那种。"我吹嘘了一下自己小说的前景,希望能让她对我这次的行程重视些。

奶奶露出不理解的无奈,伸手掸了掸被单上的土:"你看,这屋里的东西,都又老又旧,同我一样不中用了,况且死人的东西,还是别拿走,让它们待在主人屋中吧!"奶奶看我的眼神有些尴尬,又流露出一点难得的疼爱,抿了抿嘴开口道:"你留下吃饭吗? 我记得她有个生日礼物,出事前要给你来着,吃完饭我找找,给你拿上。"

难得留下吃饭。印象中,父母带我回来探望,总是在过年前几天,而且是清晨到达。通常上完前一晚的舞蹈课我请假,然后早早睡下,第二天天刚亮,父亲就开车带我们回去,提着大包小包的保健品,还有几包是给鹤卿的衣服,引得奶奶家的左邻右舍羡慕不已。我们送完东西就驱车回城,午饭之前已经到了家。

每次回去,要么赶上鹤卿还没醒,要么她欢天喜地跑来拉我的手。她实在没有丝毫抑郁的征兆,对着我这个一年才见一次的妹妹,她稀罕得不得了,亲近得仿佛我们从小一起长大一样。父母会推着我的背,让我喊她"姐姐",我很少能喊出口。每当我支支吾吾,父母就亲自上前,抱她几下。或许出于没能在成长中陪伴鹤卿的愧疚,他们都有些紧张,母亲的拥抱总是轻轻一下,像怕碰碎了鹤卿,父亲则把手中的烟放进嘴里衔着,将鹤卿抱起来时猛吸几口烟,再借烟灰快掉了的借口,赶紧将她放下。奶奶撇着嘴,不怎么正眼看我,塞给我几十块钱的红包,抱怨着我父母应该将鹤卿接回去,别在这里麻烦她。父母会托词工作忙,顾不过来两个孩子,然后拉着我离去。

我们离开时，父母很少看后视镜。反倒是我，从车窗伸出头，对着那两个熟悉又陌生的亲人，一再挥手。但父亲的车开得很快，一瞬间那些有关亲人、村庄还有许多棵挺拔的杨树的画面，就都被甩了过去。所以，我不知道鹤卿每次有没有和我挥手。

鹤卿是六岁被送到奶奶家的。那时我三岁多，舅舅刚开始带着我父母做建材生意，毫无经验的父母一出手，就赔光了本金，舅舅大方，给了我们家一笔钱，堵上了窟窿。但在这之后，父母为了赚钱在这座城市安家，变得更忙了。思量过后，他们把年幼不懂事的我留在了身边，把鹤卿托付给了奶奶。直到我十五岁那年，鹤卿才搬回城中，重新进入我们的家。

如果不是因为大学的写作课，我应该不会回到这座村庄来。

这座村庄不似《边城》中那般民风淳朴。上一次我们回来，父亲、母亲、鹤卿还有奶奶在东间屋，谈带鹤卿回城里的事。我在外院逗看门小狗，见它被拴得脖子掉一圈毛，好心将它松开，却没想到它一下蹿出去。我追到大门口，一个男孩已经把它踩在脚下。我以为他帮我堵住了小狗，上前道谢，我弯下腰，想将小狗抱起，却被他趁机摸了屁股。我抱着狗猛地站起来，刚要发怒，他就一溜烟跑没影了，他粗俗地嘲笑着："长得真像，但这城里来的，就是不一样。"

眼前的菜是油浇菜，这是听父亲提起过的农村烧法。为了省油，先放一点油烧熟了菜，最后再洒上一层生猪油，显得油乎乎的。吃惯了保姆做的饭，我对这种油浇菜，实在难以下咽。

鹤卿就是吃这种东西长大的吗？趁奶奶找东西的工夫，我全倒给了看门小狗，然后怕被发现似的，撒谎说学校晚上有活动，便拿着奶奶给的塑料袋,开车回城了。

Spring 泉:

　　我将永远不满二十岁。

　　这并不是自愿的,我也想继续长大。但我是被撕碎过的人。也许你会记得中学物理知识:破镜不能重圆,分子之间的斥力,宏观上还增生了熵。从很久以前开始,我就是散落在盐碱地上的碎渣,碎片与碎片之间,增生了许多沉重的能量。

　　我爱你,喜欢你的身体。这样说,会不会有些怪异?每周五,你的舞蹈课,我与爸妈去接你放学,都能听到老师称赞你,柔软、有灵性。多美好的词!衬你!你女性化的曲线、有力的小腿,我是不是以后也能拥有呢?

　　祝你生日快乐,当然,无论我祝不祝你,你都会快乐,无论我祝不祝你,都会有许多人祝你生日快乐。你书包里满满的礼物盒子,邮寄到家的鲜花,朋友们给你办的派对……派对,多么洋气的东西,我到这座城市后,才第一次听说。

　　你也许不知道第五大道,那里是我唯一的家,也许,也会是你的新家。

　　如果你浅尝了我的人生,会不会后悔没有爱过我?

姐姐　宋鹤卿

　　袋子里装了一个手心大小的铜铃铛,还有这封信。我的名字春泉中的"春"被她用英文代替了。带有情绪的几段没什么好探究的,抑郁症病人,大概都觉得自己被生活撕碎过吧。但是,第五大道是哪里?这个被鹤卿称为"家"的地方,激起了我的好奇心,第五大道也许是个好素材。如果能探究出抑郁症患者——鹤卿痛苦的根源,或许可以模仿《人间失格》,写个中篇出来。

信中的最后一句是责怪吗?确实,作为亲人,我没有爱过鹤卿。

如果不是那位指导老师建议我写些现实主义题材的小说,我甚至不会想到探寻鹤卿的事情。对我来说,鹤卿这个只与我生活了两年的姐姐,她的死比起其他亲人的离开,是轻飘飘的,像冬天羽绒服里钻出来的一根绒毛。失去一根绒毛我只会担心羽绒服是否破了洞,保暖性会不会下降。失去鹤卿,我更多的是担心父母的心理创伤,这个家会不会从此蒙上一层阴影。但还好,这个家没有因为失去鹤卿破一个洞出来。

父母说,给鹤卿好好办个葬礼,我们还要继续生活下去。父亲摸着我的头:"春泉,我们只有你了,要争气。"他咬着牙不掉眼泪,选择用一贯的威风凛凛、公司领导的架势,来处理这次的"家庭意外"。

母亲一直沉默地坐在沙发上,翻看着我们过往的合影。关于鹤卿的死,她唯一一次爆发,是很久之后,公司年会时她喝多了,回家后,她趴在客厅的地上哭,说自己是个不合格的母亲。那次父亲把我赶回了房间,让我好好准备明天的二模考试,母亲也因为我出现在她面前醒了酒,抱着我说:"妈妈没事,春泉,你要好好的,爸妈会好好保护你。"

的确,后来我的生活很顺利。和父母唯一一次争吵是艺考时,有个作家梦的我想放弃报考舞蹈专业,选择本市综合类大学的中文院系的文学写作专业,这个专业通过艺考方式招生。父亲不同意,也不许母亲给我报考费,最后是舅舅给了我钱报考,让我顺利参加了艺考。那时舅舅依然是父亲的领导,每天有许多公事要忙,但他人很和善,高考时还帮我交了补习文化课的费用,终于,我的文化课也顺利过线了。父母看到我的努力很欣慰,就允许我去读了文学专业。

但血缘是种奇妙的东西,鹤卿的死,即使没能击垮我,也在我心里留下了悲伤的影子。我时常后悔没有对鹤卿好一点,可每次又能在愧疚的边缘,用"我也只是个小孩子"作为理由,把自己拉回来。两年过去,回忆的次数也越来越少。

鹤卿来到这个家时我十五岁,父母为了带我去省城参加舞蹈邀请赛,错过了鹤卿的十八岁生日。深夜我们回到家,发现鹤卿不在。我们四处寻找,舅舅还托了警察局的朋友,仍寻找无果,但当我们筋疲力尽回到家时,却发现鹤卿独自躺在房间里睡着了,身上带着浓浓的酒气。父亲将她一把拉起,审问她到底去了哪里,她说自己是和舅舅的女儿费妮一起去饭店庆祝生日了。舅舅拿起电话打给前妻,向许久不联系的女儿核实了状况。父母不好批评舅舅的女儿,体面地说着,舅舅这些年忙着帮我家做生意,离婚后没时间管教费妮,但一个大男人,给了那么多抚养费,费妮的妈妈怎么就不上点心呢?

我去服装市场找费妮,信里面提到的第五大道,她也许会清楚是个什么地方。

我高中上了省重点,离开了这座城市。鹤卿没有考上大学,常与初中就肄业的费妮厮混。她们亲密得像对真正的姐妹。她们躲在房间里,拿着烤灯、甲油和甲胶,给彼此做出相同颜色的指甲。鹤卿招手,温柔地笑着让我也去一起玩,我要么被父母赶去学习,要么被费妮的眼神吓住,她似乎不怎么喜欢我。

服装市场里的店铺排得很密,夹道不洁净,散落着纸箱之类的垃圾,有的店门口还会泼些涮墩布的水出来。店内塞着挂满各色衣服的架子,与店外的垃圾一起,构成了整条街的低级色调,还充斥着低档布料的刺鼻味。

费妮外表变了不少,但眼神还是痞气得足够杀人,她似乎隔着老远就注意到了我的出现,乜斜着看我的动向。我走过去时她正在自己的服装店门口,和几个男人抽烟。其中一个穿甩裆裤的胖男人,见我走过来,竟然直接上前几步将小臂搭在了我的肩膀上,手直接垂向我的胸口。我惊恐地跳开了,胖胖的甩裆裤男人说:"怎么害羞了?"说罢他再靠近我,"抱一个呗!"

"哎,别闹!"我刚要尖叫,费妮制止了他,她将手中的烟扔在地上踩灭,"你们先走吧,过会我去 W 大帝找你们。"W 大帝是市里一所迪厅,我只听过没去过。几个男人恋恋不舍地走了,跨上摩托车时回头看了我好几眼,那个胖胖的甩裆裤男子对载他的那个皮夹克男人说:"哎,还真不是第一季妞哟,腿太短了,眼睛也不够大。"

"有什么好想的,土包子,我带你找各种女朋友,别想第一季了。"皮夹克男人说罢发动引擎,跟上了其他两辆摩托车,轰鸣而去。

"你有事吗?不说话我走了哟,店里还有生意。"我愣在原地看着摩托车消失的路线,被费妮叫回了神。

"哦哦,费妮,好久不见,我是来找你问个事情的,"我整理了下衣服,站得直直的,对着费妮讨好地笑,"你知不知道哪里是第五大道,跟鹤卿有关的?"

费妮原本乜斜着的眼索性不看我了:"问这个做什么?"

"是这样,我找到了鹤卿留给我的信,里面说第五大道是她的家。"我看着费妮的头发,想说几句别的缓和下气氛,"你最近很忙吧,要不要我请你去理发店补染个头发?你的发色很漂亮,补一下会更好看。"我做了个牵强的邀请。

"不必了,"费妮果断拒绝了我,她白了我一眼,重新点起一支烟,"要不,折现?"

我苦笑着接受了她的提议,从皮包里拿出来两百块钱,看到钱费妮很兴奋,笑嘻嘻的,一下拿过去塞进牛仔短裤的口袋里了,然后正色道:"信方便给我看看吗?"

我又从皮包里掏出信,费妮伸手捏了捏我的包说:"香奈儿最新款吧?"我本能地想躲,让那只被烟熏黄的手摸我的皮包,实在是有点恶心。但是为了继续聊下去,我忍住了,赔笑说:"你去和舅舅说嘛,他肯定买给你啊,我记得上次家庭聚餐时,他说每个月也给你钱的,你不要不舍得花呀。"

"喊,我都拿去喝酒了,他也不再给我了,更何况,我才不要他这种人的钱。"她单手扯过信,拆开读了一遍。

"宋鹤卿真是倒霉,字写得这么好,你爹妈怎么就看不见呢?白瞎这个人了,光培养你了吧?"费妮挑衅地笑着,"但我看你这大学,不也就考了个本市艺术类?舞蹈专业都没走上啊,要是宋鹤卿那妞从小在城里上学,清华北大轻飘飘嘞。"

"哎呀,费妮,我是放弃了舞蹈专业的艺术考试,转考了文学类专业啦!"我笑着叹气,用声音拖长她的名字,"费妮,你说说嘛,第五大道是哪里?"

"你怎么关心起宋鹤卿了?她都死了三年了,你这么有空怎么不去跳舞吗?我看艺校大楼上挂的优秀生照片还有你呢。"费妮走进服装店里,我也跟着她走进去,里面摆满了地摊货,中心的货架上是几件荧光色 T 恤,品位实在让我有些接受不了。

费妮喷着仿圣罗兰黑鸦片的香水,仿得还挺像的,如果不是家里收藏过这瓶香水的人,很难闻出来。她把一件带胸垫的吊带套在针织衫外面,胸部一下子突出了不少,这种穿法最近在网红中很流行。

她第一次正眼看我,带着怜悯,欲言又止时,露出嘴里的舌钉。最后她选择在换好衣服后开口:"你还是别去了,你也知道,宋鹤卿这丫头,后来不学好,第五大道嘛,就是我们和朋友一起喝酒的一家夜店,不适合你这种人,别去啦。"她拿起头盔往外走,我只得快步跟上。

"宋春泉大小姐,你回去吧,这种批发市场,你又不买衣服,以后还是别来了。"费妮跨上摩托车,短裤和上衣衔接的部分露出半截后腰。

"费妮,哎!你钱快掉了。"我快走几步到她面前指了指她短裤的口袋,生怕赶不上让她跑了似的,我问最后一个问题,"鹤卿为什么会说,第五大道是她的家?"

费妮扫视着眼前的服装市场,大部分人都穿着拖鞋,准备下班了,她上下打量了我一遍,似乎觉得我们真的不是一个世界的人,懒得与我说太细:"也没什么,就是喝酒喝好了,几个朋友关系就亲密了,你也知道你父母不关心她,那里有人关心她不就是家吗?"

她戴好头盔,临走还告诫我:"别把钱的事情和他说,我怕他烦我妈。"我点了点头,费妮与摩托车一起快速消失在了街角。费妮口中的"他"是我舅舅,我从没听到过费妮叫他爸爸,偶尔费妮与鹤卿在我家玩耍撞见他,费妮也只是哼一声走开。

回到家中我凭着回忆,整理了在服装市场的"采访"。胖胖的甩裆裤男人和皮夹克男人口中的"第一季妞",会是什么意思呢? 我在网络上搜索第五大道,并没有叫这个名字的夜店。最后我在一个贴吧里,找到了疑似带有"第五大道"这个词的帖子。

这是个有关泡妞胜地和赌博的帖子,被几个本市的赌友用中文加字母缩写的形式,写在约玩的评论里。为了确认,我在评论里打出:这位大哥,你说的是第五大道和第一季吗?

没想到对方马上就回复了:哇,这么重口?敢问是之前一起玩过的兄弟吗?

我想了想,贸然询问肯定会被踢出去,于是我打出模棱两可的答案:哈哈,你这么说,是因为第一季妞吗? 可我没和她玩过。

马上有另一个网友回复了我:当然嘞,我们的头牌,之前陪过我的,看来你也是慕名而来,但是这里已经被查封很久了。嘿嘿,怎么,你也想进小黑门里快乐一下吗? 我介绍别的妞给你行不? 别家店好像还开门哟!

一个海绵宝宝头像的网友说:前一阵我们还在那里接妞,后来被那里小酒馆的老板娘轰走了,现在第五大道,彻底没人咯!

这些暧昧不明的词,让我吃了一惊,难道鹤卿是去做性交易了吗?我追问下去:啧,小黑门?是我想象中的意思吗?兄弟,第一季妞,能不能说说她长什么样子?

我的心跳得很快,不知是因为猎奇还是处于对鹤卿的担忧,为了更加真实,我在后面加了一个色眯眯的豌豆表情,迎合了这个贴吧的发言风格。

那位网友发了两个色眯眯的表情和一行字,他告诉我:眼睛嘛,水汪汪,滴溜儿圆,腿长哟,可惜左腿有疤痕嘞。

我记得那个疤。有一次我们过年回家,探望鹤卿和奶奶,鹤卿一瘸一拐地走出来,笑嘻嘻地和我在院子里玩耍,父母在里面和奶奶争吵。我不太记得父母具体说了什么,大概是心疼?也或许只是询问了鹤卿受伤的缘由?总之我能断定父母如往常一样平和。但奶奶在里面吵得厉害,说鹤卿就活该寻死觅活,寻死磕破了腿也和奶奶无关,因为就连亲生父母都这么对鹤卿,这孩子天生该死。

记得母亲在辩驳,她说这也是没办法的事。

奶奶说过一句让我至今都没能明白的话,因为不明白,所以我后来重复了好多次,因为重复了好多次,所以我一直记得。她说:"卖了她吧,卖了也值钱,现在也和卖了没两样。"这时,年幼的鹤卿一瘸一拐地奔向我,用她的小手,捂住了我小小的耳朵。我再也没听到后来的话,只记得耳边全是鹤卿血液流动的声音,眼前是她明亮的眼睛,笑成杏核的形状。

第一个回复我的网友追了一句:啧,没有疤你能找得起? 穷鬼!

那个网友回复了一个流汗的表情加了一句:但是听说,她后来不做了。

卧室的敲门声响起来,我赶紧合上了电脑。

母亲端着葡萄和牛奶走进来,把盘子放在桌子上:"这么晚还不睡,写小说吗?"她温柔地笑着,坐到床边,"明天市里比赛你还去不去了?今天你以前的舞蹈老师给我打电话了,说想让你去和师姐们热闹一下。"

"好啊,"我打起精神,尽量让脑子不去想刚才在网上经历的事情,"我早就想去看师姐跳鼓舞了,听说她刚从埃及进修回来,肯定很有意思。"

父亲也走了进来,笑眯眯地从身后变出一双牛皮舞鞋:"春泉,爸爸就知道你会去,看我给你买的鞋。"他偷吃了一个葡萄,露出被酸掉牙的表情,"春泉,这葡萄好酸,你还是别吃了,爸爸都端走啦!"

"我才不要,你就是骗我的,我要吃!"我跳下床去抢葡萄。妈妈在一旁笑着埋怨:"哎哎,春泉,穿鞋!别光脚!"我竭力表现出灵动与活跃,迎合他们的笑容,可内心却沉重得不断下坠。

夜里我躺在床上辗转反侧,鹤卿是去做妓女了?我感觉很不解,我们家虽然没有舅舅家有钱,但是给鹤卿的钱绝对够花,难不成她碰了毒品吗?为了写小说,我很好奇第五大道里有什么,也想知道鹤卿在里面的状态是怎样的。虽然那个网友说还有其他类似场所可以去,但我还没傻到要为了素材以身犯险去那种地方。

我努力回想最后那段与鹤卿相处的日子,实在是太过于碎片化,印象深的事情不算多。高中我上了省重点寄宿学校,每三个星期放一次假,整整两天,我们也差不多每个月只见两天。但有作家梦的我只想写小说,就闷在卧室里,装作学习的样子,不许别人打扰我。鹤卿却蹑手蹑脚地进来了,到我身后,她冷不丁开了口:"这样的日子如星河般璀璨,但是没有你就没有了绚烂。"她读出了纸上那些矫情的字。我又惊又恼,一下子跳起来把稿子捂在胸口,吼她:"你有病吧?"

鹤卿的笑容僵在脸上,但是很快又努力舒展开:"哎,我平时也写小说,你要不要看看我的?"

虽然她偷窥在先,但我刚才的反应可能太过粗暴,于是我缓和了一点,撇着嘴点了点头。

那是我第一次看到鹤卿的手稿,她的字真是漂亮,有股男人的潇洒。稿纸上洋洋洒洒写着些我看不懂的故事。几天后她拿来一张报纸,告诉我们她的作品已经发表了。不得不说,她写得确实比我好,因为那时,我都不知道自己在写什么。

为了第二天的市里比赛我还是强迫自己睡着了。一大早舅舅来接我,父母在处理公司的事,他和秘书先送我去会场。看我没什么精神,舅舅从车载冰箱里拿出一杯咖啡给我。

心里的事情实在是不吐不快,但我又不能告诉父母,我们一家人说好的,不再提起鹤卿。

于是我将回到奶奶家探访鹤卿的事,加上昨晚在网上的遭遇,全都告诉了舅舅。当然,答应过费妮的,我隐去了去服装市场那部分,改口说是在鹤卿的日记中看到"第五大道"这个词的。

舅舅如往常一样的儒雅,这些事只是让他微微瞪大了眼睛,他用手摸着下巴："春泉，你这样有些危险，一个小女孩，不要接触那些，"他将头转向窗外看着外面的景色，光影打在他坚挺的鼻梁上，显示出一丝丝长者的威严，"春泉，答应舅舅，别再和这种人接触了好吗？好好学习，准备考研。"

我点头，对于舅舅的话，我一向很重视。他喜欢深思熟虑，还很善良，这些年帮了我家不少忙，甚至也是因为他，我才有机会报考了心仪的专业。

但我还是小心翼翼地提出自己的需求："反正都已经倒闭了，我们能不能过去看看？"

舅舅皱眉想了一下，温柔地笑了："傻孩子，那舅舅陪你去吧。"

于是这场比赛成了我有史以来最心不在焉的一场。师姐旋转的裙摆甚至有些刺眼，裙摆上镶嵌的宝石，据说是她在埃及的时候遇见一位有名的大师，根据她身材的曲线亲手缝制上去的。她在最后一个八拍的阿拉贝斯，转过头时让我想起了鹤卿，鹤卿也留着这样的长发，她会想过穿这种裙子吗？

"春泉，你怎么了？"舅舅看我走神拍了我一下，我才发现周围的人都在鼓掌，原来师姐已经跳完了。她在台上捧着奖杯，朝我挥手，这令我又想起了鹤卿，每次我离开奶奶家时，鹤卿是否也朝我挥手了呢？

舅舅看我实在是没有心思再看比赛，就带着我去了第五大道的遗址。一路上，司机师傅被舅舅要求后开得很快，我看着那些斑驳的树荫，逐渐变成夕阳的昏黄，心里最开始对于这份素材的兴奋，不知为何全被消耗光了，最后到达第五大道时变成了傍晚浅蓝的哀伤。

第五大道已经消失不见了,取而代之的是一个"家酒屋"。廉价的 LED 招牌摆在门口,深蓝的帘子飘在门口,里面亮着灯。

"这里是小酒馆呀。"舅舅舒了一口气,"小丫头,我还以为要陪你探险了。"他笑着推我的肩膀,回头招呼司机,"小刘,一起来吃点东西。"

但我们还没走进那家小酒馆,就有一个男孩穿着拖鞋从门帘中跑出来,几乎是蹦着到我面前的,他叫着:"泉,Spring 泉。"舅舅一把将我扯在他身后,这时一个打着手电的女人从里面跑出来,拉住了他:"小捷,不要这样。"我惊魂未定,却死死记住了这个男孩叫我的"Spring 泉"。

女人一直向我们道歉:"不好意思,我儿子脑袋不太灵光,你们是要进来吃饭吗?"

"我们还是回去吧,"舅舅拍拍我的肩膀,看起来他觉得没必要再在这儿停留了。

可我却决定要走进去,我对舅舅表决心:"都到这里了,进去看看吧。"

这个第五大道的遗址很偏僻,可以理解它之前是被用来从事非法交易的,偏僻就不容易被发现,但是在这里开酒馆实在不是个上上策。估计平时来的都是一些建筑工人,菜谱上的菜都很便宜。我们挑最贵的点了几个,那个女人很珍惜这笔来之不易的大买卖,她将她儿子锁在了楼上,自己钻进了厨房忙活。那个被锁在楼上的男孩,在楼上吵闹着什么,我仔细听,还是听不清,女人炒菜的声音太大了。

过了一会儿,男孩似乎摔碎了个东西,女人从厨房里跑出来,讪讪地笑着和我们解释:"我去给他吃点药,到吃药的点了。"

舅舅礼貌地点了头,司机小刘开口缓和了气氛:"这种人家也不容易。"

舅舅扯了扯领带:"确实,"他将头转向我,"春泉,这是你写历险记的题材了吧。"

"不算啦。"我敷衍着,只顾盯着女人上楼的方向。

舅舅又问:"对了,鹤卿的日记,除了写第五大道,还有别的什么吗?"

对于这种本来就是编造出来的事情,我更是随口一答:"没有啦,都被奶奶烧了。"

舅舅点点头,放松下来,将西服脱下,搭在椅背上:"快喝点水吧,春泉。"

这时女人从楼上走了下来,楼上安静了不少,她跑到前台打开了音箱,放了舒缓的音乐。不一会儿饭菜就端上了桌,她还送了我们一份点心。

舅舅和司机开始吃饭,我胡乱塞了几口,就跑到了柜台,表明了自己想采访的意图。女人有些闪躲,但是我拿出钱包给了她一百块钱,告诉她我只是为了写作,她就放松了不少,说:"你们这些文化人就是厉害哈。"她说着把钱收下,我和她在后厨找了板凳坐下,听她说起儿子的事情。

她说小捷是小时候发烧烧傻的,但也不算完全傻,她丈夫病死了,小捷从小就被她带着。小捷前几年交过一个女朋友,她没见过那姑娘,她侄子,也就是小捷的大表哥,带着小捷去玩,但是没想到是第五大道这种地方,她也不知道那姑娘是做什么的,估计不是什么好职业, 但是小捷好不容易像别的孩子一样能有点自己的生活,她也就只能拜托侄子好好照看。后来侄子打架,被人打死了,那姑娘也没再露面,听侄子那些送小捷回来的朋友说,那姑娘在第五大道倒闭后就不见了。小捷不知道为什么,就非要在这里住着,不然就哭闹自残,她也只好拿着本来要去市里摆早餐摊的钱,在这里开了家小饭馆。

"那 Spring 泉,是什么?"我压低了声音。

那女人想了一会儿,说:"应该是小捷以前那个女朋友的名字,但我也说不准,"她托着腮,"这名字应该是假的吧,记得有一阵子,我儿子回到家都很高兴的,说要替那个泉打死什么压住泉的舅舅。"

巨大的疑惑使我慌了一下,心里一紧赶忙跑到帘子旁边,看到外面舅舅还在吃东西,应该是没听到我们的对话,我松了一口气。

"为什么打死舅舅?"我皱着眉,不愿意发挥想象,那可是温柔的舅舅啊。可我又忍不住想起鹤卿那句"被撕碎过的人"。

女人说:"这我就不清楚了,我也问过小捷,小捷说是舅舅压在那个什么泉身上,小捷说泉很疼,倒是我侄子说过,小捷一见到那个什么泉就扑上去,很喜欢她。"

此刻窗外的月亮很小,有风进来,油烟味被吹淡了不少。所以,是鹤卿扮成了我,或者是使用了我的身份吗?如果我更早一些来到第五大道的遗址,会不会被那些人带走,或者会不会被小捷扑倒?这是鹤卿对我最后的恶意吗?

那么，此刻我到底有没有浅尝到鹤卿的人生？

可能见我神情太过严肃，女人一下子收敛起来："唉，他脑子不灵光，哪有那么多事，估计也是瞎说，"女人笑了，"你们文化人就是不一样，听得真认真，我要是小时候学习这么认真，估计也都上大学了。"

一个月后我又开车回到了奶奶家。颐粟城是个只有冬夏没有春秋的城市，国庆节才过去不久，坝上附近的村落就飘起了小雪。坝下沿途的玉米地已经处在丰收的季节，人们欣喜地推着一车车玉米走在路上。我小心翼翼开着车顺着盘旋的公路开了很久，才到了寒冷的坝上，似乎这里与坝下是两个世界，冬的肃杀填满了树的枝杈，刚下过雪的院子里很安静，摇椅上布满了霜，被风吹得吱呀吱呀乱叫。

我推开院子的门，看门狗叫了起来。奶奶拄着拐棍来接我，一根新拐棍，木雕凤凰头的。

桌上的油浇菜还是很难吃，奶奶却吃得很高兴。此时院中树上的蝉已经不再鸣叫了，进入冬季的每一只蝉都不会再发出任何声音。

骆驼用铁蹄穿过绿洲

一

夏天，三亚热死人不偿命的中午十二点，小簪子推着我走进成人情趣内衣店里。正午十二点是小簪子提前计划好的时间，这个点来情趣内衣店的人肯定少。她早就全副武装好了，大口罩大墨镜，裹得像要去核辐射区执行任务，生怕被人知道法学院的"三好学生"帮助残疾同学帮到情趣内衣店来了。

我们走过琳琅满目的货架，看到蕾丝吊带、皮质文胸，甚至还有塑料的包身套装——穿进去肯定像个 AI（人工智能）。我幻想着我穿上它们的样子，选情趣内衣的心情将我带入一片无人仙境，在我的脑袋里，我穿上那些衣服后长出了翅膀，在蓬莱仙岛毫无顾忌地飞翔，我也和包装上的女模特一样要飘飘欲仙了。墙角摆的那双带铆钉的情趣驴蹄鞋有多沉？再沉也阻止不了我在脑子里像个神仙似的飞起来，我忘乎所以，笑出了声。

听见我笑,小簪子快速左右看了眼周围正盯着我们窃窃私语或憋着笑的店员,她使劲儿拍了下我的肩膀,口罩下的嘴带着慌张出声了,她努力压着嗓子低声说道:"选好了没有?买完赶紧走,好多人看着呢!"

这一拍把我从幻想里拍出来了,玻璃柜映出的我的倒影一下扎进我的眼帘——因为笑,我不受控制的下巴又让我止不住流口水,大大的脑袋像个柚子,不怎么稳当地插在瘦弱的豆芽菜身体上,就在这轮椅上歪着,任谁用眼看就知道我站不起来。我欢快的思想自出生以来就被这具死气沉沉的躯壳关住了,飞不起来。实在怪不得别人叫我"瘫子",妈也和我说过,肉体长成这样,不能怪别人不看我的灵魂。

二

世界上像我这样的人,大部分是被抛弃的,要么被抛到荒郊野岭,要么被塞进医院的小房间里。好在我是小部分,被留在了家里,还有家人照料。

妈也不是没带我去过脑瘫寄养中心。妈再婚之前,我未来继父尹建国的妈——我们后来每次见面时,我都要流着哈喇子挤压着口腔用力喊出"奶奶"的老太太,第一次见到我的时候她叹了口气,便转过头不再看我。奶奶看着窗外,眼睛里映满了狐尾树的影子,她对妈说:"倒是可以带她去看看,要是行,疗养费我用退休金掏了。"奶奶没恶意,只是为了我妈和她儿子的日子能轻省点,这个我懂。

于是妈带我去了。那时候我上初中，学习还行，但老师也觉得我没必要上学了，我受罪别人也受罪，还容易分散同学的注意力——上课总有同学痴迷于看我流口水，窃窃私语中他们说："瘫子又流哈喇子了！"有同学叫我瘫子，更多的是叫我"智障者"，后来还有个有文化爱读书的男同学给我取了个外号叫"天然人彘"，用他的文化一下带我穿越到了汉代。恰好那段时间我读史书，按照乐观的习性，我觉得他也算四舍五入夸了我，起码戚夫人成为"人彘"之前，还是个美女。

上课时同学们不听讲，公式单词没记住，光顾着看我了，不好好学习光想着在心里攒点笑话当谈资，成绩能不下滑吗？那时候尹建国和妈谈恋爱，他自告奋勇背我上下学，妈考虑了一下，把这个艰巨的任务交给了他。

尹建国确实从没怠慢过我，每回他背着我到校门口，听到其他同学指着我窃窃私语，他就瞪着人家，说："我闺女比你们聪明多了，勾股定理你们谁会？我三十好几了都不会！"

他笨拙地为我辩护、偏爱着我，我也不在意别人笑得更厉害了，便伸手给他擦头上的汗。他把我放在班级的凳子上，临走的时候还会笑着说一句："爸走了，放学接你！"

"爸"这个字，他经常说得特别大声，好像那些学生里只有我有爸似的。

妈说，那个康复中心建设得不错，这次就是去看看，我喜欢才留在那儿，不然她婚不结了也要把我留在身边照顾我。

我们去的地方叫"三亚阳光康复所"，是个五颜六色的三层小楼,门口就是米老鼠和唐老鸭的大雕像,里面玩具特别多,装修得像专托最不好哄的孩子的幼儿园。三亚阳光康复所还特意在招牌上隐去了"脑瘫"两个字,走进大门才能在前台看见一面高高悬挂的锦旗,上面写着"脑瘫儿童的天堂"。

可锦旗挂得太高,以我的身体条件,脖子根本没办法仰起看到上面的字。是负责介绍的中心负责人调整了我的轮椅靠背,我半躺着,四肢不受控制地四处散开,像断了牵引的提线木偶,唯一可支配的右手抓着轮椅的把手,像个极其努力却永远翻不了身的丑王八。

我仰望着,看到了那几个字——脑瘫儿童的天堂。"天堂",听起来真美,锦旗的穗都像天使的翅膀。负责人是个笑起来嘴巴弧度像月牙的年轻女孩,穿着最简单的运动装运动鞋,身上还有成圈状的污渍——应该是康复中心里脑瘫儿的作品,我妈喂我吃饭有件专门的衣裳,上面也全是这种圈——我的口水和气管不适时,呕出的秽物留下的痕迹。

再往里面走就热闹了,一群脑瘫儿出现在软地垫的活动区里,有正在用牙啃积木被护工从嘴里夺出来的,有肌肉萎缩后身体蜷成一个球的……还有个蘑菇头的小姑娘,被绑在凳子上,她面前是一根贴着塑料泡沫的柱子,她不住地往上面撞,发出"砰、砰、砰"的响声,当然,负责人介绍这里也有像我一样脑子好使,但只是坐在轮椅上不能动的"正常脑瘫儿"。她指了指远处,有一个在晒太阳,有一个在看漫画。我笑了,脑瘫里居然也分正常和不正常的,我算正常的,挺不赖,我在心里给自己鼓掌。

负责人亲切地笑着对妈解释道:"现在是活动时间,大家病情不同,有不同的活动方式,这个病……您应该理解的。"她用手在空中划了一圈,一条无形的弧线带着悲悯和同情把那些孩子都框进了同一个世界。

妈点点头,负责人带我们上楼,二楼是宿舍,全都是三人间,被褥是婴儿黄和婴儿粉,泡沫拼图的版上印着许多卡通人物,每张床旁边还有个应急铃铛。负责人说像我这种头脑清醒只是身体不便的,夜里想上厕所,就可以按这个,护工会马上过来。

三楼是露天的阳台,天气好又不太热的时候,所有人会被护工带上来晒太阳,做康复运动。

为了防止肌肉萎缩、肌肉痉挛的脑瘫患者"滚"到露台边缘遇险,康复所干脆架起一人多高的护栏,那是正常人想跳楼爬上去都困难的高度,不知是谁出的主意,护栏上挂满彩灯。据负责人说,这些灯夜里闪烁起来,就像康复所的三层小楼戴了一顶梦幻的帽子。

负责人拍着胸脯保证:"你放心吧,孩子放在我们三亚阳光康复所,保证一天比一天阳光。"阳光不假,三亚的天气,三楼的天台天天有阳光,家长二十四小时都能通过手机云端查看监控,谁也别想像老早以前新闻报道的那样,虐待说不了话的脑瘫儿……可谁都知道,这康复中心的"康复"二字,才是最唬人的,脑瘫这个病,哪儿来的康复一说呢?所谓脑瘫病人的康复运动,都是为了让病情不恶化罢了。我这么多年困在这副患病的躯壳里,早就悟出了我人生的"真谛"——好死不如赖活着,挨过一天是一天。

妈摸摸我的手,低着头看地板。我也低下头,她发现地板没什么好看的,最普通的瓷砖嘛,灰色大理石的。

我们一起低头看地板的时间不长，但我想的事情多了去了，思绪飞快是我仅有的天赋异禀，毕竟大脑和右手是我唯一可以自由支配的地方。

　　我想起一出生亲爹就跑了，姥姥自己重病不治，钱全花在我身上，姥姥去世前唯一的愿望是我妈能好好过。况且，妈现在肚子里怀了孩子，尹建国是个好男人，对我也不赖，我不能自私地拆散他们这个三口之家。

　　我用仅能支配的右手握住了妈的手，用力说清了那句："我想留下。"我的口水又不争气地流了下来，负责人一个箭步上前，掏出手帕熟练地为我擦拭。

　　但我一说主动留下，妈的眼泪就流了下来。妈推着我上了电梯，三楼直降一楼，伴着撞头小姑娘撞柱子的"砰砰砰"声，她一路把我推出三亚阳光康复所，推回尹建国的建国超市。尹建国正坐在收银台前抽烟，看到我，眼里是温柔的惊喜，不等妈解释，他把我从轮椅上抱到更软的沙发上去，摸着我的头说："以后咱们四个一块过。"

三

　　后来尹霜桃出生了，家人依然待我好。今年尹霜桃六岁，他们仨还一起开着面包车送我来大学的中文系报到。尹建国开着他发黄的白色面包车，从亚龙湾开到7路西环终点的三亚学院，路上我们路过三亚湾附近的擎天半岛，大楼已经建了一半，据说要建三十一层。

　　"到时候建成了我们来这儿吃饭呗，上次我抽到了开业优惠券，好像还有两三个月就施工结束了。"尹建国叼着烟,笑眯眯的小眼睛从后视镜里看着我们母女三人。

"但我不想去,我想在学校学习,你们玩的时候多拍点照片给我吧。"我一边擦口水一边说完这句话,他们反驳了几次,我坚持,他们三个没再邀我了。

那时我并不知道,骆驼就在那片被铁皮圈起来的工地里。这片工地在那时我的眼中,只是这片商圈中最不合时宜的存在,刚建好架子的大厦,像个刚进城没多久灰头土脸的乡巴佬,在一众繁华的高楼大厦中寒酸又紧迫地包装着自己。

我的大学生活很快开始,还有了个"三好"室友小簪子,她通过对我施以援手这一善举拿到了优秀班干部、"三好学生"、入党资格。每次对着院长和书记打报告的时候,小簪子都推着轮椅把我带到院长办公室里,声情并茂地表演,朗诵一样讲述她每天扶我上床、辅导我作业和帮我做笔记,工程浩大得仿佛她徒手开垦了一片荒原,还在荒原上盖了一栋富丽堂皇的大楼。其实她对我不赖,只不过和她写在报告里的差得有点远。

其实小簪子并不能辅导我的作业,我基础知识十分扎实,从《荷马史诗》到"后现代主义文学"全都倒背如流,还知道许多但丁的初恋之类的文学八卦,好多问题她偶尔还得问我。她的知识记在本子上,我的记在脑子里。

小簪子之所以叫小簪子,是因为她乌黑的长发永远不像大学里其他女生那样散下来或梳马尾辫,而是在一根木簪子上绕成一个球,别在脑后。小簪子还坚持每天早起用发胶,把一些细碎的胎毛抹平,溜光的头发在她扁平的脑壳上紧贴着,展现着她一丝不苟的精神品质,虽然在旁人看来小簪子更像个教导主任。

小簪子答应导员每天课后带我去图书馆,帮我补笔记,导员还专门向学校申请在图书馆给我们弄了间 VIP 自习室,只有我们两个人能进,有空调有卫生间,还能把饭带到里面去吃。但其实小簪子是把这间自习室当成她专用的学习雅间了。

每次她把我推进来,就把上一堂课的笔记用 QQ 图片传给我,让我在那边用平板电脑看,她自己则利用这个时间拼命学习准备考教师资格证。她用功的样子让我不难想起她在申请贫困助学金的时候写到的家庭情况:家里有两个弟弟,父亲残疾,母亲常年干农活身体差。她是全校为数不多的几个免学费的学生之一。

每次小簪子坐在我对面用功读书的时候,我总觉得她和我恰恰相反,我是自由的灵魂被禁锢在无法动弹的躯壳内,小簪子则是自由的肉体被固执的灵魂束缚住了,我从没见她像班里其他女生一样约会过。我上课时可以听到许多人暗暗把小簪子当成笑料讲,某种程度上我们同病相怜,一个肉体被诋毁,一个灵魂被嘲笑。

我就是在这种时候用平板电脑搜到"天使计划"的网页。"天使计划"是一项残疾人性爱义工计划,主办机构的名字叫"没有翅膀的天使",网页首页的海报上是一个分不清性别的白皮肤欧美面孔的天使雕塑,它背后的翅膀由许多张残疾人的笑脸组成的马赛克拼成,下面打着一条绿地黄字的宣传标语:你的美好与快乐才是我们的翅膀。

从看到这句宣传语起,我便开始心动,几乎是一瞬间,我就在心里决定要去申请"天使计划"的名额。"没有翅膀的天使"规定,每个负责服务残疾人的志愿者一生只能参加一次志愿活动。被服务的残疾人只要有残疾证并且是成年人,经医院证明拥有清醒的自主意识及表达能力,在残疾人本人和监护人都签字同意的情况下,每个残疾人一生最多可以向该机构申请三次性爱援助。

四

我的要求不多,一次就行。

但这件事情其实有些难以启齿,尤其是不知道怎么征得监护人同意——我的监护人是妈,在她眼里我还是个小孩子,她一心一意照顾我,似乎从来没有意识到我已经是个在生理上成熟发育的女性。我不知道该怎么向她说明,在无数个夜里我挣扎着爬到轮椅上,来到我卧室的穿衣镜前,用仅能支配的右手抚摸着我的身体。我也需要欣赏我自己,月色给我上了层光鲜亮丽的漆,让我觉得自己的肉体没别人说的那么恶心。

无数个夏夜我常感到月光如水,身体如鱼,我的手是比我的躯壳更小的鱼,它钻进我皮肤上的片片鱼鳞的缝隙中,唦唦地痒,身周有潮水漫延到我的头顶,令我呼吸急促。最后在有月亮的空茫中,我变回人形,海水也退去,电动轮椅载我回到床边,我用仅剩的力气爬回被窝,一夜一夜无梦侵袭式的沉睡,让我越发沉迷这种秘密的活动。

但和妈提这件事时,我以我最近的一场梦作为开端。

那个梦发生在我最近的一次生理期中。梦里我站在一排房间前,房间上标着号码,梦里的我明明要找 401 房入住,却莫名被一股力量推进了门牌上写着"400.5"的房间。进入房间后,有无数个声音在我耳边响起,说的全是我心底从不愿意承认的秘密。

"都是些什么秘密呢?"妈坐在床边,抚摸着我枕在枕头上的脑袋,她的手像以前一样温暖,但我的心跳得极快,快得让我有些想吐,仿佛它要从嗓子眼里被我呕出来似的。

"其中一个声音问我,你真的不嫉妒尹霜桃吗?"我吃力地讲出这句话,"我从不觉得我会有这种恶毒的想法,她还叫我姐姐,幼儿园发的小饼干每次她都只吃半块,把剩下的半块留给我。"我歪歪头把口水蹭在专门给我擦口水的毛巾上,"可我真的很嫉妒她,她有自由的肉体我没有,她未来有大好的人生我没有,我爱她又嫉妒她,400.5 房间,存在于 400 和 401 间的夹缝之中,也许现实中它并不存在,但我知道,那是我心里的房间,是我面对自己的房间,我总要面对我自己,十九岁了,我得想办法让自己自由一下。"短短的几句话由于我口齿不清,伴随着不断流出的口水,像挤牙膏一样挤着说出来,加上越来越激动的情绪,我自己都不耐烦了,但是妈一直很耐心地望着我。

妈开口了:"小谷,你不要生妈的气,其实妈的网络搜索账号一直是和你关联的,我是想知道你需要什么,好第一时间买给你,我应该知道你要说什么……"

我不可思议地睁大了眼睛看着妈,她的白头发已经不少,我为我刚才几乎妄图道德绑架她来达到目的的想法感到抱歉,夜色里我令自己不齿。我提出把即将要做的腿部肿瘤手术延后,毕竟我不想在初夜的时候让本来就不好看的身体再多一些丑陋。

妈痛快地同意了,也在机构的协议上为我签了字,但是要求我必须在接受机构服务的当天由她和尹建国亲自护送。

"啊,不要告诉尹叔叔吧,我觉得害羞。"我的右手狼狈地捂住发烫的脸。

"他会理解的,"妈轻轻笑了,"有个男人在,遇到坏人好打得过呀!"妈亲切温柔的声音总能让我点头。

但情趣内衣的事情我无论如何没办法向家人开口了,只好去麻烦小簪子。

大一入学后的第四个月,小簪子和我的关系有了些微妙的转变,有次她填写助学金申请表的时候,我看到了她的身份证号,并在她生日的时候我送了她一根真正的银簪子。可爱的是,小簪子的自尊心让她没有露出丝毫的惊喜,只是淡淡地和我说了句"谢谢",然后便把簪子放进了包里。可夜里我从她对床的位置看过去,分明看到她在借着学习的小夜灯打量那根银簪子,喜欢得不得了的样子。

之后她再推我去图书馆 VIP 包房的时候,终于和我开了一次口。她说:"你不要以为我对你不好,我爸也坐轮椅,我也是每天把他需要的东西放到他面前,然后就不理他了,我也不知道我还能为他做什么。"我有点诧异她突然开口和我说这些,但说完这句她就低下头学习,没再开口说其他的。我思考了半天,隐约觉得她的意思大概是,她已经在尽力对我好了。

从那天开始我们的关系变得有些近了,虽然大多数时间我们还是不怎么讲话,她对我做的事情也没有变化,但是心里总感觉更亲了。于是我乐呵呵地和她讲出了我的需求:情趣内衣。

我还记得她听到这四个字时的表情,大概是在心里后悔和我拉近了距离。

我和骆驼就这么在"没有翅膀的天使"的安排下见面了。

"没有翅膀的天使"规定可以选择残疾人的家或者宾馆进行服务,我最终以不打扰妹妹尹霜桃做作业为由,选择了一家民宿。志愿者们包揽了订房费以及房间的所有装扮,还买来了许多零食。

出发前一晚,小簪子还特意给我打视频电话,问我是否需要她帮我换上情趣内衣,我在视频电话另一端用手拍拍胸脯表示,会有女性志愿者帮我换好。

第二天傍晚出发时风很大。我是从尹建国的谷桃超市出发的。吃过晚饭后我梳洗完毕,坐着电动轮椅到客厅里时,看到尹建国居然穿了西装,妈也是收拾成体面的模样。尹建国见到我搓搓手,什么也没说,推着我走出去。我也精心打扮过,轮椅上的皮卡丘垫子被我换成了法兰绒布料的,闪着幽绿高雅的光泽。

尹建国推着我上了那辆志愿者为我租来的面包车,一路上我一直对着镜子细细地照,刘海不知道梳了多少遍,至于整理百褶裙,我把十个手指头都用上了,在那些褶皱上龙飞凤舞地梳理着。窗外的台风"山竹"呼呼演奏着它即将到来的前奏,天空中却只下了毛毛细雨,霓虹灯照在雨痕斑驳的车窗上,光线变得崎岖,像我扭曲的身体。

四个志愿者在民宿门口等我,一个女志愿者接我进了房间里面换衣服,我看到了志愿者资料上的骆驼,为了保护志愿者隐私,机构在资料上显示的都是昵称。后来我才知道他的真名叫程鑫。

一寸证件照上的志愿者骆驼有着被阳光打磨过的小蜜色皮肤,虽然是微笑,但是能看出他严丝合缝的嘴唇下是两排十分整齐的牙齿,气质有点像当红演员。他的家乡是哈尔滨,职业一栏填写的是:建筑工人。志愿者为我出示了骆驼程鑫的体检报告,告诉我:"骆驼已经在门外了,你准备好了,我们就出去叫他进来,你有任何事都可以按床头铃,我们会第一时间赶到。"

我点了点头,两个女志愿者出去了,出门前她们关了顶灯,只留下了房间里昏黄色的氛围灯。我穿着粉色蕾丝的情趣内衣平躺在床上,这是我刚才要求女志愿者帮我摆好的姿势,像天使那样圣洁。

我听到窗外的海浪声,想起这是一间海景房,窗外就是大海,那些浪涛拍打沙滩的声音在我听起来像是在为我鼓掌打气。可我的身体紧张得发沉,穿着梦寐的粉色蕾丝内衣也飞不起来,大脑中幻想的翅膀被不知名的力量折断,抑或被窗外的海浪打湿,没法带我翱翔于无数个曾在我脑海中作为驰骋背景的画面。

又过了一会儿,门锁被打开又被关上,脚步声响起。我知道骆驼来了。

这是我第一次见到骆驼,他人高马大甚至有些帅气,上身穿着一件干净的白衬衫,转过身时我发现白衬衫背面有个卡通塑料的补丁贴,图案是迪士尼的奇奇和蒂蒂,他下身穿的黑色牛仔长裤洗得发白,一双破旧的运动鞋虽然有点煞风景,但是他整个人在昏黄的灯光下显得高大又温柔,让我感到翅膀上有几根羽毛苏醒过来。

"你好，"他有些局促，"可以……开始吗？"我没想到他一上来就直接问了这句话，他单眼皮的眼睛微拢着，看起来一点也不高兴，这让我有些大失所望。我本来期待着可以有点谈恋爱的感觉，但是他的开场太过机械，我脑袋里刚冒出来的粉红色泡泡一下子破了一半。

我只好点点头，心里却委屈，难道我在这种独属于男女的时刻都不能拥有浪漫吗？但我好像也没资格要求什么，点头吧，我只能点头。

他一下子坐到床上，一股扑鼻而来的洗发水味完全盖不住他身上的混凝土味，那股味道让我想起建筑工地的漫天飞尘，但此刻飞尘在我的想象中变成了许多飞舞的星星。他整个人虽然动作很快，却显得僵硬无比。我不禁笑了，想着是不是他会想要聊聊天再开始，但是没有，他开始缓慢却颤抖地脱下我的粉色蕾丝内衣。

我紧张得更加难以开口，不说话口水就已经从嘴巴的缝隙中流出，弄湿了枕头，但还是为了第一次能有个美好的记忆，我努力说出了那句："你觉得这件粉色内衣好看吗？"

骆驼的眼睛低垂着，保持着微笑，他点点头说："好看。"然后骆驼开始了动作，他滚烫的身体贴紧我的每一寸肌肤。我感到那些不受神经控制的身体地带，第一次从死气沉沉中被另一个身体的温度唤醒，它们活了起来，带着一点点痛感，我感到我仿佛是一个健全人了。

我想起有个名人说过，如果肉体不是灵魂，那灵魂又是什么？

那天我觉得台风"山竹"带来的那场暴雨里的每一滴雨水，一定都落进了三亚的每一朵三角花里,把粉红色的花瓣包裹着的花心灌满,像天神滴下的眼泪落在善良的心里那么神圣又那么不可思议。

如果花开花枯不能代表开始与终结,那开始与终结又算什么?我心里不再有什么痴心妄想,此刻的快乐结结实实长在我的肉体上,我的肉体和灵魂一起飞,飞得一样高一样快,好像有了不死之身。

第一次和骆驼在一起的时间只有四十多分钟,一堂外国文学史课那么长,时间飞逝的速度让我无法抓住眼前发生的一切美好,只能瞪大眼睛拼命记。他起来穿好衣服后,告诉我:"我先走了,一会儿会有志愿者来帮你穿衣服,再见。"他此刻还是有些温柔在脸上的,双颊的红晕让他整个人暖融融的。

我说:"骆驼,我想和你加个微信。"

骆驼迟疑了一会儿,我又添了一句:"求你了。"他同意了,从裤子口袋里拿出一部手机,屏幕蜘蛛网似的裂开了,但不影响我扫描了他的二维码。加好微信之后他离开了,关门的声音像是关上了天神的水龙头,窗外的雨也停了。尹建国开车带我和妈回家的路上,我看到夜的颜色涂抹着椰子树和三角花,它们的颜色变得更深了,三亚湾远处停泊着的渔船,闪着寂寞的灯火。尹建国和妈都没说话,只有妈一直摩挲着我的手背。

快到家时我开了口:"妈,暑假我想去三亚阳光康复所。"

驾驶座上开车的尹建国却替妈回了话:"这是做什么?家里又不是照顾不了你,送你去那种地方找罪受。"

我深吸一口气,不顾口水流出嘴巴,也懒得再擦拭,这一天我不觉得口水弄脏衣服可耻:"我想去,因为我觉得那里更利于疗养,霜桃要上小学了,现在小学入学都要考试,你们暑假得好好督促她,家里新开的超市也要顾,我觉得康复所很好。"

我清了清嗓子:"爸,让我去吧。"

尹建国继续开着车,一句话没说,到家后他把我抱到轮椅上,推我进门之前他说:"但你随时想回来就给爸打电话,知道不?"我用右手拍了拍他扶在椅背上的手。我们一家三口走进了暖色灯光的家中。

五

暑假里,我住进三亚阳光康复所的日子,我给骆驼发了好几次微信,最开始他不愿意回复我,后来我开始尝试给他写信,用我最引以为傲的右手在花色信纸上写那种叫"信"的文字。

其实我想叫它情书,因为我在里面写过:"狐狸树上的蝉每叫一声,我就会想起你一次,我有些想念你,但这份想念像蝉翼那么薄,那么脆弱又晶莹。"

我还写过:"骆驼,我从没见过雪,三亚怎么会有雪,可我知道你老家哈尔滨有冰雕节,如果我心中有冰,那一定雕刻出的是你的形状。但你不要有压力哟,我只是因为第一次在人生中感受到希望,印象太过深刻罢了。"

我自顾自地写信,写了三封后拍照传给他,然后发消息问他:"你可以来看看我吗?我在三亚阳光康复所,只有我一个人,我想和你做朋友。"

后来骆驼确实来看我了，我们也如愿成了"朋友"。在妈的签字同意下，骆驼成了我合规的探望监护人，可以推着我出去逛。

他去过我家的谷桃超市一次，我爸尹建国给他手机贴了个新的钢化膜，让屏幕裂开的蜘蛛纹显得没那么破碎了。他们俩还就着一小碟花生米，在超市的收银台旁喝了罐啤酒。我开始注重打扮，擦口水的毛巾也换成了花手绢。我第一次穿上裙子，虽然坐着轮椅没办法转圈圈，但我总觉得裙摆在飞扬。

我通过骆驼的朋友圈，知道他就在擎天半岛的工地工作，建设那栋传说中有三十一层的大楼。那条朋友圈是他一个人拿着一罐啤酒坐在一摞钢筋管子上，身上穿着蒙尘的军绿色套装，污渍斑斑，但凭着他粗壮结实的脖子，我一下就能分辨出那是骆驼。

骆驼之所以答应来找我，是因为我给他发消息说："如果你再不来看我，我想推着电动轮椅一个人去工地看你，好吗？"

骆驼回复我："别，那样太危险了，我这几天有空就来看你。"

于是在暑假里本该和往常一样平平无奇的一天，骆驼来到了三亚阳光康复所。我给妈打电话，和负责人沟通后，我们被允许去附近的奶茶店喝点东西。

我请骆驼喝了杯酸奶，酸奶多好，酸酸甜甜像初恋的滋味，这是广告上长发飘飘的明星说的。

"对不起啊，你那些信我其实看不太懂，我认字不多的……我每天要搬东西，其实快累死了，"骆驼很坦白，他脑子里没有文学作品里描写的那些男人所具备的撒谎的特长，"我还得有空了去医院照顾我同乡,他做工砸伤腿了,大夫说是粉碎性骨折,我俩都是临时工,工头不包治疗费,给了一千块钱就打发了,可我也供不起他的止痛针。"骆驼有些伤神,看得出他正努力在义气和现实中挣扎。

骆驼告诉我,其实他来做"没有翅膀的天使"的志愿者,就是为了那张体检卡,那张体检卡后来被他卖了,钱用来给工友打止痛针。所以他以后大概率不会再来见我了,因为要忙赚钱,忙朋友。

骆驼说:"伤筋动骨一百天,挨过一天是一天,少疼一天是一天。"

我提出要公益捐助他工友四针止痛针,一针一百五十元。骆驼起初死活不要,但后来我让妈带着我硬是去医院结了账,骆驼才不得不接受。

作为报答,我只要骆驼陪我出去吃三次饭。但骆驼答应的前提是我必须和他对半劈,也就是 AA 制。骆驼作为工人,工资每个月只有两千多块钱,还有一部分得寄给家里,但我俩出来吃饭之前骆驼说得很明白,我花多少钱,他就要回请多少钱,所以我们俩几乎顿顿奶茶加汉堡。但我们基本上都是买了在公园吃,因为第一次骆驼推我进快餐店,店员主动过来央求我们外带,不要堂食。

皮肤黝黑的店员说话很直接:"她可能会吓到客人,我们这里来的基本上都是小朋友……"确实,她说得没错,骆驼推着我离开了,我在轮椅上抱着一大包汉堡和薯条。

我执意要送骆驼一双运动鞋,国产的,也不贵。再见面的时候,骆驼非说穿着这双鞋让他在工地里干一整天的活都不觉得疲惫,实在是好穿。

骆驼说:"简直像马蹄打了蹄铁!"我咯咯笑了,脸上的肉开开心心地七扭八歪。骆驼拿出一个细细的银镯子送给我,说两百块钱买的,让我不要嫌弃。我用右手把它套在左手上,在一块单面玻璃门上看到自己的形象,我的眼睛笑成了三角形。

我抽奖抽到了水族馆的入场券,于是再见面我们安排在红树林度假村的水族馆。

其实我以前和家人一起去过这家度假村的水族馆。那次到度假村后,我坐着轮椅在泳池边或沙滩旁,看着刚上初中的妹妹和妈妈戏水,尹建国会在岸上陪我,给我榨橙汁喝。轮椅都给我安了泳池旁专用的防滑装置。后来在沙滩上轮椅不好走,不太强壮的尹建国背起我,吃力地走在夕阳笼罩着的沙子里,我的长发常常垂在他的眼周,挡住一切风景。

在水族馆里,我向骆驼提起那次在这里的家庭聚会,一家人推着我在人群中不断说着"借过""不好意思",气氛很尴尬。我知道妈为我放弃全部,她理应享受现在的幸福,所以我从不后悔当那个家的"旁观者"。

但是现在有了骆驼,我们一起去了水族馆。骆驼拜托女服务员帮我换上泳装,他带我在儿童浅水区玩耍。

我闹着要坐尹霜桃之前坐过的水上飞车,骆驼就用绳子把我绑在他身上。我会在休息区费力转着轮椅的轮子去为他买一瓶牛奶,趁他给自己绑鞋带时摸摸他的头。他会在旁人目光异样的时候主动拥抱我,在一瞬间让我成为女人。

三个小时的时间过得太快,太阳和水上飞车一转眼就落了地。

骆驼推着轮椅送我回家,我一路上看着暖橙色的夕阳紧紧依偎在地面上,一副快乐而无力的样子,椰林也被打上暖色,在晚风中快乐地假装燃烧着。

骆驼和我说,他的老家在哈尔滨的农村。他描述着那三间大瓦房,说三间大瓦房是用石灰和沙子抹的,上面偶尔还能抠出蜗牛。那座城市夏天没有那么热,冬天会下起大雪。他们家有两个孩子,他是弟弟,上头还有一个大哥,大哥跑运输,开着大卡车。而他这次来工地上班是被熟悉的包工头从老家带过来的,但没想到来了之后拿的钱和以前差不多,还被三亚的毒蚊子叮了一身包。

"我来做志愿者,除了想把体检卡卖了给我同乡打止痛针,还有另一个原因,"骆驼在一棵椰子树下停下,把我的轮椅掉转,蹲在我的腿边,和我面对面继续说,"以前在村里,我有个很喜欢的女孩,后来她赶集出了车祸被截肢,两条腿都没了,不知道咋了,她对生活丧失了兴趣,吃老鼠药自杀了,自杀前她给我写过信,算是遗书吧,她告诉我她不想过没有念头的下半辈子。"骆驼有些沉默,又说,"我其实承诺过负责她下半辈子,但现在不能了,我想着,总得给我个机会,让我点燃一次别人对余生的念头吧,起码支撑着别人活下去,一次也好。"

骆驼推着我继续走,我从嘴里挤出一句话:"你没必要自责。"

骆驼说:"好。"

但走了一段路,他又补充说:"我后悔的是她问我还能不能继续喜欢她的时候,我告诉她先好好养病,"他深吸一口气,"好后悔啊,她也没有要求我娶她,只是问我能不能继续喜欢她,我怎么就答得驴唇不对马嘴呢？"

六

小腿肿瘤手术之前，我突然联系不上骆驼了，明明我们还有最后一次见面的约定。但他始终不接我的微信电话。我被推进手术室之前，收到了他的最后一条消息："不再见了，小谷，照顾好自己。"

然后我被推进手术室，躺在了无影灯下，在麻醉药的作用下我闭上了眼，像一种轻柔的死亡。

但还是不死心，手术后刚能出门，我就托小簪子带我去了擎天半岛大厦。大厦已经盖了一多半，工地里尘土漫天飞，偶尔工头突然大发善心按下原本应该十分钟喷一次的喷洒器，无数水珠喷出，飞扬的尘土会稍微落下一些。

我们穿过一个个正在卖命干活的工人，到了大锅饭的帐篷里向做饭的老板娘打听骆驼——程鑫，老板娘一拍脑袋很快反应过来了："啊，那小子已经走了，回老家了，你们是他朋友还是亲戚啊？"

我难过得说不出话，好几次开口流出的都是口水，小簪子安慰我可以要个地址给骆驼写信，我情绪才稍微缓和了些。

小簪子替我自我介绍，说我是程鑫在这边的朋友，有点事情想找他，能不能给个地址。

老板娘很热情，说这边工人流动性很大，她不知道每个人的情况，但是可以找骆驼的室友小庄。老板娘招呼小庄过来，小庄地址没说出来，倒是转身回帐篷拿了件衣服给我们，说："这是程鑫落下的，放我这儿好像我贪他点什么似的,你们有办法就寄给他吧!"

那是一件白色但上面已经满是污渍的衬衫,是我第一次见骆驼时他穿的那件,但现在已经很脏了,后背上的迪士尼松鼠奇奇和蒂蒂可能是塑料制品的缘故还显得很干净。

小庄走出大锅饭的帐篷后,老板娘撇了撇嘴:"是小庄那小坏骨头给穿坏了吧,程鑫走之前一直在找这件衣服,四处问,我看就是他给藏起来了,穿成这个德行还好意思还给人家,"老板娘瞥了我一眼,"这小姑娘是不是对程鑫有意思啊?有眼光呢。"她的眉眼笑起来,很和善。

我把那件白衬衫紧紧握在手里,十个手指全用上了劲儿,抓得紧紧的。

"程鑫这孩子是苦,他大哥跑运输出车祸了,嫂子怀着孕,他这次回去,是和他嫂子……他临走前上我这边吃饭,我特意给他炒了个木须肉,这孩子仁义着呢,你别记挂他了,小姑娘,回去好好养身体。"老板娘怜爱地看着我。

这样的结局让我有些吃惊,这样的事情我以前听说过,但发生在我周围是头一次。我盯着手中满是污渍的白衬衫,眼泪一滴滴掉下来,砸在知觉微弱的腿上。

小簪子安慰我:"衬衫有什么好的,你送的鞋他肯定穿走了呀。"我点点头,眼泪掉得更多了。

馒头出锅,一片干净的热气蒸腾出来,老板娘拿起一个馒头给了小簪子:"别难受了,尝尝,山东的饸面馒头。"

小簪子道谢,接过馒头,想付钱,大娘摆摆手不收,看到我在哭,她又塞给我一个馒头,我吸了吸鼻子,又闻了闻那件衬衫上的两只塑料松鼠,含糊不清地说了一句:"它可真香啊。"

老板娘笑了,赶我们走:"饭点快到了,赶紧走,过一会儿干活的男人都进来吃饭了,挤都挤不出去,两个小姑娘,不好。"

小簪子推着我一路小跑出了工地,到了友谊路上的鸡屎藤奶茶店旁。我依旧沉默着,小簪子买了一杯鸡屎藤柠檬茶给我:"他,挺有担当的。"小簪子大概实在想不出说什么,只能夸夸骆驼,"对了,但丁的初恋是谁?我不记得了。"小簪子生硬地岔开话题。

"贝特丽丝,引导他经过了构成天堂的九重天的人。"我发出含满口水的声音,忘了像往常一样用力回吸和擦拭,那口水像眼泪似的就这么从嘴里流了下来,滴在我左手的银镯子上,银镯子磕得轮椅扶手叮当响,奏乐似的。

谁是储丽君

一

今天下午，我在飞驰向亦庄线的地铁十号线上，接了两个电话。

第一个电话说："储丽君女士，上次您登记的日用品打折优惠券点数集够了，现在可以送您十二卷厕纸，请问您什么时候有空来取？"

第二个电话说："储丽君女士，我们医院美容科有一次价值九十九元的水光针体验机会，可以赠送给您，请问您什么时候方便过来一趟呢？"

在接第二个电话时，我问："请问储女士是在你们医院做过什么项目吗？"

对方迟疑了一下，问："您是储女士本人吗？"

"不好意思，我不是，她已经换号码了。"我挂了电话，风穿梭在地铁车厢内，初夏的北京还是有点凉，我裹紧了那件穿了两三年的风衣,任风呜呜灌进我的耳朵,听起来像哭声。

从十号线的宋家庄站换到亦庄线后,我给策发微信:"今天又接到两个电话,一个是关于打折券赠品的,一个是私立医院的美容科打来的,说有个水光针体验活动。"

策很快回复了我:"估计整过容。"

我没好气地回了他的消息:"你怎么净把人想得那么虚荣呢! 万一人家是给家里长辈看病时给美容科留了电话呢? "

策说:"整容就是虚荣吗? 我觉得整容和看病没什么区别,都是在完善生命呢。"

我正想怎么回,他又发来一句:"我开庭了,晚点聊。"

我就不好再回复了。从地铁车厢里往外看,亦庄线从地下爬上地面,飞驰中它将北京的繁华一点点退成城乡接合部的荒凉,我所到的终点亦庄站,已不再有半点大都市的姿色。我在亦庄国美幼儿园和孩子们做了一个下午的沙盘游戏, 又给领导交了几份教学报告。

事实上晚点我和策也没有再聊。不知道给孩子们上课和写教学报告哪个更费体力,总之天黑我才忙完。我头昏脑涨地顶着几个初夏的蚊子包回到教职工宿舍,躺在单间宿舍的小床上,打开微信想和策再聊几句,但犹豫了一会儿还是把消息栏里打好的字都删了,什么都没发。

策最新的朋友圈是二十分钟前发的,只有两个字:胜诉。下面附了一张图片,是在灯光闪烁的酒吧里七八个碰在一起的酒杯,握着杯子的手有男有女,有美甲也有劳力士,有只做了美甲的手的主人就坐在他旁边。看得出上海已经进入夏天，照片扫到的人都穿着半袖或短裙。策今晚肯定在庆功，刚入职上海律所就首战大捷，今晚春风得意的他不会想起我，也不会关心储丽君。

其实我和储丽君没什么实质上的关系，只是我碰巧用了她之前的电话号码。用上储丽君的电话号码这件事，还多亏了我那份被策诟病过数次的工作。

今年我在首都师范大学心理学发展方向读研三，导师给我争取到了工作落户的名额——在公立的亦庄国美幼儿园做老师，给孩子们上心理辅导课，每周两节，每节一个半小时。我当时还在实习期，有论文要忙，不方便住职工宿舍。从首都师范大学到亦庄国美幼儿园坐地铁往返要足足三个小时，因此这也不能怪我在地铁上打瞌睡给了小偷可乘之机。

策是无论如何都看不上我这个工作的，劝了我好几次，那次他劝得更用力了，还带了种指点江山的意味："一个月三千块钱，硕士研究生毕业出来赚这么点，你怎么说也应该找个商业机构月入一万五。三千，还是在北京，你玩呢？"

"可是干够五年就给北京户口。"我一句话堵了回去。

发生这场对话时，策还在北京。他正陪我在海淀区的移动营业厅办手机卡。那天我去亦庄国美幼儿园给小朋友们录视频，记录他们的沙盘作业，上完课在返回学校的地铁上被人偷了手机。电子时代发现失去手机后，我站在原地手足无措，无法电子支付，没有微信、通信录，我一时间感到肉身尚存但精神残废，不知道下一步该做什么，幸好一个路人帮我报了警。我坐在派出所冰凉的椅子上，除了远在千里的父母我只能想起策的电话号码。

作为当时的男朋友，策很尽心，半小时就到了派出所。他有条不紊地向我解释，因为人员密集，小偷跑出地铁后去了没有监控的地方，警方可能没那么快找回我的手机，最坏的情况可能就是成为"悬案"了，所以他会帮我处理接下来的事情。他殷勤地拉着我走出派出所，去朝阳大悦城旁边的酒店住下。第二天他请我吃饭，掏钱给我买手机、办电话卡……我拍的视频素材并没有成功上传云盘，而是和手机一起被偷走了，于是策还买了冰激凌安慰我。

但冰激凌并没有起到安慰作用，反倒成了我们争吵的道具。策用"真不知道你钻个什么牛角尖"回应了我的北京户口。我赌气把冰激凌扔在营业厅的瓷砖地上，啪的一声，一地的香草奶油味"烟花"。我用这个漂亮且充满甜味的行动向策宣告了，我不想再谈这个让我们争执过无数次的话题。尽管他当晚就要坐飞机去上海，但我依旧毫不吝啬地给他留下了一道不甜蜜却满是甜味剂的回忆。

作为我的青梅竹马，策从小到大都有个让人恼火的优点，就是我越生气他越冷静，我越暴躁他的行为和语言就越充满逻辑。这个性格特质非常适用于他的律师梦想，但也让他在我们的爱情中被我三振出局。

他先是向营业厅内等号的顾客们道了歉，然后问清洁工阿姨能不能借拖把给他用。他有礼貌又亲切的态度，让清洁工阿姨连忙摆手，表示自己马上就会替这位文质彬彬的小伙子收拾他不懂事的女朋友留下的烂摊子。

阿姨开始打扫时，策在我身边坐下，他把自己的冰激凌让给了我,平静地向我解释:"我是觉得你学历不低,能力也强,以后机会多的是,不必这么委屈自己,你最近快毕业了压力大,我不激你。"

策的性格优点只适用于在法庭上跟原告、被告交流,他为什么就不知道情侣之间的火山需要用偶尔喷发迸出岩浆的方式来解压呢?我们又不是生活在法庭上,离谱!

这时营业厅窗口的喇叭叫了我的号,策好脾气地陪我去选号码。他说:"随便选个先用着,如果过阵子你打算去上海找我,肯定还要换上海的号吧?"策本硕连读期间顺利通过了司法考试,今年春天,他已经拿到了一家律所的入职通知,这家律所位列上海十大律所,月薪五万元起步。

营业员热情介绍了两种套餐,全新的号码没套餐,靓号要再加五十元手续费,他人用过且作废的号码有五年的本地流量套餐,但是只能在北京使用。

"给我来个作废的!"我不理策期待的目光,咬了一口原本属于他的冰激凌,听到了他的一声叹息。那张"135"开头的手机卡就这么顺利安在了策给我新买的手机上。

除了五年工作落户,我还做了申博的准备。读北京师范大学的心理学博士生一直是我的目标。但以我的硕士研究生成绩和获奖状况,很难在北京师范大学申博。我向导师表明决心,说已经做好连申五年的准备。导师为我指了条买彩票般的明路:申请国际心理学研究项目奖。如果申请成功,可以获得项目扶持基金二十万元,还有国际奖章,比发十篇"一作"的文章有用多了。

之后我做过一阵子关于项目奖的功课。历年申请成功的项目主题可谓五花八门，海豚声波疗愈孤独症、反社会人格预防……有个学姐结合催眠引导，开创了"黑洞疗法"，用特制的"羊水睡袋"模拟子宫来治疗狂躁症；有个师兄以佛学为引子，做了个"正念法"课题，旨在通过树立人心中的积极理念，达到净化心灵、平静生活的目的。

"正念法"启发了我，我后来决定要做的项目主题就叫"负念法"，旨在通过让人看清自己内心的负面想法，理解自己的负面行为、生活困境，通过分析自己的情绪，接纳真正的自我。导师听我说了一下觉得还行，同意挂指导教师的名字，然后就让我自己去做案例调研了，从此基本不怎么回复我的研讨信息。后来我才知道我导师每年要给几十个这样的项目挂名，一根藤上要开二十几朵花吧，哪里顾得上我这一朵，我只有自己拼命去找调研案例。

储丽君成为我的项目研究案例之一，纯粹是天降惊喜。用上这个"135"开头的废弃号码后，我准备重新绑定微信，却在用手机号登录时看到了一个陌生的头像，我知道这是属于这个"135"号码原主人的，看来她还没有解绑。出于心理学学生习惯性的好奇，我截图把那张头像图放大了看。

这是我第一次看见储丽君。照片中瘦弱的她抱着个三四岁的孩子，穿旧的米色吊带，头发随意扎在脑后，几缕碎毛在额角朝天炸开，微微枯黄的面容是我国千万家庭主妇或普通职业女性中的任意一种，过目即忘。微信名是属于妈妈辈的风格：静待花开。

我将手机号与储丽君的微信解绑，重新用这个号码绑定我的微信。手机验证绑定成功后，我用搜索微信号的方式顺利找到了这个微信。我隐隐觉得她可能会成为我"负念法"的研究案例之一。我不敢轻举妄动加好友,幸运的是她设置了"允许陌生人查看十条朋友圈"。她的朋友圈背景是一个不怎么高大的男人牵着小孩的背影,看起来像是孩子的父亲。男人上身穿的是衬衣,下身是皱了的西裤,还算体面的上班族模样。她的微信签名是:女子本弱,为母则刚。

"听起来文化水平不高。"那天晚上当我把储丽君的朋友圈念给策听时,他在语音通话里这样回答了我。

确实,这十条朋友圈里,不是题目为"女人出嫁后日子都是苦中寻乐"的心灵叩击,就是"女人要爱自己才会被人爱"的大众鸡汤。有条视频以混乱的钢筋建材为背景,配文:"老公进货我来看看。"她的朋友圈有三次发的是儿子的照片,配文清一色是"妈妈的一生全部给了你"之类的。

"这孩子长大了不是妈宝男就怪了。"策的结论从无线电波的另一端传过来。听得出他那边在下雨,我仿佛嗅到了南方梅雨季的腐败湿润,他聪明地听出我的沉默是在听雨,他带着炫耀的意味调侃道:"怎么说我也是比你抢先一步逃离沙尘暴的人,羡慕吧?"

我想起我们七年前一起从小城市考到北京读书,这座城市给我们两个人的初体验很差:空气干燥,常有沙尘漫天;节奏感极快的同时,人也冷漠功利、满面疲惫。偶尔我穿着好看的裙子去中国政法大学找策约会,我发现单身男人的眼神都直勾勾的。在西餐厅里,策会发现情侣们隔着人民币接吻。

现在策起码摆脱了北京干燥的天气,代价是暂时离开我,离开我们原本就疑似靠时间堆砌起来的爱情。当然,"暂时离开"这个定义是他给的。

沙尘暴的事我没搭茬,而是将今天的新发现对策细细数来:"我添加她的好友没回应,她朋友圈确实一个多月没更新过了,但我在登录购物软件时碰巧又登上了她的账号。她叫储丽君,实名认证也是这个名字,住大兴区,买过五升装的那种牛栏山白酒,我查了一下一般是炒菜用,她也买过二十九块九三件的家居吊带——就是她头像上那款。但她却给丈夫买过六千八百块钱的皮鞋,而且账单里就只有这一次高消费,估计是家里难得的奢侈购物。"每次对着策梳理细节,我的逻辑性总是会不由自主地变强。所以不管他想不想听,我都经常以聊天的借口和他把要做的工作叨叨一遍。

"那她对她老公,可真是像我对你一样好啊,我现在用的还是两年前的手机,苦命的储丽君啊,不知道她有没有香草冰激凌吃。"策在关窗,吧嗒的落锁声让我觉得雨可能下大了。

我自顾自地说自己的计划:"我翻了一下购物软件,看到了详细的收货地址,既然加不上好友,我就要亲自拜访一趟,争取说服她让她当我的项目观察对象。"

"你非要去就去吧,别让人告你侵犯隐私权就行。"策打了个哈欠。

二

储丽君必须从漫天黄沙的城中村菜市街走出来,沙尘暴会粗暴地钻进她的袖口、领口。她得穿一件咸菜绿的旧外套,左手推着幼儿代步车,里面是被小蚊帐包得严严实实的儿子;右手得拿个循环使用到起毛边的环保袋,里面装满了菜花和油麦菜之类的在蔬菜中具有一定观赏性的"蔬花"。"花"们齐刷刷地在她的寒酸中绽放着,肯定有种别开生面的美感。储丽君这时要走回城中村的小破楼房,她拎着一大袋子打折菜十分吃力,但偶尔望向儿子时,眼光的另一端仿佛连接了某个童话宇宙,充满了令人深信不疑的快乐。

想回到一室一厅抑或可称为一居室的房子,路上得路过不少平房和待拆的老破小楼房。一群大爷大妈七嘴八舌嘘寒问暖的内容主要是:"买了什么菜?"储丽君得挨个回答着,光"圆白菜"就得说五遍,但是没办法,街里邻居的关系不能差,不然在城中村没法混。

回到家安顿好儿子,一看表发现约莫还有一小时丈夫就到家了,时钟的分针尖得扎屁股,她一刻也坐不下休息,开始忙活普通家庭的两菜一汤,得是一荤一素。偶尔她忘了按下电饭煲的煮饭键,丈夫常因为吃不到米饭生气,几次下来她写了个小纸条贴在抽油烟机上,养成了炒菜时回头看一眼电饭煲的习惯。

旧得变薄的米色吊带在她瘦弱的身体上晃荡,甚至看起来有些飘逸了。但如果拿起来闻一下,能嗅到被油烟和婴儿口水腌透了的糟味。她早忘了多久没打扮过自己,甚至想不起自己是否有过青春期这奢侈玩意儿。

丈夫做的建材生意她不懂。丈夫生意小赚钱不多,好在算顾家,每个月家用给得不少,达不到小康但温饱之余满打满算能剩个几百块钱。丈夫告诉她剩的钱就归她支配了,算是家庭主妇的工资。她把这份每个月一百元到五百元不等的工资看作丈夫对自己的宠爱。于是就算丈夫偶尔晚归或身上有什么不该有的香味,她也就装傻混过去了。实在想不开生闷气时，她要么看几篇公众号鸡汤文，告诉自己为母则刚；要么趁儿子睡了刷两集她百看不厌的《甄嬛传》，告诉自己不要像华妃一样指望做皇帝唯一的女人，要像纯元一样做他心中无可代替的女人，不然没有好下场。

　　但她到底把每个月多出来的几百元家用省下来了，攒了足足七千元，没有什么收入的她一直想有一笔可观的钱来做件大事。别误会，她的大事可不是做个小生意、投个小基金在理财圈的风浪里打个小滚，这么有前途的理财构想不是她储丽君的风格。

　　她一直想做的大事，是给丈夫买个礼物，让他清楚她对这个家庭来说是真的很重要、很有分量的，让他明白她是个无私爱他的笨女人，又蠢又天真。这不正是他当初相中她的原因吗？就像有一次她问丈夫，那种她穿久了的家居吊带他会不会看腻了？他果断地摇头说不会。他的态度是那么坚决，像他平日里买卖钢筋水泥那样具有斩钉截铁的男子气概。他还夸那种家居吊带很实用。

　　于是储丽君在购物软件上逛了一个多星期，对着页面上各式各样的商品自言自语地评头论足，这个华而不实啦，那个质量一看就不好啦……手上握着那笔积少成多的巨款，她第一次惊觉自己原来对这么多事物都有话语权。可以评论它们，居然仅仅是因为她有能力购买。

　　有能力购买它们，就等于有能力丢弃它们或者干脆不选择它们。唉，买家之于商品，多像……多像丈夫之于她？想到这里，她逛购物软件时那份扬扬自得的心情，一下消掉一大半。再冷静一会儿，她把腌黄瓜从坛子里搛出来剁碎后，再去看手机，已经彻底没了在各色商品组成的花花世界里闲逛的心情。

最后,储丽君认真地在购物车里的诸多备选中选了那双名牌皮鞋,她向专卖店在线客服砍价被拒后,狠下心付了六千八百元的巨款。付完款,她发现还剩一百多块钱,她琢磨着也该给自己买点什么,最后她选定了二十九块九三件的家居吊带,还有一桶五升装的牛栏山白酒,炒菜炖肉都好用,偶尔丈夫出差时她还偷着喝一口,只敢喝到微醺的程度,不会影响带孩子,这酒也便宜,喝着不心疼。

下单后的第三天快递到了。储丽君双手捧着那双锃亮的皮鞋,用干家务生出老茧的手摩挲好几遍,对自己的眼光赞不绝口。丈夫穿上脚后也夸赞了几次,但晚回家的次数并没有因此变少。昂贵的皮鞋装饰不了丈夫日益横向发展的身材,更装饰不了储丽君的心情,这双六千八百块钱的皮鞋带给她的幸福,也就止于付款时那股奉献感带来的粉色的陶醉,梦幻泡影一样。

储丽君依然每天去城中村菜市街买菜,回来的一路上要熟练地报菜名来接受街坊邻居的"审查"。六千八百块钱的皮鞋给了她教训吧,毕竟人总是要吃一堑长一智,她决心下次攒够两千元就给家里买个沙发,软得屁股一挨就陷进去的那种,她去商场给家里的冰箱报修时试坐过。这样东西她在家能用,丈夫下班回来也能舒服一下。构想中的沙发就像是这老破小房子中马上要降临的一颗星星,整个家必定会因为这个沙发的到来蓬荜生辉。

作为丈夫附属品的储丽君,作为"忍者神龟"的储丽君,想必整个人生一定有很多"负念"吧?

但此刻我就站在储丽君家的小区门口。这是知名地产公司开发的高档"府"系列小区,公开的房源信息显示,小区内最小的房子面积在一百七十平方米,最大的是四百平方米的复式,配有三个卫生间的那种。目前整个小区根据不同房屋的朝向位置,售价在每平方米五万元上下,最高价的坐北朝南的复式,一平方米七万元。

保安做登记后也没让我进去。他认真地在门卫的电脑系统上核实后,礼貌地告诉我,我要找的储丽君之前确实住在这里,是一户中档房屋的业主,但是一个月前她和家人已经搬走了。

三

"按这个情况,你之前的案例构想不就都被推翻了?"策马上调侃起来,"还两千元的沙发?这种高级住宅区里的业主,估计两万元的沙发都嫌太便宜。"我已经能想到他刚下班,穿着西裤坐在沙发上跷着二郎腿和我打电话的样子了,他那边传来音乐,昨天他刚和我炫耀过他买了个价格不菲的音响。

亲自登门拜访无果,我却有了新发现。为了提高亦庄国美幼儿园的影响力,园长让作为青年教师的我率先开展一些新时代宣传业务。他天花乱坠讲了半小时,其实总结起来就一句话:开个短视频账号,把孩子们上心理课的视频传上去。

当我用手机号一键登录短视频软件时,毫无意外地发现这又是储丽君的旧账号。

账号昵称叫"木妹妹",只有两条视频,一条是开通账号后自动生成的欢迎视频,一条是她的自拍视频,用了古装特效,美颜开得太大,她看起来像动画片《葫芦兄弟》里的蛇精,从视频的背景里能看到一些不便宜的家具。通过点赞和关注,我发现她对手指舞很感兴趣,就是一种没有任何技术含量,只需要用十根手指来跟随音乐节奏挥舞的短视频舞蹈。

我正准备注销账号重新注册,却发现有未读私信。通过头像可知,发消息的是一个蓬头垢面的男人,他主页的视频不少,大多数是他在炕上油光满面的自拍。有些视频配乐是劲爆舞曲,画面里的他通常在农村的院子里熟练地干着木工、吃着盒饭,周围还有鸡鸭跑过,扬起的尘土飘进他的饭里;偶尔他在别人家里,看起来是城市里正在装修的楼房,配的是"户主要打家具"之类的文字。

"有条视频我直接举报了,你猜他拍了什么?杀猪!血淋淋的,都不打码!"我想起那个视频气得直拍桌子。

策叹了口气:"唉,打码这技术活也不是每个人都会,对他来说这要求也许有点高呢。"

这个杀猪木匠的昵称叫"快乐木哥"。他给储丽君发的三条私信,直截了当地点明了他们的关系。

第一条:"木妹,怎么不给哥发照片了? 哥想你。"

第二条:"木妹怎么不回哥了? 是你男人不让你用手机了吗? "

第三条:"木妹,哥想你了,哥活到现在,只有过你这么一个女人。"

我实在念不出口,截图给策发了过去。

策先是笑了一阵,说他杯子里的红酒都快被他笑得泼出来了,然后他出于职业病，又一本正经地给我普及法律知识："这大哥是真不聪明，和别人老婆偷情，还发这么过火的消息，要是储丽君老公找证据，就这厮都不用找托儿倒钩，这聊天记录就是妥妥的电子类书证。"

"你说储丽君该不会是那有钱人家的保姆吧，这穿的衣服、干的事，都不像五万元一平方米的住房里女主人能干出来的事啊？"

策马上纠正我："但保安已经证明她是业主，你又忘了细节，差点做无用功往歪道上跑了。"

我在教职工宿舍的书桌前托着腮："唉，那我还挺同情储丽君的，她可能内心真的空虚，另一半又比自己强那么多，只能从别人身上寻找安慰……"

"这是什么话？"策打断了我，"空虚是出轨的正当理由吗，自卑就可以找别人寻求安慰了？"他的声音突然变冷了，"所以我一边读研一边在律所接案子赚钱时，你才找了个饭搭子？"

我顿时有些急切，心口被戳了一下似的："你什么意思？"

无线电波里，策的鼻息重了起来，我第一次感到他在生气，他居然也会生气："就是如果不是我碰巧遇到，我都不知道你和体院那个男的每天一起吃饭的意思。"

"你又翻旧账了是吧？我再说一遍，我和他没什么，就是吃个饭而已！"我的声音一下放大了不少。心理学上总说声音大是心虚的表现，可我却总觉得加大音量只是在表达愤怒与烦躁。

"我没指控你们有什么，从从前到现在，我都没有怀疑过你，"策突然沉默了一会儿，再开口时已经有些哽咽，"你以为我是介意你和他吃饭？我是介意你为什么不快乐却不坦白地告诉我，原来我在你心里那么不可靠！"

我讥讽地笑了："告诉你？怎么告诉你啊大律师，你那么忙，我是跑到法庭上告诉你啊，还是……"

策那边传来东西碎裂的声音，他的嗓音颤抖着，又一次打断了我。从小到大，我说话从没被策打断过，今天我却被打断了两次，他直接开口："就像今天，我真正失望的不是你和那个男的吃过饭，而是，第一，你太以自我为中心，代入了自己就去同情一个背叛了婚姻的人，觉得这种事理所应当；第二，你从来没想过修复我们的关系，从你选择找别的男人倾诉开始，一直到你不顾我们的感情，为了打败被你当作假想敌的我，你想用自己的成就和我一较高下，非要找个破烂工作拿个户口来赢我！"

"够了！又绕回来了！"我吼了起来，玻璃杯被我推过桌沿落入悬崖。杯子碎裂的声音特别好听，策那边传来"嘟嘟嘟"的忙音，而我趴在淌水的书桌上哭了起来，桌沿滴下的水、我的眼泪，全都滴滴答答敲打在房间里。

四

储丽君一开始是觉得他口哨吹出的《梁祝》实在是好听，喉咙里像住了只百灵鸟。再聊几句，还是个小老乡！家乡话说过几句后，一下关系就近了、密了、稠了。《梁祝》这曲子在北方农村里人人都听过，哪个村的村支书在大喇叭广播时能没有这首歌做背景呢？储丽君必须对这首歌有着本能的生理反应，村口的电线杆子上，村支书的声音总是那么让人紧张。

储丽君就这样在婆婆正装修的房子里认识了"快乐木哥"。他个子高，虚胖，肿眼泡，两眼分得很开，但正因如此，他看起来有股无来由的快乐和天真。

老公有钱，公婆家自然更有钱，要么怎么子承父业呢？婆婆这辈子最难受的就是儿子找了储丽君这么个老婆，家在河南新乡的储丽君，一嘴土话，管她的宝贝孙子叫"小小"。其实储丽君也嫌弃婆婆把"孙子"叫成"孙贼"，但婆婆更气的是纠正储丽君好几次，她还是习惯性地蹦出那些土话，这个村姑，还不如儿子大学时谈的那个乡巴佬，好歹人家一口普通话，开口不让人臊得慌。

在婆婆眼里，储丽君应该就是个在家吃闲饭的，建筑公司的忙一点都帮不上。婆婆看不上储丽君，却把孙子放在心尖上，最近她想住得离孙子近点，就又买了套新房。眼下有新房装修这个机会，储丽君天天跑过去盯装修，想好好表现一下，一颗螺丝钉都恨不得要打车亲自去买。

婆婆的床和衣柜都要纯手工打造，尤其衣柜，必须是红木刷亮漆，嵌进墙去的。婆婆说了，这才是家，挪不动的，稳稳当当的家。

快乐木哥作为当时负责打家具的木匠，指出了这种漆法的弊端："这大立柜要是做大亮面，只要稍微刮了一小道子，看着就旧了，划不来！"

储丽君听完觉得有道理，她想起婆婆之前住的房子里，红木柜就因为布满划痕看起来旧旧的。快乐木哥还一边说一边用磨具打了一小块磨砂面的红木给她,储丽君拿在手里时感受到了那块木头被快乐木哥攥过的温热,她拿着这块温热的木头,鼓起勇气去找婆婆询问,果不其然被婆婆拒绝了。

彼时婆婆正在训斥一对负责贴卫生间瓷砖的小夫妻,让他们不要用卫生间的马桶小便,有需要就去物业那边借厕所。储丽君其实很喜欢这对小夫妻,他们两个干活从来不说话,有种天然的默契,男的负责贴,女的负责刮缝,安安静静的,只能听到刷子蹭墙的唰唰声和瓷砖碰击的叮咚声,他们的配乐让快乐木哥吹的《梁祝》更好听了。

婆婆大约一周来视察一次,每次两小时左右。每当她来视察时,《梁祝》没了,小夫妻的配乐也没了,大家都心惊胆战的。

婆婆拒绝储丽君的磨砂面提议后,还批评了她不听长辈的话、想法太多、不孝顺。储丽君一一点头向婆婆道歉。

婆婆走后,小夫妻很明显松了一口气,快乐木哥倒似乎没受什么影响,口哨吹得更响。

其实储丽君也许不是不喜欢京片子,她最开始在这座城市和丈夫看对眼,就是因为丈夫那口京片子让她觉得自己终于能离开那个让她饱受重男轻女之苦的家了,算是找了个靠山。

婆婆当时不乐意,却也因为她肚子里的孩子让她进了门。生完孩子后有段时间,储丽君一听京片子就反胃,婆婆一口京片子,满嘴都是让她多喝猪蹄汤,她感觉自己还不如老家猪圈里的那头母猪,猪吃的泔水里的菜每天还不一样呢。这时储丽君开始想念家乡话了,她隐隐明白了,她喜欢哪儿的话,取决于她那一刻在哪儿可以过得更好。她希望自己平时住在北京的高级公寓里,但只要开始喂奶就能瞬间移动回到没有婆婆的老家。

所以,当快乐木哥看她站累了,说出那句"你坐门各老这个墩儿吧"(你坐门后这个凳子吧)时,储丽君一下就忍不住和他亲近起来。从心理学的角度来说,河南新乡话在某种程度上唤起了她对生活的热情和自我认同。到了行黑(晚上)的时候,她吃过晚饭又赶过来给快乐木哥送了碗扁食(馄饨)。一来一往,她知道快乐木哥家里有个常年重病的老娘和残疾的哥哥,嫂子早跑了,留下个不大的侄女,三口人靠他一个人养,所以他三十好几也没娶妻。快乐木哥知道她上了个普通大专,之前在北京打过工,结婚后是个家庭主妇,丈夫不大爱和她待在一块,婆婆总给她气受。

有时候两个人聊着聊着就沉默了,在空荡荡的房间里,对着四处飘浮的灰尘叹气。有时候他们聊天还关了灯,为的是能更好地从露台看一看远处星星一样的万家灯火。

真正出问题是在快乐木哥快收工那几天。红木大立柜的门内侧要安个镜子,储丽君吃过晚饭过去监工。丈夫那天恰好出差了,儿子也被婆婆带回她家住一晚。储丽君灌了一矿泉水瓶的牛栏山酒带过去,路上还买了两盒鸭货。

或许是因为那天气氛里有浓厚的送别意味,红木大立柜内侧的镜子在被安装时,合乎时宜地碎了一次。快乐木哥把备用的那块贴上,储丽君却因为收拾玻璃碴子把手割破了,快乐木哥不由分说抓着她的手去冲洗,还涂了点牛栏山酒上去。这是第一次肢体接触,但两人好像都没什么抵触心理。

松开手后他们重新开始聊天,喝着牛栏山酒吃着鸭脖,脸涨红,嘴上全是油光。快乐木哥夸储丽君长得"时辰"(好看),储丽君夸快乐木哥长得"派仗"(英俊),人也"实受"(实在)。

两人都喝到微微有点飘的时候,关了灯,一起上了露台。快乐木哥说这万家灯火,像好多火明虫子。储丽君乐了,继而突然开始吼叫:"去他的萤火虫,就是火明虫子,我妈小时候就这么教我!"她又突然愣住了,呆滞了一小会儿,低声说了句:"我好想我妈。"

快乐木哥点了点头,说:"我从小没见我妈从床上起来过,她因为生我瘫了,每次过年,她都哭,说对不起我,没让我喝上母乳,不然我不可能肾不好,脸常年肿着。"

借着酒劲儿,储丽君也放开了,她张着双臂,向无数霓虹组成的火明虫子给予自己最无畏的拥抱:"我爱你,北京,我的家。我爱你,妈妈!"

快乐木哥颤抖着手,激动地掏出手机,用手机播放了一首《月亮之上》,他的手机没有音乐功能,他是在设置手机铃声的地方找到的,就那么一段高潮部分循环播放,声音还有点刺啦。可就算这样,两个人也似进入无人之境般,在被照得微亮的房间里手拉手跳了起来。跳的不是别的,是河南乡下每逢大年十五办庙会每个年轻人都会扭的秧歌。地板上还有零星的镜子碎片,像星光托着他们两个,他们就这么跳着乐着,像要飞起来似的。

"我快走了。"快乐木哥突然把眼努力睁开睁大,原来的一条缝隙变成了一道黑亮的目光,是真正的灯火和星辰,也是两只真正的火明虫子。他身上廉价的烟草味,让储丽君想起童年时家中院子里的菜畦和牛圈里垒起来的牛粪团。"天天要跑活,不可能专门回来见的。"快乐木哥说。

储丽君点点头,这时她发现他们已经站在敞开着门的红木大立柜的镜子前。快乐木哥转过来,面朝她突然跪了下去,双手抱住她的大腿根,下巴抵在她的胸上,以一种极其温热虚弱的声音说:"你的嬷嬷(乳房)有股奶香。"

储丽君看了他一会儿,又看了一会儿镜子里的自己,把上衣的扣子一粒不剩地解开了。快乐木哥含住了她的乳头,他的头扎在她的胸前,蓬乱的头发里散发出一股河南棕壤和青草汁液的气味,湿热的舌与参差不齐的牙,让她热泪盈眶。

后来储丽君无数次回想那个夜晚,可她无论怎么往脏里想都只觉得纯净。他身上有那么多泥污和灰尘,可她怎么就一点都不觉得脏呢?

可后来他们两个都无法确定那天到底有没有"弄事",一起复盘了好几次,却都无果。储丽君第二天发现自己躺在自家的床上,身上裹着浴袍,是回到家后洗过澡的样子。快乐木哥则在光板红木床上醒了过来,发现自己只穿了内裤。两个人都不记得那天是怎么分别的,也不记得分别前做过什么。

保险起见,他们后来互删了微信,用短视频软件的私信功能联系。储丽君其实不怎么想起快乐木哥,只是偶尔发几张性感照过去,纯粹为了享受一下被痴情汉捧成女神的快乐。但偶尔她还是会在深夜疑惑,那夜镜子前,到底是什么让她热泪盈眶了呢?

五

亦庄国美幼儿园心理辅导课的沙盘游戏，一如既往的形式主义。每当孩子们在沙盘里用人、房屋、树、狗等道具摆出各式各样的场景时，我都得按照领导的要求为那些沙盘场景拍照，课后还要给每个小朋友写一百字的沙盘心理分析。说白了就是要向交了学费的家长们展示一下，这门课挖掘出了多少他们对自己的亲生骨肉不知道不了解的地方。

但其实幼儿沙盘的真正意义并不在于幼儿摆了什么，而是心理教师的引导。幼儿并不是吝啬表达，而是词汇的缺乏导致他们的表述通常较为抽象。沙盘只是个媒介，我的任务是通过沙盘引导孩子们说得更多。

当我把对沙盘游戏的解释告诉孩子们的时候，一个穿格子裙的小女孩问我："那大人也会有吝啬表达的时候吗？"

我点点头："有些，不，许多人都会吝啬表达，大人的世界比较复杂嘛！"

她托着婴儿肥的腮部问我："那大人怎么才能说出真实的想法呢，也摆沙盘吗？也是摆房屋、树、人吗？大人的沙盘里会有更多的人吗？"

我想了想回答她："也许大人更需要学会的，是从远处看着自己，像个旁观者那样。"

储丽君的朋友圈一直没有更新过，但我接到过几个令人吃惊的电话，是放贷公司的。

有一个电话说："储丽君女士，请问您什么时候能还下一笔钱呢？您现在二十万元的贷款里还有十五万元没有还，后天又要开始算利息了。"

还有一个电话说："储丽君女士，请问您还需要从我们这里贷款吗？"

我问他："以我的额度可以贷多少呢？"

"如果您还像上次一样抵押一辆车，三十万元以内都是可以的。"

似乎是在借机缓和关系，也似乎是真的想找策讨论，接到电话的几天后我还是给策发了微信过去："储丽君借了贷款，前后加起来五十万元。"

等了十多分钟策还没回复我，我又补了一句："你说这个钱她会不会拿去赌博了？"

过了一个多小时，策直接打了电话过来，手机屏幕蹦出他的名字时，我居然松了口气。

"我刚才在开庭，"他周围传来许多人说话的声音，有些嘈杂，"这个嘛，有没有可能和小木匠私奔了？"

我忍俊不禁："什么啊，你当影视剧呢，有丈夫有孩子，怎么可能说走就走？"

策似乎走到了一个公园里，周围有阵阵林涛之声传来，他清了清嗓子："我今天的这个案子，就有点这种性质，一对情侣都谈婚论嫁了，女方见了男方母亲吃了顿饭，吃完饭男的还怕女的穿高跟鞋累，把她背到了家门口，结果你猜怎么着，之后那个男的就失踪啦，什么微信、电话全都联系不上，租的房子也不见人。"

"啊？怎么有这种事，是被绑架了吗？"我歪着头听着这个离奇的故事。

"法庭上，女的向男的索赔精神损失费，还想要个说法，结果男的说：'我妈不满意她，告别分手太麻烦，她肯定会闹，于是就直接走了。'"

"唉，真是什么人什么做法都有……"我不禁叹了口气，但很快我决定，在这次谈话里我要比策先开始调侃，"所以是不是很多人说离开就离开了，就是一瞬间的事情啊，比如你这么刺溜一下就到上海去了。"

"你当我是蚯蚓啊，还刺溜一下。"策笑起来，但又很快沉默，林涛之声代替了他的发言，表述着一种夏天将尽的心情，"其实我还挺想你的。"

我故作轻松："嗯，但是你这种大律师，这么理性，应该会觉得我们暂时失去彼此也没什么，对吗？有心总会重逢。"

策也轻松起来，又开始了习惯性的调侃："你要我切除前额叶吗？你这美好记忆的主演，我爱情的绑匪，"他深吸一口气，"以前以为爱情是以卵击石，爱情是鸡蛋，现实是石头，现在才发现，爱情是石头，而我是个鸡蛋，被击得稀巴烂！"

"有意思，你去了上海，说话都越来越小资了，"我笑了笑，"但是我也许下个月辞职过去找你，现在幼儿园的领导事太多了，每天都加班。"

"也没准我去找你，北京也蛮好，上海湿热啊，也没有很舒服，但是如果你来，我记得你以前一直想去 NGO（非营利性的社会组织）工作，我认识个给留守儿童写信的 NGO，你应该会喜欢……"他说着说着又来了精神，说了好多个有意思的人，好多件有意思的事。

我打电话的时候正在地铁上，已经毕业的我正忙着从学校把行李分批运到教职工宿舍，策说要去忙案子，挂了电话。我拎着一包被褥，好不容易找到一个座位，习惯性地打开手机，决定和储丽君来个道别，我又搜索了那个微信号。

储丽君居然更新了一条朋友圈，是今天上午十一点更新的。内容是一张照片，照片里是个满脸纱布只露出眼睛的人的自拍，但是我凭借额角的爹毛碎发认出了她，她配的文字是："新生活，新开始。"她身后是糖果粉色和糖果黄色相间的壁纸，是那种私立整容机构最常见的装潢。一时间我愣在地铁上，心里又想了无数种有关她生活的可能，但最后还是在好几种想法的矛盾中停止了想象。

一路飞驰的亦庄线照旧让北京的繁华褪色，随着景色越发荒凉，地铁上的女人也逐渐从穿套装的白领丽人、偶尔出现的几个时尚模特，变成了拎着菜的中年妇人，以及时不时上来的几个不知是否是逃课出来的女学生，双马尾和单马尾在车厢里打闹，粉球鞋踩了紫书包的脚，两个人吵闹拌嘴。

我就这么静静地坐着、看着，漆黑的隧道让车窗玻璃映出我的脸，我只觉得她们都是储丽君。

天轨

午后日头烤得人脸疼,有皮开肉绽的趋势,这种程度的高温下,巡视老大爷应该不会出来转悠。但医学院中明令禁烟,抽烟肯定不能明目张胆。闫春阳躲在郁金香花丛中,脸朝天躺着抽,吐烟时一歪头,把烟吐进花根组成的小森林里。烟雾细密地伸展着,钻进花茎之中,飘摇舞动着上升至金色的花朵周遭,姿态妖娆。

细小的蚊虫爬进他的裤腿里,荧橘色的清洁工服在夏天是蚊虫的重点攻击对象。他痒得心烦,叼烟站起,想把虫子抖落,还没抖,裤兜里的手机就响了。

来电的是邱子楚,是他在老家颐粟城——那个机场都没有的小城市里最好的朋友。两人平时不咋打电话,都是发 QQ,闫春阳离开颐粟城时,智能手机还挺贵,就买了个老人机一直用到现在,所以只有去网吧打游戏时,能用电脑上 QQ 和邱子楚说几句话,然后哥儿俩的友谊就全融在 *Dota* 里了。

邱子楚的声音比他记忆中要更沙哑点,一听就是烟抽太多,又爱朝嗓子眼灌酒烧嗓子。没有开场白也没有寒暄,邱子楚上来就直奔主题:"文明月死了,前两天有人在罗汉山脚下发现了她,报了警,发现的时候都成白骨了,肉全烂没了,幸好发现了身份证才有方向做 DNA 检测,要么都不知道是谁……警察说已经死了小半年了,就那么躺在山脚下的深林里,唉,大概率是他杀吧,报道是这么个说法。"他的声音携带着这个悲伤且惊人的消息,通过无线电,从遥远的北方小城颐栗钻进南方的湿润里,弥散之时带着一股记忆中的烟臭味,最后跌落在闫春阳的耳中,黏糊糊的。

闫春阳张了张嘴,刚想说点什么,远处巡视的就走过来了,喊着:"那个抽烟的!"

"先挂了啊。"闫春阳挂电话,一压帽子盖上半张脸,把烟头用手指一捻熄灭,拎起拖把和大扫帚快步走开了,巡视老大爷压根追不上他。

闫春阳在有许多人体模型的外科教室里拎着拖把,来来回回地拖那些黑白相间的地砖。医学院的教室里冷气开得很足,角落摆着福尔马林泡的人体标本,但是因为阳光从窗外投满整个教室,所以并不让人觉得阴森。

他拿起抹布在那些人体骨架模型上擦着灰,想着文明月,那具曾与他靠近的身体,现在已经成了白骨。

她又亮又圆的小鹿眼,现在应该是骷髅头上的两个窟窿;浑圆饱满的双乳在那具白骨上寻不见踪影;平坦柔软的小腹,已成了一根根肋骨;两条纤细却有些弯的双腿,脱去皮肉后是否是两根微弯的骨头……他想起她卧在他右侧,廉价的香水味从她柔软身体的沟壑中飘出。他拉起窗帘假扮天黑,雪白的她在人造夜色中就变成了曲线连绵的山脉,他的手像条孤寂的鱼在上面游走,掠过低谷,经过小河。

闫春阳打扫完教室,回到医学院的清洁工宿舍,用脚将鞋甩到地上,躺上了单人床。三个室友中,一个在睡觉,鼾声很响,另外两个在一旁打牌,偶尔他们手中的啤酒瓶碰在一起,叮叮当当。闫春阳拒绝了他们递过来的啤酒,看着小窗外茂盛的黄葛树,已经是黄昏了,夕阳穿透树叶,风吹过刮起阵阵林涛,叶子落在地上,成为被遗忘的影子。

他期待着天空会出现一架飞机,后面拖着一条长长的尾迹云。他睁着眼等到天黑,窗外才有架飞机飞过,在光污染过重的夜空里,留下一条灰色的尾迹云。

闫春阳第一次和文明月熟悉起来时,天空中也有这样的一条尾迹云,只不过那个时候是盛夏的晴天,颐粟这座小城市的天空没有污染,尾迹云是白色的。

那是在中考前的最后一节体育课上,老师破天荒地没有占课讲数学,说是要给学生们临考前放松一下。那天他吃了母亲给准备的感冒药,他并没有生病,但母亲逼着让他提前几天吃上预防一下。感冒药的安神作用让他昏昏欲睡,他没和同学一起去打球,而是溜到教学楼后的小树林吹吹风。

他们就是在通往小树林的绿色楼梯上相遇的,旁边还有座巨大的锅炉房。

"你在看什么,是尾迹云吗?"闫春阳眼前的这个女孩一直望着天,此时小城的天空中,有飞机飞过时留下的尾迹云,长长的一道白色,像一条轨道延伸向不知名的远方。

"嗯。"坐在楼梯上的女孩抬眼望向他,一双明亮的小鹿眼,闪着哭过后残余的泪光,她右脸微微肿起,看得出被打过,但依然盖不住她的与众不同。

闫春阳想起她叫文明月,邱子楚这个包打听曾和他说过这个女孩的八卦,说她长得还不错,经常和校外的社会青年搞在一起。他目光掠过她哭泣过的双眼,落在她饱满的胸脯上,有点相信了邱子楚口中的八卦。

"你说这趟飞机是飞去哪儿的?"闫春阳重新和她对望。

文明月的目光勇敢地刺进他的眼睛,语气显示出她性格中单刀直入的一面:"上海吧,或者深圳?"

"你坐过飞机吗?"闫春阳向文明月发问。

文明月仰起头,看着渐渐变淡的尾迹云:"坐过啊,把手伸出窗外,还能摸到云彩。"她伸手做了个抚摸云彩的动作,显得稚气又可爱。

闫春阳没坐过飞机,文明月的描述他听得有些羡慕。"摸云彩啊,"他也下意识伸手在空气中挥动了一下,"其实我挺想坐回飞机,离开颐粟城。"闫春阳看着那条逐渐变淡的尾迹云自言自语,他没指望这个漂亮又带点社会气的女孩对他莫名幼稚的发言有什么回应。

但文明月开了口:"我也想。"

从那天开始,放学后他们常约在中小学一条街最里面的"十三月"冷饮店见面,他们一起写作业或聊天,耗上半小时再回家,有时甚至更久。他们分享着彼此的秘密，像蜘蛛吐丝，用一圈圈记忆，将那些难得暂时远离家的时间束紧，装进不会被发现的口袋。

闫春阳想坐飞机去大城市，是因为他听姥姥提起过他素未谋面的亲生父亲就在南方的某座大城市，他其实想问问姥姥，爸爸可能在哪一座城市，他想去看看他。但是还没等开口呢，他就被一旁的母亲劈头盖脸一顿骂，还是那一套老话："你还没出生，你爸就跟着个狐狸精跑了，我羊水在家破了都没人管，你又是难产，要不是邻居路过，咱娘俩早死了！你爸就是想我死，想你死，才丢下我们找那个贱人去的！"

这还不算完，母亲骂完父亲还要再流上一会儿眼泪，边哭边用沙哑的嗓音再把闫春阳骂上一顿："你这该死的小灾星，我辛辛苦苦把你带大，受了多少女人不该受的罪，就为了你，妈这辈子没再找过男人，多少人给我介绍，想当年我条件多好！你们老闫家就是灾星，要活活耗死我，你爸没准早死在外边了，你又好死不死在这儿恶心我……"

这种骂，闫春阳从记事起就得隔三岔五挨一顿，内容和难听的程度都差不多，挨骂的原因有时是他没考好，有时是提起了某位同学的爸爸给他送药之类的琐事，有时甚至是毫无缘由的。"爸爸""父亲"之类的词汇，在闫春阳家像是几根埋在各个房间地板下的导火索，一提即燃，母亲就会原地爆炸。闫春阳明明从未见过爸爸，却要常因他受折磨。

他也回应过母亲无止境的咒骂，他说："妈，你其实应该再找个人一块过，我希望你幸福。"他希望能宽慰她，能让她幸福地开始新生活,而不是像个在婚姻的莫比乌斯环内无限循环的死囚。

但母亲将一块擦灶台的臭抹布摔在他脸上,怒视着他,仿佛是他侮辱了她圣洁的母爱:"你个小灾星,你爸和那个骚狐狸跑了,你也想让你妈当个勾搭男人的贱人,你好当个贱种?"

他将抹布从脸上拿下来,跑进洗手间,用清水洗脸,却发现油污像被吸进了毛孔,怎么都搓不净。他拿起肥皂在脸上洗了两三遍,从此闭了嘴。

中考前那阵子,他向母亲撒谎,说是去书店温书,其实周末以及每天放学后他都和文明月在一起,他们在十三月奶茶店写作业聊天,或是去学校后面的佟山上散步。就是在这段时间里,闫春阳在心里默认了文明月或许是他十五年生命中,第一个与他有精神共鸣的人。"精神共鸣"这个词是他上语文课听老师讲的,那节课讲的是《高山流水》,主人公是伯牙与子期。

他从没听文明月系统讲述过她的身世,或许是她作为一个语文考试时作文都没写完过的人,表述力实在太差。闫春阳通过她七零八落的表述,将那些支离破碎的片段拼凑起来,勉强知道了她父母离婚后各自去了外地发展,她现在跟着奶奶生活。他没打探过她那些男朋友,倒是邱子楚有次撞到了他和文明月在小佟沟的街上散步,一副惊掉了下巴的表情,次日邱子楚就拉着他一顿八卦。邱子楚有个极其八卦的妈,每次就算只是来开个家长会,都能组织几个同样好事的家长,通过聚餐逛街的方式,把班里学生的家长里短打探个一清二楚,然后将这些消息带到家里的餐桌上,让邱子楚把这些八卦和晚饭一起吃下去。

邱子楚说了很多个不同版本的文明月，都是从他妈嘴里听来的。有的版本是文明月的妈和她奶奶婆媳关系不好，导致了离婚，不好的原因是老生常谈的重男轻女，因为文明月是个女孩；有的版本是文明月的奶奶靠低保生活，养不起她，就默许她在外面交男朋友，那些男朋友除了不良青年，还有出租车司机那类大叔，为的就是让文明月从他们那里拿点零花钱，她和奶奶一起花。

还有一个版本是邱子楚他妈自己推测的，说有次家长会后老师留几个家长又开小会，单独把文明月和她奶奶叫到了办公室。邱子楚他妈在门外偷听，由于办公室的门隔音效果太好，她只零星听到了"乱交朋友""作风影响不好""被举报开房"几个词，还有一声响亮的耳光声和她奶奶方言味很重的骂人声。门再打开时文明月从里面和她奶奶出来，脸上红红的。

邱子楚的妈一本正经根据经验推测，她奶奶一边花着文明月的"脏钱"，一边还立了牌坊，把自己择得干干净净。

闫春阳苦笑着听邱子楚讲完这些八卦："那我该信哪个版本呢？"

邱子楚喝一口啤酒，跷着二郎腿说："反正各个版本也不冲突嘛。"

中考前的最后一天，闫春阳和文明月一起去看考场，他们照常在夏日的暖风中站了半个多小时，就那么看着一架架飞机从天上滑过，留下一条条白色的尾迹云。不知道为什么那天的飞机特别多，最多的时候有四架连续飞过，四条还没消散的尾迹云交错在一起，像张笼罩在他们头顶的网，过了一会儿只剩下两条不相交的，像眼泪被分成两行。

"你说这些飞机是从哪个机场过来的？"闫春阳用左手指着那些逐渐斑驳的尾迹云，右手不自觉地晃着一瓶饮料。

文明月接过那瓶饮料，微微拧开一点，给它放气："北京、上海、广州？"

闫春阳转过头看她："要不我们去大城市看一次？就看看，待一天就回来。"这个提议，光是说出口，就已经让他双眼放光。他想着趁母亲值夜班一昼夜不在家的时候去，就算回来被发现了，大不了一顿骂、一顿打。

文明月也兴奋地点头："好呀，中考结束我们就去！"闫春阳激动地握住她纤薄的肩膀晃了晃，橙色的饮料一下顶飞了盖子喷涌而出，弄脏了文明月淡紫色的裙摆。

但那个暑假他们没能如愿去一次大城市，他们甚至没能见到面。约好的日子到来之前，闫春阳就被禁足了。家里没有电脑，没法登 QQ，唯一的小灵通在母亲手里，他摸都别想摸。

被禁足的原因并不是闫春阳犯了什么错，是爸爸回来了。

爸爸是作为一堆楠木盒子里的骨灰，被一个白白胖胖的阿姨捧回来的，她敲门时母亲正在做饭，闫春阳开的门。门口有两个人，一个是那个阿姨，另外一个是爸爸以前的朋友，他站在那个阿姨背后，一副保镖的样子。闫春阳记得他，姥姥偷偷说过他是爸爸的战友。小升初升学宴的时候，他来送过一个红包，但是被母亲轰了出去。那个阿姨并没有母亲好看，但说话轻轻柔柔的，看着很面善。

"你是春阳吧？"那个阿姨站在门口，眼睛微肿，是最近常哭的样子。闫春阳点点头，那个阿姨就把双手捧着的骨灰盒放到了他手里，说："春阳，阿姨不方便搁这儿待太久，长话短说，接着，这个是你爸，他一直都想回来看看你和奶奶，"她左手上戴着个玉镯，说话时会轻轻用右手转动，"你不要太难过，你爸一直都很记挂你。"

这是闫春阳第一次见到爸爸，爸爸有点沉，压得他胳膊很酸。母亲从厨房过来看着眼前的人和事，在原地愣了一小会儿，就很快指着那个阿姨的鼻子大骂。那个阿姨没有还嘴，只是盯着爸爸的骨灰盒落泪。

倒是那个作为爸爸朋友的叔叔抓住了母亲要用锅铲上来打阿姨的手，说："春阳妈妈，谁也没有对不起你，当初浩哥和你性格不合，想和你离婚，你不离，非要把孩子生下来。这么多年他也没少托我给你捎钱。上面这些话我是说给春阳听的，希望你不要再为难自己、为难孩子，也不要再让所有人难堪。"那个叔叔松开了手，拍了拍那个阿姨的肩膀，带着她离开了。临走的时候，他又转过头对着母亲补了一句说："对了，浩哥让我感谢你把春阳养这么大、这么优秀，你辛苦了。"

闫春阳捧着爸爸的骨灰盒转身回房间，他步伐很快，有种莫名的紧迫感和危机感，好像再不把爸爸藏起来，就会再次失去他一样。

事实证明他的感觉没有错，母亲叫住了那个阿姨和叔叔，疯了一样从闫春阳手里把骨灰盒抢过来，扔向了他们。

那个叔叔用胳膊一挡护住了那个阿姨，但爸爸的骨灰撒了一地，楼道口的风灌进来，和闫春阳家飘着炖肉香的厨房风一对流，爸爸就被吹得四散,只剩下骨灰盒底的一小层,被阿姨哭着用衣服包着带走了。他突然理解了爸爸,他也想被包着带走。

后来闫春阳的姥姥来家里吃饭,偷着告诉闫春阳说他爸爸的骨灰被葬在了罗汉山的坟圈子里。罗汉山是颐粟城武烈河沿岸的三座大山,因形态极似罗汉而得名:第一座山像躺着的睡罗汉;中间那座像是一尊大佛,是坐着的罗汉;第三座斜倚靠在中间那座的身上,像喝醉了的醉罗汉。

爸爸就葬在中间那尊罗汉的耳朵附近,但整个暑假闫春阳被禁足,母亲不许他出门去找那座坟,就像他幼年哭喊着要找爸爸时被母亲的耳光打到嘴里化脓,再发不出声音。

就这样,闫春阳失约了。有好几次他看着防盗窗外的天上有飞机飞过,留下一条条梦幻的气体,都会有点担心和愧疚,文明月会不会在十三月奶茶店等他?他觉得爸爸的逃离是对的,他也想逃,比以前更想。

中考的暑假结束后他被母亲直接送进了寄宿高中,在这个有一万多名学生的大型高考集中营里,他学会了旷课。曾在母亲那儿失去自由的他,进入了这所每周只放半天假的高中后,彻底摆脱了母亲的控制。他开始利用晚自习和体育课旷课,邱子楚也紧随其后,两个人都有些小聪明,从没被逮到过。

有次周日下午母亲没来看他,他和邱子楚一同去菜市场买烧鸡吃,在菜摊子旁看见一个穿棕色裤子的老太太在撒泼,痛骂卖菜的摊主西红柿给的小了,跳着脚把摊主摆的菜都扔在地上。那老太太嗓门又大声音又哑,好像含着口老痰,嘴里骂出的话比闫春阳从母亲口中听到的还要再脏几倍。摊主要报警,她就往地上一躺,瘫成一个"大"字,说自己犯病了,摊主只好自认倒霉。

邱子楚啃着刚掰下来的鸡腿说:"那个就是文明月的奶奶,"他用手抹抹嘴,语气带着讽刺,"听说文明月没考好,考到咱们隔壁的艺校去了,学健美操呢,看看这家教,她能好到哪儿去?"

闫春阳一巴掌拍在邱子楚背上,张口就损他:"你现在怎么跟你妈似的,动不动就东家长西家短的。"两人一路打闹着,拎着烧鸡回了学校。闫春阳心里却莫明暗暗有些心疼,有这么个奶奶,文明月的日子一定不好过吧?以前一起在十三月奶茶店吃东西的时候,闫春阳光顾着吐苦水说自己母亲骂自己了,怎么从没问问她呢?

问的机会很快来了,就像打扑克时幸运之神降临,要什么牌来什么牌。中秋节前,闫春阳的高中为了节省场地租借费,和隔壁艺校开联合运动会。闫春阳在观礼台上和邱子楚打"五十开",一下抽中了大小王。

他转头,想看看身后有没有同学偷看,一下就看到了在主席台上整理稿子的文明月,那里等着当临时播音员出风头的女孩子很多,根本轮不上她念稿子。她雪白的脸上出现两团红晕,修长的手指将一沓稿件分开,订好。

他撇下那副王炸牌,一脚跨两个台阶地走到主席台上来到她面前:"明月。"他叫她的名字,她抬头看着他笑了,小鹿眼弯成月牙:"早就看到你啦。"

"那怎么不来打招呼?"两个人在运动会结束后,走上中学时常去的那条街,准备去十三月奶茶店。

"那你怎么不解释下，"文明月用手点了下闫春阳的鼻子，"约好的事你放我鸽子？"这时街边的小孩打翻了手中的奶茶，差点溅在文明月身上，她一跳，轻轻撞在了闫春阳身上。闫春阳的身体不自觉地绷紧了，他没想到文明月看起来瘦瘦的，撞在他身上时却肉肉的。

"那我们去找找？坟地应该不难找。"文明月听着骨灰的事，听得沉默。

闫春阳摇头："我只想尽快逃出去，我们去北京，坐飞机走吧，我们逃吧。"说完这句时他们已经走到了十三月奶茶店门前，但它已经关门了。

两人约好中秋节后每周末都见面，就在离两所学校都很近的"星期八"酒店旁的小吃店。但见了几次两人就进了星期八酒店。

直到现在闫春阳都想不起，那天他们到底是怎么进的星期八酒店。他们本来在聊如何搞到去大城市的路费，聊着那些类似做服务员卖烧烤的搞钱手段，闫春阳还喝了点白酒。后来他记起了零星的片段，好像是文明月说了个有关清明节的承诺，他就感动地抱住了她。

那天酒醒后闫春阳有些头疼，他睁开干涩的双眼，看到一旁的文明月，很像一只逃亡到此暂缓歇息的小鹿。他一翻身，把她惊醒了。

她看着闫春阳，笑得很舒展："那就说好了，你去找人，我负责演戏。"

"什么？"闫春阳完全不懂她在说什么。

文明月一副嗔怪的样子，明明刚才他们都说好了，怎么睡了一觉就忘了。她只好又重复地讲起他们"仙人跳"的计谋。

文明月的几个追求者里,有几个都是有家庭的出租车司机。她负责把他们骗到宾馆,放在包里的小灵通会一直和闫春阳保持通话状态,脱衣服时文明月会惊叫一声"哎呀",小灵通另一端,收到"哎呀"暗号的闫春阳就带几个人,拿着电棍砍刀冲进去,说文明月是自己的女朋友,逼着出租车司机私了,要不就报警。

"他们肯定不敢报案,怕被老婆知道,所以咱们一次要个三千块钱不成问题,跑黑车一个月能赚万把块钱呢!"文明月兴致勃勃,眼睛闪着狡黠又脆弱的光芒。

闫春阳摸着她的头:"害怕吗?"

文明月细声细气地说:"有点……"但她很快抬起头,变得很坚定,"但是我们拿到钱就走了,所以越快越好。"

她的态度鼓励了闫春阳,他醒了酒。

闫春阳没有把邱子楚拉进这项计划里,他找了学校的几个扛把子,说好了他用他们的"兄弟"充人数,交换的代价是扛把子要从"仙人跳"的收入里面抽三成。

他们成功了两次,第一次要了三千元,第二次四千元,除去分给"扛把子"的抽成和他们两个事后一起吃饭开房庆祝的钱,剩了四千多块钱。

第三次即将开始筹划的时候,闫春阳有点犹豫,他拉住文明月用小灵通给出租车司机发短信的手,说:"要不咱们别做了吧,四千块钱够路费了。"

文明月拍了下他的手背责怪:"做都做了,还差这一次?"她很快意识到自己说的话不太合适,冒出了一丝不该有的风尘气。

于是她又柔声道:"四千多块钱只够路费,咱们两个到了那边,得租房,找工作还要一段时间吧?"见闫春阳默不作声,她开玩笑地逗他,"我暑假的时候去找工作,就当个卖衣服的售货员,还找了三个星期呢!你就算去搬砖,也要找几天才能找到合适的工地吧?"

闫春阳笑了笑。

"星期八酒店太冷了,祝它倒闭!"文明月搓搓手。

"还是等我们离开颐粟城之后再倒闭吧。"他把文明月抱起来,她瘦瘦的,但该有肉的地方一点不少。

他把文明月抱到窗边,星期八酒店五楼的窗户对着一家很高的居民楼,到窗台上坐着才能勉强看到一条不宽不窄的天空的缝隙。

文明月被闫春阳放在窗台上,他在背后做她的靠背,大概等了十分钟,文明月摇着他的胳膊开心地叫起来:"你看,尾迹云!"闫春阳笑着拍拍她的背,示意她坐好,她不管,她张牙舞爪地和他比画:"多像天空中的轨道,以后我们就沿着这条轨道逃啦,去没有人认识我们的地方。"她又伸手勾住闫春阳的脖子,"但清明节的时候,我们就偷偷跑回来,给你爸爸扫墓,你没空我就替你回来。"闫春阳用力点了下头。

等闫春阳把文明月抱回床上,再回窗边探出头的时候,尾迹云已经快消失了,只余下淡淡的白烟。后来闫春阳躺在医学院员工宿舍回想的时候发现,那天是他们最后一次靠近彼此。文明月的眼睛依旧亮亮的,浅棕色的瞳孔在睫毛的忽闪中明暗变幻,更加剔透,皮肤在夕阳的照射下显出颐粟城人鲜有的冷白色,她躺在棕色的床单上,像一摊洒了的牛奶,豆粉色的嘴唇一张一合说着以后他们要住的房子,南方有多潮湿又没有暖气,可能需要买电暖器之类的。

后来在警察局做笔录的时候,闫春阳和文明月是被分开的,进警察局前的那段路,他们被关在不同的车里。

在宾馆进行第三次"仙人跳"的时候,文明月照例对着一直拨通着的小灵通"哎呀"了一声,闫春阳就带着几个人破门而入了。结果那个出租车司机有心脏病,闫春阳用电棍吓唬他的时候,轻轻地用力电了他一下,他就心脏病发作当场倒地抽搐,口吐白沫。

几个"兄弟"都跑了,是文明月颤抖着用小灵通打了急救电话,宾馆的老板和服务员当然不可能让他们走,按住了他们两个。医生来了之后按了那个司机几下,司机就醒过来了,但是显然,短暂的休克并没有让他的惊恐暂停下来,他第一时间就喊救命,求医生给自己报警。

闫春阳被带上警车后想看文明月一眼,却发现在茫茫夜色中,只有前方那辆警车的红蓝灯不停地闪,像是他曾在录像带里看到过的灯塔,遥不可及。几个被抓回来的"兄弟"和自己被带上同一辆车,文明月在另一辆车上。他透过后座的铁栅栏看着前面那辆警车的警灯忽闪忽闪,幽蓝与猩红交替着,像星空中长出了彼岸花,刺痛了他的双眼,完全看不到里面的人。

他们在看守所里待了一个多月,出租车司机住院需要一大笔手术费做心脏搭桥,司机的家人一直在闹。闫春阳的母亲一个劲儿来看他,逼着他把错全推在文明月身上。最开始母亲是哭闹,逼他听律师的话,不要在档案上"留疤"。最后,他第一次看见母亲服软,她像一块过期的棉花糖,又软又黏,瘫跪在了地上。

"妈给你跪下了,妈以后不管你了,只要你这次别毁了自己。"母亲含着泪,低声下气。

他们两个都是未成年人,不至于真的入刑,但进不进少管所就是另一个难题了。闫春阳不知道母亲使了什么手段,托了什么关系,后来那个来送父亲骨灰的叔叔也过来了,他看着母亲对那个叔叔和和气气,赔着笑脸,求他带了一个新的男律师过来,男律师教闫春阳怎么说话,怎么趋利避害,不到一个星期,闫春阳就从看守所里出来了。

他出来之后就被母亲托关系转到了邻城的一所重点高中重读,母亲也和单位请了高三陪读的长假,过去租了个房子陪着他。自从他从看守所出来,母亲像变了个人,熟悉的骂声再也听不见了,进他房间之前她居然会先敲门,甚至经常小心翼翼地问他最近想不想去旅行,或者去附近的大城市散散心。

他提过回颐粟城,但母亲沉默着,只在五一节假日带他回去见了姥姥。那时他已经快要高考,但他硬要从家里出去母亲也没敢拦。

只是他跑遍了文明月可能去的地方,都没能再寻到她的踪迹。连邱子楚也仅仅知道她搬家了,好像去了县城,但具体是哪一个县城完全不知道,也好像是去了外地打工。听她以前的邻居说她清明节回来过一次,带着些纸线,穿的衣服用的包比以前强多了。十三月奶茶店的店主说:"大概是文明月清明节回来那次,她穿着一件黑裙子过来买过一杯奶茶,之后就没有再见过了。"

"你想见她啊?"在情人路的烧烤摊上,邱子楚给闫春阳递了一瓶啤酒。

"也不是。"闫春阳拿起一盘炒田螺,看着波光潋滟的武烈河,还有它背后的罗汉山,心里五味杂陈,不知道到底是想见还是不想见。其实,他找文明月只是想看她一眼,最好是能躲在一边偷偷地看。

高考后闫春阳毫无悬念地落榜,母亲提过让他复读的事,但都被他用沉默拒绝了。一个月后他背着行囊偷偷在夜里出发——已经和母亲说好了要去深圳打工,但真的要走时他却发现,自己其实没有勇气与母亲告别。后来有次回家过年,母亲告诉他,其实他走那晚她一直醒着,听到他落锁关门的声音后,她才坐起来,到另一个看不到他的窗边,看着颐粟城夜色中亮着一串黄灯,内心出奇的平静。

他拿着高中学历,在深圳一所二流医学院找了份清洁工的工作,整个外科教学楼都归他打扫,他拿的工资比其他学校的清洁工多五百元,过年过节还有福利。偶尔他发工资后,赶上心情不赖,他和几个室友去赌球,玩小钱,输了不心疼。他有过两个女朋友,一个是烧烤摊的服务员,后来嫌他没钱,跟烧烤摊老板搞上了;一个是在夜市开化妆品小店的,后来电商兴起,做那个什么微商去了,有次他们闹得不愉快是因为他的老人机没法给她刷单,她一气之下走了,从此没再联系。

后来他每天都睡在医学院宿舍的床上,床不大,刚好装下他,但也不能打滚或随意翻身。室友经常调侃他,这么高的个子睡这张床,活像躺棺材,这个形容很符合医学院的气氛,他们喝了半箱啤酒后,一起哈哈大笑。

　　闫春阳有些困了,他听见窗外的林涛渐渐停了,那些黄葛树不再随着夜色颤动,职工大院陷入一片默哀式的死寂,又过了一会儿,下起了大雨,噼里啪啦砸在水泥地上,听起来很疼。

筒子楼里的爱丽丝

第一章　日食

日食:指地球进入月球的本影中,太阳被遮蔽的情形。当太阳、月球和地球在同一条直线上时便会发生。

日食 I

颐粟城中心桃李街中段,有栋五层单面绿色玻璃大楼,名叫青少年宫艺术学校,市民们叫它"绿宝石"。绿宝石一共五层,里面林林总总装了学音乐、舞蹈、美术、播音主持、体育的五类艺体生,一楼的教室偶尔用来给奥数比赛的学生们作临时培训教室。家长们把在绿宝石上课的学生们统称为艺术生。没人在意"艺体""艺术"两个词有什么差别,反正学校调查高考报考志愿门类不都要填上"艺术"两个字?

生机盎然的绿是颐粟城教育口常用的颜色,除了青少年宫艺术学校这种夸张的通体绿玻璃大楼,其他中小学的楼梯、墙漆大多也都是绿色。

"教育之地全用绿"是吴雪碧市长提出的,在任期间他总是笑眯眯地登上《颐粟晚报》,泰然自若的模样,让人很难联想到他十年后会因为贪污腐败被关进监狱,最后猝死狱中。

各式各样的绿色在二〇一一年充斥着颐粟城的教育界。普通话最标准的颐粟城人,有种奇怪的逆反心理,他们喜欢给像普通话一样正式的建筑物起外号。比如:颐粟二中是较为沉稳的墨绿,外号"老墨";颐粟八中有欧式的楼顶,用的是一种若干年后会成为流行色的蒂芙尼蓝调的绿,看着洋气,被叫"八美";新华路广播电视编导艺校通体荧光绿,夏天墙上经常爬满蚊子,所以被称为"蚊冢"。唯一墙皮是鹅黄色的颐粟第三幼儿园,也在市长下令后在墙上画满了绿色大树。

青少年宫艺术学校之所以被市民们取了绿宝石这个昵称,是因为它通体用不深不浅的绿色单面玻璃包裹,每到晴天,绿宝石大楼就会因为反射阳光在桃李街中段闪个不停,华丽得甚至有些刺眼,但那份闪烁让它在所有外表黯淡的建筑中显得出类拔萃,昵称也就理所应当地较其他学校有更多巴洛克意味。不知道从什么时候开始,大家习以为常地叫它绿宝石,忘记了它本来的名字。

颐粟城的七月炎夏,太阳光线干燥又野蛮,地面都快要被烤裂了。怕中暑,大家都尽量躲在家中不外出。但每逢周末集训午休,正午十二点,桃李街的商贩们还是会照旧看见穿着练功服的舞蹈生们从绿宝石里鱼贯而出。

舞蹈生不比音乐生，学音乐的一堂课四十分钟到六十分钟，交个练琴费每天最多练三个小时的钢琴，舞蹈生的课一上就是一整天，有时候赶上排练，午饭和晚饭都要在桃李街解决。

绿宝石的玻璃大门一开一关，刮起了颐粟城夏日难得的微风，十四五岁的孩子们，像是潘多拉魔盒里放出来的精灵。他们的鞋子、裙子上的亮片也随着或飘或闪，极小的光斑四散着，打在旁边颐粟二中墨绿色的大楼上，有时还钻进路人的眼睛里，比桃李街上洗衣店外随风飘散的肥皂泡还没有章法。

日食 II

二〇一一年这一年的春天，绿宝石开始修第六层——水晶天台，街上的高层居民每天都能看到一根根透明的水晶柱子和玻璃板被工人们抬上去、竖起来，才过去一周，原来的第五层的楼顶已经竖满了半个楼顶的水晶柱子。

路过的颐粟城市民总调侃绿宝石长了透明的头发，或者快要变成美杜莎了。只有舞蹈生黎星若在心里偷偷觉得它漂亮，还取名叫它"水晶森林"。后来黎星若把这个称呼告诉了小姐妹爱丽丝，爱丽丝又传给了其他小姐妹，同龄人之间口口相传，水晶森林就彻底变成了绿宝石天台的新名字，就像绿宝石取代了大楼的真名——青少年宫艺术学校一样。

夏日的午休时间，只有黎星若不出绿宝石的大门，在空无一人的教室里练舞。她练翻和转练得最多，平转、点步翻身，通常以串翻身结尾，双脚对着地板卖力，双臂像寂寞许久的风车终于等到风一样，疯狂地转起来，带出一股原始香根草的味道，霎时间舞蹈教室就变成一望无垠的西西伯利亚平原，无数短草上竖着黎星若这架形单影只的风车。

带有原始香根草味道的香水，是今年年初爱丽丝送她的十五岁生日礼物。龙涎香尾调散去后，延伸出一股浓烈的树液的味道。黎星若的生日是颐粟城大雪皑皑的二月，那天，黎星若难得笑着，将渐变绿色的玻璃香水瓶举过头顶，按下了喷头，然后在雪中肆意转着圈。雪花和香气一起散落在她飞舞的天然深棕色长发上，爱丽丝不小心吸进嘴里，咳嗽起来，黎星若从她嘴里闻到了橘子、生姜、香柠檬组成的前调。

午休时间，大镜子前白色的木地板上，有一半洒满了阳光，但黎星若总是在另一半的阴影里旋转，有时不小心转进阳光下，她雪白的肌肤一下被打得发亮，怕被晒黑，她会把控着节奏尽快转回阴影里，像被吸血鬼咬过，也像不敢见光的白天鹅。

黎星若经常负责独舞，要不就是群舞中的主舞，无论是佳木校长在任时，还是换了新的宋疏鸿校长，她都是绿宝石里被重点培养的资优生。她主修中国古典舞，又要经常为了进修或演出接触其他舞种，所以必须比别人付出更多努力。黎星若早就打算大学选择舞蹈专业，毕业后做专业舞者，也就自然在舞蹈技艺上努力。她拥有古典舞的柔软腰肢、芭蕾舞的优雅手臂、肚皮舞的有力核心，哦对，她还吸收了一点点民族舞的表情。

常有男生偷偷通过教室的玻璃门看她练舞，这引得几个女生嫉妒，去向老师告状。老师辛苦，午休时间还要亲自过来赶人。

但没办法，刚满十五岁的黎星若好看得耀眼，任谁的目光只需稍触到她就很难再移开。黎星若鹅蛋脸、柳叶眼、线条顺滑的细长鼻子，小却丰满的嘴唇永远微微张开，仿佛受了惊吓，让人禁不住想抱在怀里怜惜。她身材颀长，一根天鹅颈笔直插进两条深凹的锁骨中间；不大却饱满的双乳，生气似的噘着嘴朝向正前方，乳沟皱着眉躲进衣服里若隐若现，展示出不影响平衡感的珠圆玉润；紧实的臀部识趣地在大腿上方不夸张地鼓起，没有过分抢去纤腰的风头；两条腿在旋转时会拧出颇具力量感的肌肉线条，让人相信她可以不停地旋转下去。黎星若很少笑，可总有男生愿意费力给她讲笑话。

但她最近午休时不在五楼的舞蹈教室，而是在地下一层的大礼堂独自排练。五楼的楼顶正在修建天台，在舞蹈教室里时刻都能听到装修声。她怕吵，噪音一响，本来行云流水的舞蹈动作就断了，舞感也消失了。

修天台是即将上任的青少年宫艺术学校新校长宋疏鸿的主意，他要用透明的玻璃在顶楼搭建一个水晶天台。除了楼梯外，宋疏鸿校长的想法是，他在五楼的办公室也可以通过一条螺旋梯直接去天台。那条螺旋梯正在造，咚咚咚的敲打声经常响上一整天，震得舞蹈教室镜子里的小美人们的身影都颤抖起来，像湖水中的倒影被石头打皱。

天台四周的围栏是钢筋护着防弹玻璃板，其余的地方是一棵棵水晶树。晴天宋疏鸿带着学生们去顶楼拉小提琴，早起出晨功的播音生和声乐生，也可以对着那些透明的树咿咿啊啊地练发声。在他向上级提交的装修申请的蓝图里，那将是一片梦幻的艺术森林。

除建天台之外，宋疏鸿还自作主张，将青少年宫艺术学校的招牌摘了下来，挂上去两个烫金的大字"菁艺"，他的解释是谐音"精功技艺"的"精艺"，"菁"字还能显示出少男少女们的青葱感。

市政府显然不答应宋疏鸿对城市建筑的名称进行修改，但也不好驳了这位新校长的面子，就让他把草字头摘了下来。从此青少年宫艺术学校就只有"绿宝石"和"青艺"两个名字了。

当然，市民们谈起青少年宫艺术学校，最常用的名字还是绿宝石，只不过在里面上课的学生们必须改口叫青艺，以示对新校长的尊重。

三十五岁的宋疏鸿面容清冷，戴枪色细框眼镜，一米八三，热爱健身，不抽烟不酗酒，外表看起来不过二十七八岁。据悉，他在法国修过音乐教育，学会了在衬衫领子里系丝巾，还去意大利进修过绘画，全裸半裸的模特都画过，实打实的艺术高才生，来做青艺校长之前他一直热衷于支教，只想用行善的方式实现自己的伟大理想。

这些履历都用金字印在深紫色的招生海报上，闪闪发光。这次宋疏鸿当青艺的校长，据说是佳木校长年事已高要退休，高薪聘请了宋疏鸿好几次，他才答应的。

但只有爱丽丝知道这份工作其实是宋疏鸿求来的，因为他是爱丽丝朝夕相处的亲舅舅。爱丽丝的母亲叫宋疏渺，是宋疏鸿的亲姐姐，在爱丽丝上小学时，爱丽丝的母亲和爱丽丝从银行买断工龄的老爸一起去了南方做生意赚钱，把爱丽丝留在了颐粟城给舅舅宋疏鸿和舅妈仲仪照顾。

其他学生叫宋校长时，爱丽丝也跟着一起叫，只不过下了课她会坐上宋疏鸿的车,在车门关闭后习惯性地向舅舅抱怨今天练得腿酸,再央求舅妈做自己今天想吃的菜。

仲仪会拍着爱丽丝的背问她:"是菠萝咕咾肉,还是糖醋里脊?"

爱丽丝经常奶声奶气地撒娇:"古老的菠萝肉。"逗得宋疏鸿和仲仪笑出声。在爱丽丝心中,他们都是有耐心又善良的人,像爱丽丝真正的父母那样疼她。

爱丽丝和亲生父母差不多两年见一次,平时经常视讯联络。托他们生意兴隆的福,爱丽丝有最新款的平板电脑,他们就会在不忙的时候从电子屏幕中浮出来和爱丽丝视频,用电子设备享受天伦之乐,像是游泳的人在换气,但偶尔也会因为和爱丽丝视频误事,耽误工作电话,像呛水。久而久之爱丽丝不忍再去打扰他们忙碌的生活,只发文字聊天,让他们坐上"潜水艇",安心沉到商海里去。

宋疏鸿从小学钢琴,在艺术方面表现出过人的天赋,但过人的范围仅限于颐粟这座小城市。长大后的宋疏鸿艺考失败,不甘平庸跑去国外学音乐,还用爱丽丝姥姥的钱多学了一门绘画,专画女性身体,在文艺青年的小圈子里很吃香,红过一阵子。

据说在当年人均工资一千元的时候,他还花过一万元买了一把小提琴,为了追求艺术他不惜倾尽所有。当然,是因为家里有钱支持他。他留学回来后本来想去北京继续搞艺术或者被艺术搞,可惜一去北京才发现"海龟"太多——从前抢手的海归,随着留学生的增多一下变成了"海带",待业在家或出租房里,迷茫地为未来发抖。他也是其中一条不怎么特别的"海带"。

于是,曾经在埃菲尔铁塔下仰望薰衣草味蓝天的少年,只能躺在北京的地下室里,等着那些永远不会打来的入职电话。他悻悻回到颐粟城,开始躺在家里。爱丽丝看见过他在落地窗前的躺椅上晒太阳,清冷的面孔被夕阳勾勒出橘金色的绝望。

后来他还是向家里人开了口,靠着爱丽丝姥姥和爱丽丝父母在颐粟城还不错的人脉,得到了一份普通艺术学校的顾问工作,凭着怕苦怕累怕没处洗澡的技能,他在每个寒暑假过着三天两头往家跑的支教生活。但他对慈善支教事业的"执着",也让他混了个"支教之星"的名头,还托关系得了"颐粟城十佳青年"的美名。

那个岗位他一熬就是七年,实在熬不住了,这次青少年宫艺术学校校长的位置,他无论如何要向家里人开口。

但家里人对推他去青艺当校长有个前提,就是他得结婚。于是宋疏鸿和仲仪结了婚,在结婚前,仲仪只是他拿来搪塞家人的恋爱幌子。

仲仪这位未婚妻,一"未"就是七年。可好脾气的仲仪偏偏愿意,没出过颐粟城、大专都没毕业的她,觉得从国外归来、还和许多音乐家合过影的宋疏鸿,就像她青春期时贴在卧室墙壁上的海报明星一样耀眼。所以,仲仪纵然有个做干部的爹,并且还带了几十万元的嫁妆,但对嫁给宋疏鸿这件事,她也觉得自己实在是高攀了,整个人在这场恋爱里都像追星的小女生一样卑微又热烈。

只有爱丽丝老古板的老妈宋疏渺,对她弟弟宋疏鸿"不在编制内"这件事很在意,但家里其他人都替宋疏鸿高兴,觉得这份工作能赚到不少钱。特别是爱丽丝的爸爸艾远,特意拉了他的大学室友——颐粟二中的校长杨淮左来给宋疏鸿这位新校长助阵。

在小城市强大人脉的推动下,杨淮左和宋疏鸿进行了"商务对接",杨淮左同意将大批颐粟二中的艺术生推荐到青艺。预计以后每年暑假,都会有一批接一批的初中生钻进这栋绿宝石,用艺术陶冶他们刚刚开始的人生。

爱丽丝的十五岁生日和颐粟城的盛夏一起如期而至。七月一日,一个颐粟城夏季中再常见不过的炎热周五,清晨去上学之前,她照例在信箱里翻出了温瀚清每年都会提前为她写好的生日明信片。对此舅妈总打趣他们说,同城邮寄,多此一举。仲仪作为一个过分宽容的临时监护人,对爱丽丝和温瀚清青梅竹马的恋情睁一只眼闭一只眼。

今年的明信片底色是淡灰色的,上面印着幅林风眠的画——《秋林暮艳》,背景是一片颜色极深的连绵群山,牵引出青天白日,前景的树下是宁静溪流,倒映着山和树的影子。整幅画色彩艳丽、深邃浓郁。明信片背面是爱丽丝再熟悉不过的温瀚清的字迹:生日快乐,永远无忧。

生日的白天很平淡甚至无趣,黎星若照例从确定演出前的四个月开始,每个周五都请假——周五全是历史、地理、政治,是颐粟城的初中生和家长们觉得最没必要的"背卷子考试课"。黎星若不来,教室里没人陪爱丽丝传纸条聊天,无聊透顶。

爱丽丝学唱歌,也学跳舞,但都只是用来拿奖状。爱丽丝的父母让爱丽丝考虑走声乐专业,考音乐教育,毕业后回颐粟城当老师。但爱丽丝更喜欢读书写作,想读中文,自然在艺术上没有黎星若用功。

温瀚清坐在爱丽丝后桌,他一边做奥数比赛的练习题,一边用笔不时戳着快要入睡的爱丽丝,这才让爱丽丝免遭班主任的"后门毒眼"。最后爱丽丝开始写声乐课作业,老师为了考验爱丽丝乐理知识应用的灵活性,让她作首简单的曲子。

但爱丽丝想来想去也写不出曲子,一个个音符血栓似的梗住她的思绪,最后平板电脑还是变成了阅读工具,夹在练习册里,她用它偷偷看图尼埃的《桤木王》、尤瑟纳尔的《苦炼》和《东方故事集》。爱丽丝看书入迷,一看就是一整天。温瀚清做奥数题的笔在爱丽丝身后唰唰作响,像是在奏乐,也像写歌,一落笔奏出的乐章就是奥数金牌的灿烂感,那些无形的音符在演算纸上跳跃着。

午休时爱丽丝给爸妈发:工作加油。

宋疏渺和艾远回复爱丽丝:生日快乐。

放学后爱丽丝来到青艺地下礼堂练舞,今晚舅舅要像往年一样为爱丽丝办生日宴,温瀚清要提早去订蛋糕,没陪爱丽丝同来。昏暗的礼堂里只有舞台是被紫色顶灯打亮的,舅舅正坐在评委席上,台上有束紫丁香色的顶射灯光,将一群围圈的女孩子照得温柔纤细。被一圈女孩子围成的花朵中心是黎星若,舞蹈生跳舞时训练有素的笑容,在她脸上绽开时像花蕊里的蜜那么甜。

爱丽丝在换衣间脱下被汗液黏在身上的校服,换上薄纱的练功服,刚走上舞台准备加入到那些"花"里,灯光就全灭了。

停在一片沉寂的黑暗里,只一瞬间爱丽丝就明白这不过是个生日惊喜,她深呼一口气,轻轻喊着:"舅舅、黎星若……"没有人回应爱丽丝。

爱丽丝明白了,今年她也只需静静等着,等这份和每年绝对不同的快乐绽开,每年的今天,都是专属她一个人的"跨年",每年的惊喜都不一样。

舞台边缘的三脚架钢琴被追光打亮了,是黎星若在弹奏一曲《致爱丽丝》,整首曲子娓娓道来。爱丽丝从只能看到黎星若头部的钢琴前方向后退几步,发现真的是黎星若一个人在弹,十根纤长的手指配合着她跟随韵律摇起的头,泰然自若得像个真正的音乐生。

黎星若真是聪明,只在温瀚清上钢琴班时旁听了几节课,就能练会这样一首曲子,还弹得如此流畅,难怪宋疏鸿总是夸她。

曲子只弹到一半就停了,黎星若在追光下拿着话筒站起身走到爱丽丝旁边,她开了口,声音清脆温柔:"今天是我最好的朋友艾……爱丽丝的十五岁生日,她一直抱怨自己的名字不好听,那从此以后她就叫爱丽丝吧!"她纤细的手握住了爱丽丝的手,柳叶眼笑成月牙。爱丽丝珍惜地看着黎星若难得的笑容,黎星若看向爱丽丝的额头:"哎!你又出油了。"她伸手用手背给爱丽丝擦了擦。

所以在这个故事里,她姑且就叫爱丽丝吧。

整个礼堂都亮了,温瀚清拿着一束粉色的蔷薇塞进爱丽丝怀里,当着大家的面,他礼貌地拥抱了爱丽丝:"爱丽丝,生日快乐,学习进步。"

宋疏鸿从观众席走上来,颇有深意地看着他们,他和仲仪一样对他们的感情睁一只眼闭一只眼,只要不越界就万事大吉。所以爱丽丝一点都不怕他的打量。

反倒是温瀚清被他打量得脸一下子就红了,温潮清赶紧岔开话题:"蛋糕已经放在饭店的雅间里了,我们快点过去吧。"

"好好好。"宋疏鸿收回了意味深长的目光。

等爱丽丝换好衣服时其他的舞蹈生都走了,礼堂里只剩下爱丽丝、黎星若、温瀚清和宋疏鸿他们四个人。他们从地下礼堂走出去时已经临近青艺锁门的时间,所有的灯都关了,黎星若在身后叫住了他们三个,说她夜盲看不清路。

可爱丽丝明明记得,黎星若、温瀚清和自己从小一起在筒子楼里长大,他们三个人中,只有爱丽丝有轻微夜盲症。

温瀚清很明显觉得自己牵黎星若不合适,于是他提议让舅舅牵着黎星若,而他牵着爱丽丝。

爱丽丝感觉到黎星若快步走到自己旁边,握住了舅舅的手,而温瀚清握住了爱丽丝的手,还用另一只手拍拍爱丽丝的手背说:"我拉着你,松开他们吧。"爱丽丝松开了舅舅,放心地和温瀚清一起快速走出了黑暗,他们在绿色玻璃大门的门口等待宋疏鸿和黎星若。宋疏鸿和黎星若落后爱丽丝他们好一会儿才走出来。

"我看你们两个是迷路了。"爱丽丝嘲笑他们。

宋疏鸿拍拍他们三个的肩,每人一下,像敲打三个音色不同的鼓,然后笑着说:"谁跑得过寿星?谁第一个到谁就切蛋糕!"

他们三个相视了短短一瞬后,都像离弦的箭,在夏夜的风中疯跑起来。周围的路灯将整条街照得像白天一样,黎星若跑在前面,明亮的长发丝丝扬起,爱丽丝只能看到她轻盈的背影。

温瀚清知道爱丽丝跑得慢,放缓速度拉着爱丽丝跑了一会儿,就像每年体育考试时那样拉扯着爱丽丝。但跑到新华路时他告诉爱丽丝,他不想让黎星若替爱丽丝这个寿星切蛋糕,他要替爱丽丝追上去。爱丽丝上气不接下气地点头,为他认真的表情笑痛了肚子。温瀚清让爱丽丝慢慢往饭店走,然后他追了上去。

温瀚清和黎星若的身影很快消失在远处的霓虹灯里,像两只闪烁的狐狸,钻进夜晚由各色灯火搭建的丛林。而爱丽丝在晚风中缓步前行,听着街上路人们的聊天或接打电话的声音。

在这一年,爱丽丝彻底喜欢上了写作。发现别人秘密的窥私欲成了爱丽丝心里的一头野兽,爱丽丝不知道它长什么样子,但它总会在爱丽丝最意想不到的时候偷偷咬爱丽丝的心口,让爱丽丝的心揪起来,爱丽丝猜它虽然刚出生不久,但稚嫩的嘴巴里一定满是锋利的牙齿。不信你看,爱丽丝后来经常因为它心痛。

生日宴上果汁都能把三个十五岁的小孩子喝醉,是十五岁的小孩子想成人的心让他们装醉了。仲仪好脾气地给他们又去买了一桶。温瀚清和爱丽丝在桌下偷偷牵了一次手,牵得她内心小鹿乱撞。黎星若微微皱眉,用无奈的眼神看着他们,反倒被爱丽丝问怎么不急着回家,爱丽丝记得黎星若的父母一向管她很严。

黎星若的爸爸杨准左是爱丽丝他们颐粟二中的校长,爱丽丝老爸的大学室友。黎星若的妈妈还借着这层关系到爱丽丝家和爱丽丝的老妈宋疏渺以姐妹相称,成了爱丽丝的干妈。

但即使关系如此亲近,爱丽丝每年的生日宴,黎星若也要雷打不动地在晚上七点半前到家——她每年都是吃几口就回家的。以往爱丽丝还要因为黎星若中途离场败兴好一会儿,只有靠温瀚清的魔术才能再高兴起来。

但今年,黎星若拿着一杯果汁,十分轻松地跷着二郎腿,跷起的脚尖似乎要把眼前的空气戳破："黎竹西怀孕了,哦,我妈怀孕了,"她意识到爱丽丝的舅舅和舅妈还在眼前,不能像往常在爱丽丝和温瀚清面前一样对她妈妈直呼其名,"我爸找人产检,塞钱看了是个小弟弟,所以他们现在不怎么管我啦!"

氛围一下子变得沉默,是仲仪打圆场,她摸摸黎星若的头:"其实,星若已经是大孩子啦,本来就到了该放手的年纪啦,"她转头看向宋疏鸿,"要是以后我们有孩子,到这个年纪,也不管了,对吧?"

宋疏鸿并不接话,他立志做个丁克,不想生孩子,但仲仪想生,总要千方百计提孩子这茬。宋疏鸿只能直接忽视。他看着黎星若,展开他绅士般礼貌的微笑,敷衍地安慰了一句:"别在意这些,好好练舞,快演出了。"

黎星若很买账地点了点头,但爱丽丝和温瀚清都懂黎星若的苦衷,她在自己的家里可没少吃苦头。黎星若此刻点头的表情,让他们的脑海中自动响起那些哭叫声,像警报一样。

十岁前他们三个的家还没拆迁,黎星若、温瀚清和爱丽丝都住在筒子楼里,而且刚好还是同一栋楼。

爱丽丝和黎星若是邻居,温瀚清家在爱丽丝家楼上,那时爱丽丝已经和舅舅舅妈一起住了,宋疏鸿还在普通艺术学校里当顾问,等着青少年宫艺术学校的佳木校长退休。

他们都清楚地记得黎竹西——黎星若的妈妈,经常在黎星若犯错时把她的裤子脱了,内裤也脱下来,用一根晾衣服的竹条打她,而且是当着她爸爸杨淮左的面。

黎星若小时候会大哭不止,哭声像水漫金山,整栋楼都听得到,仿佛她的眼泪是砸在地板上的一颗颗陨石。小学时的爱丽丝和温瀚清,会在第二天三个人一起玩的时候问她,那时她会诚实地告诉他们,奶声奶气地解释,是因为爸爸想让妈妈再生一个男孩,可妈妈一直怀不上,她妈妈就在爸爸埋怨妈妈的时候打她,她也不知道为什么要挨打,只是觉得很疼,脱下裤子的时候觉得很没脸很羞耻。

再大一点,黎星若就不说了。爱丽丝能听到隔壁的竹条在黎星若的屁股上响,可爱丽丝最多只能耳朵贴在墙上听到几声闷哼了。

爱丽丝忘了那是从几岁开始的,黎星若对于被打这件事,选择了沉默与隐忍,甚至撒谎。她对除了爱丽丝和温瀚清以外的同班同学,说父母对自己好极了。

这种谎言的开端,好像是她第一次在绿宝石独舞的时候,也好像是她第一次穿起校服的红格子裙子的时候。

但总之,他们十岁时,筒子楼就拆迁了。三家都各自被分到了一百多平方米的平层楼房,三个孩子不再住在一起,三个家庭所在的小区却离得不算远,最远的走二十分钟也能到。颐粟是座小城市,骑着自行车就能半天环游一次,再加上孩子们都在同一个班上学,平时依旧可以每天见面。

黎星若吃了一口奶油蛋糕:"爱丽丝,你看,你过生日的蛋糕多大,人家多用心。"她灵动的眼神飞速瞟了一眼温瀚清,又回到爱丽丝身上,意味深长地眨巴几下眼睛。

爱丽丝回击:"大美女,你要是肯收礼物,十个蛋糕也收得到吧?"

仲仪来了兴致:"哦?星若是绯闻女孩哟,快讲讲。"宋疏鸿笑着摇头,点起一支纯白的大卫杜夫,土生土长的颐粟城人回到颐粟城的很多年后,还是喜欢欧洲的香烟。

于是爱丽丝说起了经常给黎星若写信的学弟孙一辛。孙一辛今年刚上初一,据周围的人说,他是个怪人,爱看美女死亡的图片,经常在微机课上偷偷搜类似的案发现场,那些图片常常把旁边上课的同学吓个半死。孙一辛老家是颐粟城下面某个县的,父母开小卖部,家里好像还有个弟弟。孙一辛离家太远只能在学校住宿,平时经常一个人默默啃一块饼和一包榨菜,一个月才回一次家。

温瀚清在一旁补充道:"是啊,那个学弟你们还是少接触为好,我总觉得他挺孤僻的,不一定是有什么坏心思,但是猜不准他想做什么。"

仲仪在一旁吃着小菜撇撇嘴:"你们这说的也不是什么粉色八卦呀。"

爱丽丝却接了温瀚清的话茬:"对,星若你真的要注意一点。"爱丽丝看着黎星若似笑非笑的表情,独自紧张了起来,她怎么可以对那些怪人毫不在意呢?黎星若看着他们两个严肃地向她讲安全这件事,像是在看两个幼儿园没毕业的小朋友。爱丽丝继续说道:"星若,你还记得佳木校长的泥人吧? 我上次和你提起过的……"

黎星若开玩笑似的故意歪着头,不拿筷子的左手点着太阳穴:"哎呀,不记得了呢。"说完哈哈笑起来。

佳木校长是绿宝石的上一任校长——才华横溢的雕塑家,过了六十岁后一头白发,依旧潇洒。佳木校长的头衔是一些雕塑家协会的理事与活动主管之类的,年轻的时候他开过几场雕塑展,爱喝酒胜过爱雕塑。有次绿宝石举办寒暑假幼儿短期班,佳木校长去莅临指导,用橡皮泥就轻易捏出了宙斯和赫拉。

后来佳木校长在六十多岁的时候得了轻微的阿尔茨海默病,还因为酗酒过度,偶尔有些精神错乱。但绿宝石怕丑闻毁了招生计划,所有人都心照不宣——再忍忍佳木老爷子就退休了,反正他现在也不怎么来办公室。绿宝石做艺术培训,一周七天都有学生在上课,按理说校长工作日应该都来,但佳木校长有病后,一周才来一两次。

在他离职之前,相当长一段时间没人敢去他的办公室附近。但是舞蹈生们偶尔会在练功的时候瞥见佳木校长在舞蹈教室的玻璃门外,背着手,长久地注视着舞蹈生们,像个几天没吃饭的流浪汉看刚出锅的肉。老师念在他是校长,而且马上就要退休,只能走过去啪啦一声把帘子拉起来。

可爱丽丝有幸在佳木校长离开之前,去过一次他的办公室,并发现了一个不大不小的秘密。

那次是宋疏鸿拜托爱丽丝过去看一眼,他想把那个校长办公室改成奖杯展览室,还是爱丽丝和他说起佳木校长的墙上都是红木橱柜他才起了这个念头,他只需要爱丽丝走进去,用舞步大概丈量一下柜子的宽度和长度,他打算往里面塞几个一样的新柜子。他还不好让工人去做,怕人觉得他仿佛等不及要做校长。但他总想上任之时青艺就早已万事俱备地迎接他这位新校长。

仲仪难得看到她这位经常心情差的丈夫如此积极,几乎觉得他的人生要起飞——从此事业有成、儿孙满堂,绝不能让两个柜子扫了兴,就也帮他游说爱丽丝去偷量一次。

于是爱丽丝趁下午放学时溜进佳木校长的办公室,用外八舞步丈量两排红木柜子,还量了房间里可以再放下柜子的空隙。午后的夕阳从窗外打进来,木柜的格子里摆的各式各样的泥塑小人被照成血红色,爱丽丝就在最中间的格子里发现了黎星若的泥塑像。

佳木校长不愧是做雕塑出身的艺术家,黎星若面容的特点全被他捏出来了。泥塑版的黎星若,拳头大小,穿贴身练功服,单腿站立,另一条腿扳到头上,表情是故作轻松的倔强,不笑。小泥人栩栩如生,好似敦煌壁画上的仙女一样飞天,爱丽丝猜这个造型的灵感来自黎星若最近演出中的敦煌舞蹈。

后来宋疏鸿也没有用佳木校长的办公室,而是选了两间新的,一间作奖杯展览室,一间作他的办公室,那间新的办公室从地理位置上来讲,最适合修条水晶楼梯通往天台,他也的确让工人们那么修了。

"多可怕啊星若,你不怕佳木校长对你图谋不轨吗?"爱丽丝摇晃着黎星若的手臂,回忆起那个手掌大小的泥人。

黎星若摇摇头,思忖片刻说:"每个年纪的人都有权利爱慕他人啊,爱不分年龄的,这是艺术家的觉悟,对吧?"她看向宋疏鸿。

宋疏鸿摇着头笑了笑:"我还是更支持寻找年龄相仿的配偶,比如……"他少有地表现出与仲仪的亲昵,伸手揽住了仲仪的腰,"仲仪和我年龄就相仿,正好两个人相伴到老。"

仲仪却不懂珍惜这来之不易的亲昵时光,开口道:"要是三口之家,就更完整了。"她似乎觉得自己很有趣,说完还捂着嘴笑了。

宋疏鸿的嘴角僵了一下,但很快恢复了他训练有素的高级知识分子的笑容:"黎同学,作为校长,我郑重提醒你,要注意安全,注意分寸哟。"他松开了仲仪的手,带着一丝旁人难以察觉的厌恶。

黎星若站起身双手举起果汁,微微笑了一下,姿势十分古典地敬了一杯酒:"谢谢校长提醒。"

宋疏鸿笑着举杯示意:"不敢不敢,今天我只是爱丽丝的家长而已。"他没有喝酒,而是把红酒杯径直放下,开始把爱丽丝切好的蛋糕一块块装在盘子里分给大家。

温瀚清把自己蛋糕上的那颗樱桃拎起来放在爱丽丝的蛋糕上,爱丽丝的蛋糕上一下有了两颗樱桃。他的笑容像往常一样温暖,并用手比画出一个"六",提醒她明天的约会。

爱丽丝微微点头把两颗樱桃同时放进嘴里,她转头又提醒了一遍黎星若:"你这么美,要小心那些暗流。"她说得隐晦了许多。

黎星若挖一块蛋糕塞进爱丽丝嘴里:"来,堵住你的嘴,别唠叨了。"

两位家长和温瀚清一起笑起来,宋疏鸿端起杯子:"我们来干杯,喝完这一杯,生日宴就到这里了,希望今天的你们过得还算愉快。"

他们一起站起身举杯,黎星若突然靠近爱丽丝,在她的耳边说:"上次,你问我的那个秘密,下周一告诉你,这次好好聊,记得带大瓶的桃汁,我们在学校的绿楼梯上见。"

爱丽丝转过头看着她,那双柳叶眼在喝果汁的时候微微眯起,仿佛被什么呛到了似的。

日食 Ⅲ

温瀚清用手比画的"六"代表"本周六的约会"。

这个周六是爱丽丝的另一个生日——每年在她生日过后,温瀚清和她都会单独找个休息日再出去过一次二人世界。他们一般上午一起去桃李街中段、绿宝石对面的柏木熏鸡店,在门口搓着手等一只刚出炉的熏鸡,再去桃李街北口的宽广超市买一堆零食,最后背着它们穿过情人路,到离宫去度过一个漫长的午后时光。

周五的生日聚会结束后,宋疏鸿和仲仪回到家里就睡下了,爱丽丝在卧室里拉开窗帘,迎着夏季夜晚的月光坐了一会儿,隔着纱窗,热风还是能扑上脸。

这是个十五岁无忧少女矫情的好机会、好时间。夜深了,大家都睡了,只有爱丽丝静静感受十五岁的变化。蝉鸣和鸟叫贯穿的血液,树枝一样不断生长的纤细骨头……

十五岁,多美好的年纪,半熟不熟,明年就是十六岁,成为半个成年人。十六岁的孩子是地球的希望和惊喜,眨眼进出的泪光都能闪烁出一个甜蜜的梦境,十五岁是伟大的十六岁的预备军。宋疏鸿感叹过,现在的孩子长得太快,接触信息早,十六岁的小人儿,仿佛马上就踏进十八岁,仿佛人生马上就起飞,每个人都在蓄势待发地缝补一双丰满的翅膀。

爱丽丝最好的朋友黎星若生日最早,理应是他们中第一个飞向十六岁的,黎星若曾经说过,十六岁自己就要参加舞蹈附中的考试,直接从普通高中跳到舞蹈附中去读最后一年的高中,然后参加艺考,艺考结束再回来补习文化课……黎星若自信满满的不是没有道理,许多从北京来授课的老师都夸赞过黎星若,说最遗憾的是黎星若没有北京户口,到时候艺考拿到了艺术生考试合格证,还要因为文化课多吃些苦头才行——没有人质疑过她的舞蹈天赋和功底。大家早就认定她一定能通过那场艺术生考试,那场通往十六岁、能让黎星若长出翅膀"飞出去"的考试。

而爱丽丝期待的十六岁很简单。她打算说服父母,放弃艺考直接靠文化课去读中文系。从小学开始她暗暗写点小说之类的文章,还爱读尤瑟纳尔那样的法国作家的作品,对唱歌跳舞她只能刚好学到及格线,并没什么天赋——这是她对自己的评价,她猜那些来授课的老师才不会说实话呢,因为她的舅舅宋疏鸿是校长,在她舅舅成为校长之前,她姥姥还是绿宝石的管理者之一,谁敢说她没天赋呢?

十六岁就是可以掌控自己的年纪,她能感受到,自从上高中以来,父母已经逐渐放松了对她的管控,打电话时问成绩的内容逐渐减少,闲聊增多,舅舅和舅妈也在对自己逐渐放手——他们也说过爱丽丝是即将要走出颐粟城上大学的大孩子了。

她思考过,以自己的成绩她大概率不能和温瀚清这样的好学生上同一所大学,尽量在同一座城市吧,就算情况不妙,和温瀚清在两座城市之间飞来飞去,也是一件美妙的事情。想到异地,她的脑海里就浮现出电影中经常看到的夜光航线,一架孤独的飞机在深蓝的夜空中留下的尾迹云,将男女主角的命运紧密联系在一起。在这个时代,物理距离早就不是问题,甚至可以在两人未来的蓝图里平添了一份艰难的美感。

爱丽丝的红酒杯里装着矿泉水，她穿着米色软纱睡裙坐在落地窗前的躺椅上，她就这么睡着了，带着好多好奇和数不过来的期待。

但是第二天爱丽丝和温瀚清没能一起去过第二次生日。

爱丽丝穿着前几天刚买的白色长裙，柔软的棉布，裙摆上有一圈米色蕾丝边。她悄悄涂了舅妈的粉霜，还淡淡打了一层腮红。这些都是从演出时给舞蹈生化妆的舞蹈老师那儿学的化妆小技巧。出门前她思来想去，还是把带点小跟的凉鞋换成了白色运动鞋，她才不想在温瀚清面前显得那么刻意。

约好上午十一点在桃李街的柏木熏鸡店门口见面，爱丽丝刚走到街口就听到警笛声、救护车声，往前跑几步，发现绿宝石附近围满了人。人群黑压压的，人头攒动，像一群盘旋的蝙蝠，一片发黑的海洋打着漩涡，爱丽丝刚要走进去，一只手就拉住了她。是温瀚清，他捂住爱丽丝的眼睛，把爱丽丝揽进怀里："别去看！太可怕了，是黎星若，她从楼顶摔下来了。"温瀚清的手和声音都在发抖，爱丽丝被他一拉，转了个圈落进他的怀抱，像夏天落下的一片树叶那样轻。

被温瀚清按在怀里的爱丽丝，听到黎星若的名字，一下子从他怀中弹脱出来，她不管不顾冲破人群，温瀚清拉也拉不住她。摔下来？怎么摔下来？从哪里摔下来？爱丽丝惊恐地想要从人群中窜到黎星若身边，但被警察拦住，离血肉模糊的黎星若只有两米远。

但爱丽丝还是看到了，黎星若满身是血地躺在青艺的大门前，穿的是练功服，什么颜色？周围的人看不出，但爱丽丝知道，这是黎星若最近买的新款练功服，淡粉色，刚好衬她冷白色的皮肤。可现在全被染成了深红乃至发黑的血浆色，几处尚且干净的粉色反而显得多余。她躺在那里双眼闭着,有零星血迹的面容还是完整而美丽的,尽管身下流淌着一条无尽的黑河。

黎星若很快就被赶到的救护车抬走了,一起上车的还有黎星若的妈妈黎竹西。她脸色煞白地上了车,抓着女儿的手……

爱丽丝和温瀚清站在原地,看着警方拉起警戒线,将有血迹的地方拍照,用粉笔画出人形。爱丽丝的视线离不开那摊血,发黑的血摊在绿宝石门前的大理石地板上,像开了个黑洞似的,把爱丽丝所有的精力都吸进去,抽干了她十五岁的快乐。

温瀚清皱着眉,摇了摇爱丽丝的肩膀:"唉,能被救护车接走说明还有希望,"他神色凝重地摇着头,把爱丽丝的肩揽得更紧,"我们要跟去医院吗?但是不知道会不会反而给他们添乱,你是想等消息还是去医院,我都陪你。"

爱丽丝停止发愣回过神,马上就拉着温瀚清向医院的方向跑去,她上气不接下气,边跑边问他:"她什么时候掉下来的?"

温瀚清攥紧爱丽丝的手,爱丽丝感到一阵温热,他说:"不知道确切时间,我也是刚到,救护车能在我们到了之后才把她接走,说明她刚摔下来不久——救护车不会太慢的。"

"她从几楼摔下来?"

"我不确定,围观的人说是六楼的水晶天台,关键旁边还有人说她是自杀,说看到她一个人坐在天台上,双腿垂下来,这样待了一会儿才掉下来的。"

"怎么可能?她昨天还和我约好了下周一去绿楼梯聊天。"

"她和你约了什么,看起来心情怎么样?"

"不知道,我想不起来,我只觉得星若不可能自杀,我心里好乱,瀚清,我们快过去吧!"

"好,无论怎样我都陪你。"温瀚清用力拉住爱丽丝。

爱丽丝和温瀚清赶到医院的时候,黎星若已经被盖上白布。高挺的鼻子将那块白布支起一小块。

她妈妈黎竹西在一旁小声哭泣,杨淮左比爱丽丝和温瀚清晚到一些。杨淮左穿着西装,看起来刚开完会的样子,来的时候他的皮鞋在医院的走廊上吧嗒吧嗒响,节奏并不快。见到女儿的尸体后,他安慰着黎竹西,表情沉重地对在场的几个同事和爱丽丝他们两个说:"我一时间也接受不了,太可惜了,大家都节哀吧。"爱丽丝颤抖着掀开那块布,又迅速盖上,惊吓超过了悲伤,死亡的铁青色渗透了黎星若的脸庞,恐怖骇人。

杨淮左将黎竹西揽进怀里,他的啤酒肚贴着黎竹西还没显怀的纤细腰肢,用手摩挲着她的头发:"别太难过,你肚子里还有我们的孩子呢,别动了胎气。"他叹着气,宽大的手掌抚摸黎竹西尖瘦的脸颊。

第二章　耀斑

耀斑:复杂黑子群附近突然出现的极其明亮的白光,其亮度迅速增加,远远超过光球背景,明亮的白光仅维持几分钟就会很快消失。

可惜二〇一一年的绿宝石附近还没有监控,最近的一处监控只到桃李街北口的红绿灯。关于黎星若坠亡,警方排查后,发现没有打斗痕迹,黎星若的衣服没有被撕扯过,指甲里也没有别人的皮肤组织。

几位目击者也称,当时他们只看到黎星若一个人在楼顶出现,冒了个头就跳下来了。

黎星若跳楼时和她有社会关系的人都有不在场证明。那天上午绿宝石里没有学生上课,舞蹈生放假,最早的钢琴课也要下午三点才开始,清洁工周末偷懒没来上班,就连绿宝石看门的门卫大叔,在黎星若从天台坠落的时候都正在远处的面饼店买煎饼馃子。

黎星若坠亡案调查的尾声是,他们在黎星若家里,发现了黎星若的日记里有包含自杀倾向的内容。那是一本橘色牛皮封皮的日记本,日记本的搭扣上带着一把铜锁,警察用剪刀把搭扣一剪,铜锁就掉下来,没了保密性。

黎星若写日记的习惯不好——后来被某专家推定为精神不正常。黎星若的日记有时一整页全都是斜着的字,有时一页纸上就一句话,还有那种一整页纸用彩笔涂鸦,全是没人看得懂的图案,往好了说,画得像浴火的凤凰,往坏了说,像吃了火龙果后假装浑身是血的乌鸦。偶尔几页有液体的痕迹,还散发着呕吐物的味道。

黎星若零零碎碎的日记里,被颐粟城的市民们传得最广泛的一句是:宇宙的尽头是谎言,一切都是假的,但因为你是真的,所以我想,和你一起停在中间就好,我们没有必要到尽头去。学校里有个参加过作文大赛的同学听闻后不屑一顾说:"哼,真矫情,无病呻吟!"

一些老师、家长一听这话,认定黎星若十有八九是和哪个男孩子早恋后被甩了,心里承受不住,谁知道现在这些九〇后里,早恋的孩子都出格到什么地步呢?搞不好"一切"都给了男方,男方却玩够了掉头就跑。许多同龄初中生则认为,这不过是个QQ空间的个性签名,没准还是在哪个贴吧找了几条"伤感签名"再创造出来的,什么年头了还伤感非主流,九五后不玩这个!

当然,这些古怪的猜测丝毫没有影响警察的判断,最后结果出来了:自杀。天台围栏高度合理,不存在失足坠落的可能,死者是自己爬出围栏后坠亡。

《颐粟晚报》中一位记者分析该学生的死亡原因是:升学压力过大,又有大型演出在即需要每天排练,父母保护得太好导致心理脆弱、抗压能力弱……在该报道中,记者还强调了死者黎星若的父亲——颐粟二中现任校长杨淮左,在任职期间作为辛勤的教育园丁,将心血全部花费在教学工作上,导致他未能及时注意到女儿的变化。形容杨淮左的时候,该记者称:杨淮左校长为了千千万万个孩子呕心沥血,却失去了唯一的女儿,为什么受苦受难的总是杨淮左校长这样善良正直的人呢?报道的结尾一句是:花样的年纪,遇到再大的难题也不应该选择自杀,当代青少年过分早熟,用心良苦却白费力的家长们该如何应对?我们不得而知……青春期,多大的事都是小事,长大后回头一看,会发现不过如此。

这篇新闻报道还有个令人讨厌的名字《自私的青少年,自杀是对家人最大的不负责》。

网页版的新闻下,爱丽丝匿名写过一条留言:青春期,多小的事都是大事,更别说是大事,那就是压死人的大大事,青春期的孩子才多大?

这条留言还得到了作为版主的记者的回复:不会的,十五岁的孩子能有多大的事。

爱丽丝没再回复版主,啪的一声把平板电脑扣在了桌面上。

黎星若死后,爱丽丝在很长一段时间里都做气氛相似的梦——是种压迫感十足的梦境,景象都是正常的,绝对谈不上恐怖,甚至偶尔美好得过头。只是在梦里的爱丽丝,常常喘不过气来。那明明是他们回忆中最明亮的日子,像太阳上的耀斑,过于明亮刺眼,存在时间不长,引人注目的美丽转瞬即逝。

梦里的场景总是在筒子楼,但里面空无一人,狭窄的过道、排列过分紧密的楼户,阳光、阴影处暗潮的青苔……甚至偶尔在梦里发生一场并不真切的沙尘暴,席卷万物。它们在梦的结尾都会无一例外被一股不知名的力挤压变形,塞进爱丽丝的嘴巴和鼻子里,塞满她所有能呼吸的器官。周围老旧的景物——那些来自幼年时期记忆的筒子楼的景象都在褪色,仿佛世界的色彩都塞进了她一个人的身体,巨大的膨胀感,在梦里她几乎要被撑爆了。

她满身大汗地醒过来,枕头和床上的被褥都是潮的。但很快,一股汗味被颐粟城夏夜空气中流窜的风带走,不一会儿,这北方小城的干燥也成功吸收了她床上的潮湿汗水,爱丽丝可以继续躺下睡了,第二天的生活还是要继续,装睡,装给自己看,装着装着就真沉沉睡去了,在闹钟响时醒来。

四个月后的舞蹈演出本来是黎星若当主角,但是现在黎星若死了,主角人选只好顺延到女二号爱丽丝身上。

名为《镜中人》的舞蹈演出,原本是黎星若跳到后半段的时候要走到舞台中央的空镜框前,爱丽丝会在空镜框对面出现,背对着观众,和黎星若做一模一样的动作。

但现在只能改成一面真的镜子,爱丽丝要面对着镜子里的自己,背对着观众舞完后半段。

她们从幼年相识起就是彼此最好的朋友,爱丽丝真心实意觉得黎星若太美好了,从心底里对她有种高不可攀的爱。黎星若这只天鹅愿意垂下头俯瞰爱丽丝,让年幼的爱丽丝又惊又喜,常在说起她名字时不自觉地拍起小手,像是在为这份令人惊喜的友谊鼓掌。

每次黎星若在排练的舞台中央跳着舞,都会故意因为爱丽丝的到来而分神,看到爱丽丝,黎星若就佯装欢快地跑过来,轻快的步伐带着对这份友情的讨好,这份讨好又隐藏得刚好不让别人发现。其他舞蹈生都忍不住纷纷侧目,看着这对神仙般的朋友,一个美得飘飘欲仙,一个养尊处优得不谙世事。她们愿意与这两个人中任意一个交换生活,哦不,和爱丽丝交换生活可以,和黎星若交换外表就行。

其实在黎星若的世界里,爱丽丝属于她被迫交好的朋友。她必须把自己真空无菌的安全地带割开一个口子,让爱丽丝这只草履虫钻进来。她看不起这只草履虫,甚至因为她的强势入侵感到自己的安全地带在发炎。

一看到爱丽丝,黎星若的心脏就不舒服。爱丽丝怎么就能被保护得那么好,每天睁着一双不谙世事的小鹿眼,打量着周围的世界,执着地认为全世界都像她见识到的那样美好？她每个表情都不是为了做给别人看的，她怎么就能那么自然那么随心所欲呢？黎星若在心里暗暗复刻着爱丽丝的表情，却在镜子里发现自己学起来丑极了，笑容像是泡过苦瓜水，索性很少笑了。

尤其是爱丽丝对她说："你有什么难受的就和我说吧，我来开导你。"这句话最让黎星若想吐，能说出来的难受还叫难受吗？爱丽丝这种草履虫，游走在宇宙间的单细胞生物，肯定没有过彻夜难眠的时刻吧？但她黎星若有。黎星若每天都失眠，睡五六个小时就要醒过来，梦里全是泪水灌成的大海，无限生长的荆棘刺穿她的脚掌，威胁说要把她永远留在污秽涌动的漩涡里。

哦对了，在她崩溃到只想自己在角落里蹲着埋头安静一会儿的时候，爱丽丝的那句"你到底怎么了，有什么就说出来呀"常常会跳出来。第一次听到这句话的时候，她八岁，听到后她哭笑不得，又听了几次，便彻底转成了怒火，在夜里烧得她五脏俱焚。

你有什么资格这么说？什么都没经历过，被保护得像进口无菌生鸡蛋的你，有什么资格来指导我这枚被熏烤出来在路边卖的臭鸡蛋？你根本无法体会我的人生，你怎么会知道什么是说不出口，什么是想说但不能说出口……

黎星若死前排练的时候，爱丽丝就来看过一两回《镜中人》的彩排。因为爱丽丝只出场最后的"镜中"部分的一小段，当时还不到她的排练部分，她就经常过来探班。但只是站在一旁看看，她就已经在心里震惊这支舞蹈的难度之大。现在换成自己主演后，爱丽丝每次排练都紧张极了，她跳得实在不如黎星若，这免不了被其他伴舞的舞蹈生在背后指指点点。她主修的是东方舞，也就是大家常提起的肚皮舞，核心强，但在许多有古典舞元素融合的动作上，她做得并不到位，手臂发力方式较古典舞来说太过单一。

可其他几个要考舞蹈专业的师姐师妹，不是去备考就是有其他演出，没办法换人，爱丽丝只能硬着头皮继续顶上去。而且紧张的排练或许能让她暂时放弃思考，那些陌生的舞蹈动作被老师一遍遍比画着，她笨手笨脚地学起来，脑子里全是翻身、转，没有黎星若，老师强压着不耐烦给她讲解动作的声音像针刺她的大脑。

宋疏鸿心里有如意算盘，比赛之前在评委那边打点一番，说什么也得让外甥女拿个冠军，打起精神，忘了黎星若那档子事。

绿宝石里一切照常，新校长宋疏鸿的六层天台已经建好，并没有受到黎星若自杀这件事的影响。绿宝石大门口的血迹清洗后，铺上灰色的入门毯，踩上去很柔软，像少女的小腹。用绿宝石门卫大叔的话说："自杀嘛，找个楼就跳，那碰巧就是绿宝石的楼，怎么能赖绿宝石呢？哦，现在叫青艺。"

黎姓学生自杀的风波在整座城市里很快被冲淡了，悠闲的颐粟城人民不喜欢将这种丧气的新闻一直挂在嘴边。

人们都说，颐粟城最适合养老。这座城市像一所大型养老院，养老院里的新闻不应该是花季少女自杀，应该是修路与拆迁，这是最能保持热度的新闻。

宋疏鸿一周去看两次排练现场，谁都知道现在的舞蹈演出主角是他亲外甥女，去得多怕招惹口舌，让人觉得偏心。所以地下大礼堂里，经常只有几个舞蹈生和一个管音响的老师在。爱丽丝有时还要加练,她独自一人在地下礼堂的灯光下旋转,温瀚清不能陪她的时候,她就把灯全部打开,她并不是怕黑,只是不想陷入黑暗,但她也怕灯一亮起,发现大堂里依旧是自己一个人,没有惊喜。

没有惊喜的平淡,会让她想起生日的惊喜,想起他们最后一起吃的生日宴,宴席上的菜,糖醋排骨、橙汁鸡翅、菠萝咕咾肉……没有一个是黎星若爱吃的,说到底,舅舅还是只考虑了爱丽丝的喜好,身为最关心大型演出的青艺校长,他不可能不记得优等生黎星若像大多专业舞蹈生一样不喜欢吃甜的。

几个孩子打小就明白,黎星若是筒子楼大院中所有小孩里最不被家长在意的,没人为她考虑。从她出生开始,因为不是男孩,她爸爸不许她随自己姓杨,让她随妈妈姓黎,更是和亲近的朋友直说了,这是他家里女儿不入族谱的规矩,并不是因为黎姓好听。他拿女儿的姓氏来强调自己家中求子的苦楚,还麻烦亲朋好友,平时多替自己在意些求子秘方。

黎星若的爸爸杨淮左的老家在颐粟城的兴隆县,有几套房产和一家山楂加工厂,专做果丹皮这项特产,还有神州板栗的下属产业,这在颐粟城都是大生意。家族里,杨淮左他妈讲得明白,长子长孙继承。杨淮左这个长子也一直为了这个标准,把婚姻当作一个生产大工程来做,漂亮老婆黎竹西是牌面,再加个儿子就功德圆满了。但"大工程"的第一次失误就让他头疼,所以他对于"工程"的修正方式就是把黎星若这个女儿在自己的人生中抹到模糊,抹到几乎消失。

杨淮左在黎星若出生的时候就已经是学校的中层领导,收入不差。或许是为了维持体面,也或许是出于人道主义,他还是对黎星若投入了金钱和一点点规划她人生的心血——女孩子就学跳舞，学得好以后可以做舞蹈老师，不愁工作就行，后来听到黎星若想去做专业舞者，杨淮左也只是挖苦她："学费我掏得起，你考得上吗？"

但黎星若太想从颐粟城走出去了。她一看到隔壁的宋疏鸿就两眼放光，那时候她还叫人家宋叔叔，后来才改口叫了宋老师、宋校长。宋疏鸿每天穿着休闲的灰色运动裤，上面是白色或黑色的T恤，干干净净的一天一换。他的皮肤是透着红润的白，显出男性里少有的温柔。黎星若后来在日记里这样形容过宋疏鸿：他像春风刚来时，混在柳絮中的一抹鹅绒。

最重要的是，宋疏鸿，她的宋叔叔，去过颐粟城外面的世界。她不知道宋疏鸿是找不到工作才回了颐粟城，根据已知信息加上外界的渲染，她理所应当觉得宋疏鸿在颐粟城之外任意切换着居住的城市和国家，像逛街那样，自由地一逛就是好几年。

宋疏鸿总是抱着一本与音乐有关的书或一沓乐谱，拿着一支笔，看得入迷或来了灵感，那支笔就在空中带着韵律挥舞，像交响乐团的指挥棒。他偶尔哼出的几个调子都能让黎星若流泪，那是外面世界的声音，是颐粟城之外的气息，是杨淮左的强权触不到的乌托邦奏鸣曲，宋疏鸿的喉咙一哼就是几十种乐器齐鸣。

她认真跳舞的时候，侧着耳朵从领导和外地来授课的名师口中听到了自己的天赋，跳舞也许能让她跳出颐粟城这个巨大的圈套。所以她开始更加爱惜自己的舞蹈天分，不肯轻易放松任何一次练习，几乎到了吹毛求疵的地步。

爱丽丝说过黎星若鸡蛋里挑骨头，明明还没彩排，平日练习时就要把古典舞的水袖换成两根更轻、更不好掌控的飘带,逼着自己能明明白白掌控它们在空中的方向。爱丽丝说这些的时候笑嘻嘻的,似乎是想表达"没必要"三个字。黎星若心里烦,爱丽丝哪里懂这些没必要的练习对她黎星若的人生有多必要。

宋疏鸿一家是在黎星若上小学三年级时搬进筒子楼的,搬进筒子楼为的是让他的外甥女爱丽丝离上学的地方近一些。筒子楼这套房是爱丽丝的舅妈仲仪娘家众多房产中的一套,估计很快会拆迁,所以先凑合住着,等拆迁分到钱再添点买套更好的。仲仪在本来就不高的门上挂了短短的水晶帘,水晶帘的华丽让筒子楼的房间显得更为寒碜,也让不高的门框显得更矮更有压迫感,像仲仪短粗的身材。

黎星若清楚地记得他们一家搬进来的几天前,她妈妈黎竹西就嘱咐过她,说爱丽丝是她爸爸大学室友的孩子,爱丽丝的父母现在在外地做生意赚了不少钱,爱丽丝的姥姥和奶奶家,在颐粟城也都有人脉有背景,她必须和爱丽丝交朋友。

那时屋子里正飘着浓浓的中药味,那是杨淮左安排的生子偏方药汤。黎竹西不喜欢那股味道,但是每天都勉强喝,喝得她浑身乏力,傍晚时面部偶尔还微微浮肿。

黎竹西详细介绍了爱丽丝的优渥家世,然后拍了一下脑袋,仿佛才想到要切入的正题:"哦对,爱丽丝这几天就要转学到你们班来上课,因为你们班主任数学教得好,你疏渺阿姨说数学是爱丽丝的短板,你不是数学还不错吗,爱丽丝和你疏渺阿姨说了,以后你和爱丽丝当同桌,他们已经和班主任说好了,下周一你就换座位,要好好和人家相处啊,好好交朋友,关系越近越好。"

"可是我不想和爱丽丝交朋友。"小学生黎星若拨弄着手中的粉色千纸鹤,嘴里嘟囔着,这是她今天在美术课上做的折纸作品,全班只有她折得最像样。

黎竹西一下急了,好看的柳叶眼随着眉头拧在一起:"怎么就不想交朋友了呢?"

黎星若抬起头,噘着嘴回答:"因为是你们让我交朋友,我不想为了交朋友而交朋友,那样像滥交。"

一个巴掌扇在黎星若脸上,黎竹西气得又想吼又不想让声音太大,怕哪个难听的词再被邻居听到:"你从哪儿学的'滥交'这个词,让你爸听到非打死你,你这是什么孩子啊?"筒子楼太窄了,隔音又差,每家每户的隐私就像夏日里的超薄透明肉色丝袜,穿了和没穿并没有太大区别。

黎星若低头不说话了,黎竹西把她手里的千纸鹤夺过来撕了,粉色的纸片全撒进垃圾桶。

"你关禁闭吧,一小时,晚饭不要吃了,真是的,你这是什么孩子啊!"黎竹西一边摔上门一边还拍拍裤腿,像是沾上了什么脏东西似的。

黎竹西每次生气的时候都会责怪黎星若"是什么孩子啊",用一种傲慢而嫌恶的语气,骂完还会垂下头,就像在问自己的肚子:你这么漂亮的肚皮,这是生了个什么孩子啊?仿佛她想不出足够糟糕的形容词来形容眼前的黎星若,只能用"什么"这个未知的词语来代替。

小学生黎星若的语文作业里刚好有填词造句这类题,每次听到这骂声的时候,黎星若都会自动把"什么"在脑海中变成一个括号,然后在舞蹈课的课间、上下学的路上仔细品味当时的语境,想着该在"什么"这个空白的括号中,填上一个怎样的形容词。

于是小学生黎星若的日记本上也有这道填空题,她写下过很多种答案:我是糟糕的孩子,我是顽皮的孩子,我是犯贱的孩子……

最后有两个答案她最为满意:我是该死的孩子,我是肮脏的孩子。这两个答案一度成为她的精神难题,不知道选哪个作为标准答案才好,于是这两句话在很长一段时间里,每天都出现在她的日记本上,重复在她的脑海里。

我是肮脏的孩子。我是该死的孩子。选哪个好呢? 一列钩钩叉叉,画掉又写上去,像做不出的高级奥数竞赛题。

爱丽丝和黎星若成了"好朋友"。黎星若遗传了妈妈黎竹西的笑容,她的柳叶眼看人的时候会带着点懵懂的光亮,像只温顺的没有尖牙利爪的小兽,毫无攻击性,爱丽丝握起她的手,只能感到纤细柔软,还有一丝无力。

爱丽丝家的楼上住着温瀚清,她到班级里上学的第一天,黎星若是她同桌,温瀚清是她后桌,初中升学后也是如此。三个小孩的友谊像是《欢乐颂》那首曲子,几个音符一直在不同的音阶和年龄上循环,调子并没有什么显著变化。

但友情里也有爱情,带着幼稚与懵懂,秘密地萌芽。温瀚清住在爱丽丝家楼上,晚饭后两个人都在屋子里写作业,夏天,借口热就可以把书房的窗户一直敞开。温瀚清会准备一个塑料小篮子,里面盛着纸条、小玩具或偶尔用餐巾纸折成的小玫瑰,用绳子放下去。每个傍晚,小篮子在固定的写作业时间就悬在爱丽丝的窗前,她只要托一下小篮子,意思是里面已经放好了纸条,温瀚清就把小篮子拉上去,回信之后再放下来。

爱丽丝在鹅黄色的手工课彩纸上写:体育课踢球输了的温同学,羞羞脸哟。

过了一会儿小篮子放下来,回信用的纸条是婴儿蓝色:可不嘛,一直偷偷看你,哪有心思踢球。篮子里面还有一个洗干净的苹果,爱丽丝咬了一口,脆甜,让她的嘴角不自觉扬起,仿佛一个苹果里有一整座乐园。

他们在无数个夜晚写着属于小孩子的情书,偶尔听到爱丽丝隔壁的黎星若被打,也会在纸条上交流起来,甚至有点恶趣味地猜测黎星若今天为什么被打,被打得多惨,第二天脸上会不会又有巴掌印。当猜测结束,带着自责的好奇心满足了,同情心又重新冒出来,两个小学生都在纸条的结尾处希望第三个小学生黎星若没事才好。小篮子晃啊晃的,在春天或秋天偶尔被雨打湿,在冬天还会盛上几片小雪花。

温瀚清的妈妈孟祝知道小篮子的事情也不管,她对孩子一向开明。或许是因为温瀚清的功课从来不差,也或许是因为温瀚清的爸爸已经去世,她也在忙着交新的男朋友。

孟祝在颐粟八中做美术老师,业余爱好就是去书法家协会,与一些写毛笔字的中年男人相谈甚欢,并为他们的书法合集配图排版。颐粟城书法协会出的一本又一本书法合集,配图师大部分是孟祝的名字。

爱丽丝一早就看出来，孟祝和黎竹西关系不好，但是她也不好过问黎竹西这位干妈的私生活，她只知道孟祝和黎竹西两个人虽然是上下楼，但从来没像筒子楼里其他邻居一样互相送过什么吃的用的东西。孟祝平时话少，和筒子楼里的人见面打招呼的方式是点头，见到黎竹西的时候会自动绕开，实在躲不过去，就装看不见，擦身而过。黎竹西则会哼的一声，斜过肩膀绕开孟祝。

爱丽丝有次打电话时问过妈妈。宋疏渺在电话那边解释说，黎竹西本来就比孟祝小个四五岁，说不到一起去很正常。

可爱丽丝分明记得，黎竹西对她妈妈宋疏渺殷勤得不得了，宋疏渺和孟祝年龄相仿，不也是和非要当自己干妈的黎竹西差个四五岁吗？

整个筒子楼的人从没听到过孟祝管教温瀚清，有孩子的家长常说的那句"作业做完了没有"都没有在孟祝口中出现过。温瀚清是典型的别人家的孩子。他学习好，尤其是数学，唯一的爱好是打篮球，但从来没有因为贪玩耽误过功课，并且温瀚清早饭的鸡蛋和牛奶从来都是乖乖吃下，不像爱丽丝总把包子馅偷偷扔掉，只吃包子皮。

爱丽丝对温瀚清着迷，喜欢他从小就高高瘦瘦，才上高中就蹿到一米八，喜欢他在课上明明正在偷偷为自己叠纸鹤，却能在被点名后，站起来有条不紊地解答那些数学公式。他从不皱眉，但他小学毕业一双大眼睛就长了鱼尾纹——没办法，他爱笑嘛！他笑起来亮晶晶的，肆意生长的睫毛让一双大眼睛显得毛茸茸的。他的梦想是做个飞行员，先开战斗机，然后开民航飞机，总之每天都要在云朵间穿梭，偶尔直面狂风暴雨，他也要镇定自若让飞机安全着陆，他谈起他的飞行员梦想时，爱丽丝仿佛听到一整架飞机乘客的鼓掌声。

但满身阳光的温瀚清也没能照亮筒子楼里的每一个角落，风言风语是无形的龙卷风，没刮破房子，只是时时刻刻在黎星若心口上划刀子。

筒子楼里有传言说，黎星若好像被强奸过，传闻中的细节真真假假，但确定的细节是在六岁时。

据筒子楼几个爱聊闲话的奶奶讲，黎星若命运的大口子很早就被撕开了。大概在二〇〇二年，颐粟城农业银行双桥区支行里的副主任陈志茹，赌博输了九万元，眼看着自己一片大好前途即将断送，他动了邪念。他先是利用当年银行都没有监控的便利，提前约好两位现金中心管流水的女同事"谈工作"，顺便取九万块钱，让她们提前准备好现金。陈志茹在快下班的时候到了单位，戴着墨镜，包里背着两个杠铃。两位女同事一看是陈主任来了，也不管是否违规，赶紧开门让他坐在沙发上，自己继续办业务。陈志茹支开其中一人去给自己买烟，用杠铃砸死留下的那个，而外出的那个在买烟回来后也被砸出了脑浆。外面有同伙接应陈志茹，给他换下了带血的衣服。

陈志茹没有傻到拿着九万元现金逃跑，他先把九万元现金藏在一个废弃煤棚里，过了几天陈志茹的同伙才过来把现金挖出来，带到郊区的一处仓库中。在警方全力追查下陈志茹知道自己已经暴露，被逼入绝境后他精神暴躁，夜里疯跑出去，在路边拉了一个刚下舞蹈课没有家长接送的小女孩绑回了仓库。五个小时小女孩才被解救出来，没人知道那五个小时发生了什么，后来报纸上也没有报道，据说是因为小女孩的家人强烈要求保密，不然就起诉报社。

但可以确定的是，那个小女孩就是黎星若，这是小城里这拨中产家庭中，大家心照不宣的秘密——杨淮左校长的女儿受过伤害，但是大家表面都不提，只在背后偷偷议论，又怕家里的孩子嘴不严，这个秘密就被封锁在了父母那一辈。

据说黎星若在仓库里和绑匪待了整整五个小时，被救回来的时候浑身瘀青，下体出血。至于有没有被性侵，没有人知道答案。杨淮左依旧面带微笑上班，忽视所有关心，甚至拒绝带黎星若去医院复检，最好就让绑架这件事直接被抹平，像什么都没发生过一样。同事们识趣地绝口不提，朋友们也懂事地说孩子没事就好，从此不再说起。

杨淮左给警方的答复是，陈志茹和同伙都死了，再追也没有结果，不要造成坏影响。只有几个筒子楼里的碎嘴奶奶在大院里闲聊的时候给出了答案：他只是怕丢人，根本不管黎星若的死活，连医院复检都不让去。

于是"下体出血"这个词，在小学生爱丽丝心中，成了一个和传闻中成年女子会来的"月经"差不多的词，她大概能猜出"下体出血"是犯罪分子的"杰作"，但不明白这个词所代表的严重性。

直到中学时爱丽丝来了月经，肚子疼得厉害，温瀚清跑前跑后给她接热水，去学校小卖部买暖贴……伏在桌子上时，爱丽丝才又想起"下体出血"这个词。她上网查，知道那是殴打或暴力性侵导致的，贴吧有位不知男女的网友回答：可能是来一万次大姨妈那么疼。

后来爱丽丝搬进筒子楼，和黎星若成为朋友，再听到传言时，她怎么也无法把那个被绑架的小女孩和眼前无瑕的黎星若联想在一起。就像后来他们几家都搬出了筒子楼，爱丽丝有次告诉班里检查听写作业的班干部：黎星若小时候会被父母打，麻烦他们别把黎星若记在违纪本上。那个满脸青春痘的女班干部不可置信地张大了嘴巴，无声地散发着小笼包的猪肉大葱味，表示自己不相信黎星若这样仙女似的人会被家人打，她修长的颈部让她看起来怎么都像一只白天鹅，身上没有一点胆怯和畏缩。黎星若身上发生的坏事，如果不是亲眼所见，总是很难让人把事情安在她的身上，似乎她一展翅就有无数纯白色羽毛展开，沾身的淤泥就都掉下去了，掉进深不见底的武烈河里。

就在今年，二〇一一年，爱丽丝十五岁生日的三个月前，爱丽丝第一次正式向黎星若提出了那个问题。

"我很担心你，你到底有没有被侵犯过？"爱丽丝在颐栗二中的绿楼梯上对黎星若提出了这个问题。绿楼梯是她们专属的秘密基地，那是一段被锁住的绿色铁楼梯，在通往冬日取暖锅炉房的路中段那栋废弃小楼的背面，小废楼原来是准备给锅炉工人和后勤人员当宿舍用的，但不知为何一直没有盖起来。

爱丽丝找门卫大爷拿了钥匙，从此绿楼梯和小废楼成了他们三个的秘密基地，温瀚清曾夸过这个地方清静，适合吃午饭，但黎星若那时开玩笑说，就连门卫大爷也知道要讨好爱丽丝，所以他们才得了这个清静地方。

彼时黎星若正倚在绿楼梯尽头的脱皮墙壁旁，纤细的手指花一样地跷起捋着额角的碎发，爱丽丝等了一个世纪那么长的时间，黎星若才开口："这个答案有意义吗？"

爱丽丝居然有些慌乱，她觉得自己的问题真的太伤人太没教养了，可她又那么想知道，于是她补了一句："我只是想知道你……为什么总是那么阴郁？我希望你能好起来。"

初夏的风在小废楼里格外凉爽，胡乱地吹在两个少女的颈肩，似乎在抚摸舞蹈生特有的好看线条。

"我现在很好啊。"黎星若仰起脸看天，舒一口气，又转向爱丽丝，眼睛里带着点笑意，又像是生挤出来的。

"可我知道，这种笑，你现在脸上的笑，是老师教出来的，苹果肌和卧蚕微微用力，对吗？"爱丽丝难过得蹙起眉头，看着眼前的好朋友。

"我说了，我现在很好，"黎星若走过来，两只手把住爱丽丝的肩膀，"你不要想那么多，我没有被侵犯过，都是谣言罢了。"

爱丽丝甩脱黎星若的手，声音一下子变大了："你为什么总要躲避呢？你明明很痛苦！"

黎星若本来已经准备走出去，可此时她猛地回过头，一瞬间眼中充满了受伤小兽自保时的凶光，但又马上温柔起来，小声道："不要再问这种无聊的问题，我说没有就是没有。"她甩着纤细的手臂走了出去，小外八的芭蕾步子踩在小废楼剥落的旧墙皮上的声音，像水泥地在咯咯地笑。

爱丽丝把这件事告诉了温瀚清，温瀚清安静地听完，露出他常有的笑容。他摸摸爱丽丝的头："没事的，我也觉得黎星若现在过得很好啊，当然了，我也没有反驳你的意思，毕竟你这么聪明，也这么了解她，担心很正常，但是我们也没必要问，再好的朋友都有距离。"他捧起爱丽丝的脸，距离很近地看着她，一双温柔的大眼睛，洋娃娃般的睫毛扑闪扑闪，"你呀，就是太单纯了，什么都要说出来，并不是谁都像你那么开朗啊。"这一刻爱丽丝早把黎星若给自己的尴尬抛掷脑后，暗暗欣赏起温瀚清的脸，男孩子怎么可以有这样洋娃娃般的睫毛呢？

爱丽丝将头靠在温瀚清的肩膀上，小废楼里飘荡着茉莉奶茶香，是温瀚清在校门口的街景奶茶店买的。只要他在身边，爱丽丝总觉得自己像是进入了原始森林的小鹿，纤细的双腿踩进草木茂密的森林，第一脚就足够惊险，还好有他在后面拉扯，她才能继续小心翼翼躲避蟒蛇的血盆大口、豺狼虎豹的利爪。

但无论如何，三个人的友谊在外界看来都是牢不可破的。没有人知道其实经常一起出去玩、还悄悄结为恋人关系的是爱丽丝和温瀚清，比起他们两个黏在一起的时间，黎星若出现的三人行次数少之又少。黎星若在舞蹈房用功，傍晚下课时温瀚清和爱丽丝就赶过来和她一起吃个晚饭，三个人再各自回家。

所以每次被同学偶遇，看起来总像三个人在一起玩了一整天，三个人的友谊在外人眼中，如同珍珠奶茶里的糯米珍珠那么黏，并且未来一万年都会如此。

事实上，三个人只有过一次在一起玩了一整天的时光。那是黎星若死前三个月的清明节后的第一个周三，老师组织同学们一起去颐粟城某县采摘，他们三个一起请假，理由各不相同，黎星若排练，温瀚清准备奥数比赛，爱丽丝生病。旅游季刚过，又是工作日，离宫里人很少。来来往往的是锻炼身体的老人和巡逻的保安。他们三个人把圆形的黄白格子的野餐布在万树园的草地上铺开后摆满食物，远远看去，三个孩子像藏身于一朵正在疯狂咀嚼食物的巨大食人花中。

组织这次野餐的是温瀚清，他知道爱丽丝一直为自己向黎星若提出那个问题而愧疚。

黎星若不吃温瀚清一大早买来的柏木熏鸡，她掏出装着蔬菜的保鲜袋、小菜板和水果刀，制作了一道舞蹈生闻风丧胆的小米辣娃娃菜沙拉。小米辣切碎加酱油、醋、柠檬、香菜，调成一碗调味汁，手撕娃娃菜蘸着吃。爱丽丝递出亲手为她做的小蛋糕，她拒绝了，以吃甜易发胖为由。

爱丽丝朝着鸡腿一口咬下去，偶尔也从黎星若那儿顺一片娃娃菜爽口。温瀚清的眼神满是宠溺，他用纸巾给爱丽丝擦嘴。黎星若冷着脸，柏木熏鸡的香味不能吸引她，她一口一口吃下去的仿佛不是娃娃菜，而是舞蹈生每个月量体重的时候能被老师夸奖的好身材。

颐粟城的春天格外短暂，爱丽丝拿出小相机对着头顶冒芽的迎春树就是咔嚓一张。温瀚清推了推爱丽丝的后背："你和星若合个影，我来拍。"

见黎星若没有拒绝，爱丽丝赶紧贴上去，她和黎星若就这么坐在了树下，两个女孩子屁股下面的野餐布皱起来，微风吹来，从头上迎春树的花苞滴下露水，黎星若抬手帮爱丽丝擦干。

"小时候那个山洞还在吗？"黎星若歪着头，像摆在橱窗里的洋娃娃。

温瀚清弯着腰将垃圾收进塑料袋里,回答她:"不知道,现在狮子园里有些地方已经不让进了。"

"还是去看看吧,万一能进去呢?"爱丽丝摇了摇温瀚清的胳膊。温瀚清抬头看她,无奈地笑着摇了摇头,她明白那笑的意思,他也心疼她今天对黎星若过分地讨好。但没办法,只有这种讨好能让那天提出"下体出血、有没有被强奸"这个问题的愧疚感暂时消失掉,她在想办法找补,女娲补天一样花了大力气,可她不是个成熟的补天者,压根不知道黎星若天空的漏洞在哪里,该用什么材料去补。

几个孩子一起走进了狮子园的山洞里,那是游客都不知道的一处密道。要在狮子园中间的桥洞穿过去,登上假山最高处,再穿过最高处的山洞,一片短暂的漆黑过后,会来到一座小院子。它被假山和过于茂密的树林遮盖住了,估计管理员都很少来这里。

小院子里是一间和离宫风格相符的古代小房间,门紧紧锁着。这处小院连离宫的旅游手册上都没有介绍,网上也搜索不到。只有颐粟城的老人说过,这是皇帝在离宫避暑时当冷宫用的,随行的妃子被打入冷宫,就这么关进去,死在这里了。爱丽丝的舅妈千叮咛万嘱咐别去那里,再撞了什么邪生病可就不好办了。但三个孩子身体力行地证明了这里根本没有什么妖魔鬼怪,他们从小就爱往里钻,有时候被家长一起带着来离宫玩,他们还偷偷脱离队伍钻进去,谁也没撞过邪。

他们三个坐在小院的长椅上,树枝的影子斑驳地爬上他们稚嫩的脸颊,一切都融化在春天的暖风中。中午阳光洒满这个带着阴森传说的小院,而长椅上方的走廊廊檐刚好挡住了刺眼的日头。远离游客的秘密基地过于安静,远处游客的吵闹好像另一个世界传来的声音。麻雀都不声不响停在枝头,他们闭着眼睛,呼吸匀畅,靠在椅背上睡着了,不知道正做着什么样的梦,安详的样子好像永远都不会醒来似的。

第三章　日珥

日珥:在日全食时,太阳的周围镶着一个红色的环圈,上面跳动着鲜红的火舌。

日珥 I

黎星若的梦境常常是一场又一场的大火。有时候是亚马孙森林的山火,小鹿的腿在逃跑时折断,食蚁兽和鳄鱼被烧焦后抱在一起,牙签鱼所在的湖泊被烤干后,表皮干瘪的鱼在焦土之上喘息;还有时是她从老家东北的舞蹈老师那里听来的"5·6"大兴安岭特大森林火灾,老师说纪念馆里可以看见许多死于火灾的尸体的模型,黎星若梦里出现的通常是怀抱着婴儿的母亲和来不及逃跑的老人……

但她最常梦到的是日常的场景,明明走在普通的大街上,手中还拿着桃李街生意最火爆的烧饼,抑或在绿宝石的舞蹈房里上课,身边还有正在偷懒不肯用力劈叉的爱丽丝,还有时就是在家里,爸爸妈妈坐在沙发上看着电视,她独自在书房里做作业……一场大火就会突然袭来,橘红色的舌头肆意跳跃,瞬间吞噬掉所有事物,一切化为乌有。

她自己会在梦的结尾变成一些轻飘飘的灰尘，顺着从绿宝石舞蹈房窗外射进的晨曦光束飘浮，穿过那些光的隧道后，彻底飘散在这个世界里，再也无法聚合成一个完整的黎星若。

黎星若后来在日记里复盘过这些梦境，她在日记里变成了弗洛伊德，一个场景一个场景地画，但是画得极为抽象，旁边还有些不着边际的文字注解。

统计过这些梦境后她在日记本一页纸的正中央写道："你只是希望这一切都消失，就像什么都没发生过那样。现在你的世界里存在的亲情和友谊都是假的，那些关切也都是假的，每当有人向你表示同情，你就会发现其实他们只不过希望你是个弱者。"

在某次警方调查结束后，爱丽丝和舅舅、舅妈带着果篮去探望黎星若的父母。黎竹西靠在沙发上，由于是孕早期，怀胎两个多月的小腹还没隆起。她看起来气色不差，撇着嘴向前来探望的三人抱怨，杨淮左自从做了校长，周末也在学校开教学研讨会，就像他在开学典礼上向家长承诺的那样——狠抓教学，他果然"狠"到连家都不回。

宋疏鸿和仲仪在客厅坐着，黎竹西起身泡了杯红茶给他们，端给爱丽丝的是一杯酸奶。爱丽丝端着杯子环顾这个家，其实从筒子楼搬出来之后，她只来过这里一次，还是两年前为了帮黎星若一起把演出服拿到会场——杨淮左本来说忙，不开车送黎星若去演出了，但是看到爱丽丝过来帮忙一起搬东西，还是帮两个人打了辆出租车到会场。

黎竹西摸着明明还很平坦的肚子说："唉，本来打算去找工作的，没想到就怀上二胎了，真不是时候。"

仲仪打趣她："你就臭美吧，你本来也不上班呀。"

黎竹西撇嘴一笑反驳："我大学可是读过音乐专业的，审美可好了，疏鸿，我说得没错吧，上次那个曲谱还是我帮爱丽丝修改的……"

宋疏鸿小抿了一口茶，笑着低头谁也不看，嘴上敷衍道："是是是。"

黎竹西嗔怪一句："讨厌，到底是现在做了绿宝石的校长了，面子大了，不买账了呀你。"仲仪跟着哈哈大笑，黎竹西又接着说，"其实我都在想，要不要把孩子打了。"

仲仪张大嘴巴："打什么呀，有孩子多好啊。"

黎竹西叹了口气："唉……但其实这孩子要不要，还是得孩子他爸说了算。"她一双柳叶眼笑弯了，像镰刀。

宋疏鸿接下了话茬："生育自由是独属于女性的，你可以自己做决定。"

仲仪拍了一下宋疏鸿的背，嗔怪着："你就讨厌吧你，这叫什么话，少拿你那书呆子思想扰乱人家家庭幸福了！"

爱丽丝并不想听太多关于这个还被关在黎竹西肚子里的新生儿的事情，这个未曾谋面的新生命让她觉得悲凉，黎星若才刚走不到一个月，他们就……爱丽丝不敢往下想了，她不能否认黎星若的脸也在她的脑海里逐渐淡去了，谁都阻止不了人从这个世界上死亡，正如无法阻止死者被人遗忘。

于是她提议想要去黎星若房间里看看。

但黎竹西开口了："啊，她的房间已经布置成新生儿的房间了……我婆婆说早点布置好，其他的东西……虽然葬礼还没举行但也都烧了。"她说完全部的话，不知道是因为难过的情绪上涌的速度太慢，还是意识到自己应该伤心点才符合人之常情，她的眉毛有序地缓慢下拉了，像机器人被设定过悲伤程序似的。

"什么都没留下吗？"爱丽丝用力吸一口气，面色凝重，带着一丝责怪。

但没等爱丽丝把那口气叹出来，黎竹西一拍脑袋："哎，对了，前几天警察送回来的那本日记，你要吗？"黎竹西轻拍着脑门，这是她回忆事情时习惯性的动作，"他们拿日记去调查，所以日记没被我婆婆烧掉。"

"我、要。"爱丽丝一字一顿地说。黎竹西把那本日记交给了爱丽丝，爱丽丝将它塞进随身的布包里，握住它的一瞬间，她感受到牛皮封面的干裂，像是握住一只死去后正在枯朽的手。她转头看向黎竹西家阳台上正在盛开的盆景，心里居然默默希望它能枯萎，最好生虫到不得不连根拔起，这样或许就能看到黎竹西伤心的面孔，毕竟黎竹西对盆景付出了那么多心血。

爱丽丝带着黎星若的橘色牛皮日记本回到家，布包里像揣着个脆弱的婴儿。回到家翻开第一页，第一页就写着六个大字：我没有被强奸。

那是用猩红色的蜡笔写上去的，之后的十多页都是同样的话。但是黎星若用了不一样的笔，看起来不像是刻意设计过，好像是哪天上美术课就用蜡笔,上数学课就用荧光笔,上语文课就用钢笔,它们发挥着各自的颜色和质地,在日记里打起仗来。

这六个大字在这十几页纸上也过得不太平,有时被打上大叉,有时被打钩,还有时被红油笔判个一百分,旁边还围满了杂草般的涂鸦,偶尔用了黄色和肉色蜡笔混合着涂,像呕吐物。

看着日记,爱丽丝都分不清黎星若到底有没有被强奸过。

又看了几页,她看到了那个之前在她脑海中怀疑过无数次的名字:孙一辛。

孙一辛个子矮,黑瘦,肿眼泡的眼睛小小的,不知道的还以为他是故意眯成一条线,像是有很多不可言说的秘密藏在心里,再加上不爱与人交流,看起来越发孤僻神秘。孙一辛的老家在颐粟城下属的一个县城。据学生资料显示,孙一辛家在县城一条偏僻的街道边开小卖部,他还有个弟弟,听说家里并不富裕。

好在孙一辛初中学习还算争气,中考考到县城前十名,加上是数学单科状元,被颐粟二中挖进高中部,校方按照贫困优等生的标准,给了两万元助力费,外加免除了三年学费。

"两万元补贴"策略是杨淮左提的,目的是挖进来更多好学生,好用优秀学苗组成希望班,再配上高级骨干教师狠抓,几届以来都达到了每个班百分之八十的一本率。而平行班的学生则大多数被鼓励去当特长生,学艺术,输送给绿宝石,交的学费杨淮左会从中抽成,用来给希望班的贫困生学苗当助力费,也有一部分进了自己的口袋。

希望班只有两种学生,好学苗和关系户。各种局长、院长都愿意把自己的孩子塞进这种只为学习的班级里，觉得这种班级的环境"干干净净、清清爽爽"的。

但希望班是教育局明令禁止的，为了防止教育资源倾斜，教育局隔三岔五就来查各大高中是否分班，是否把教学经验丰富的高级骨干教师都放在同一个班级里。杨淮左只能小心再小心，希望班黑板上的课表永远和其他平行班的课表一样，一周至少有两堂体育课、一堂美术课。但是上起来就不是那么回事了。

每周一的升旗仪式，各个班级要站成方阵队列，几个好学生会挨个班级发成绩单，学生们会在国旗下拿着自己的成绩单，热得流汗或冻得发抖。主席台上的杨淮左，会亲自念平行班的哪几位常驻第一名的学生即将进入希望班，而希望班哪些倒数的学生需要严重警告——即将被清除。

但是这个孙一辛进了颐粟二中的希望班后，学习成绩看起来不再那么有希望了。颐粟城中心的繁华都已经让他害怕，更别说那些关系户同学口中动不动蹦出来的"意大利旅行""五一一时兴起去上海迪士尼玩了几天"……孙一辛有些丧气，他好像意识到即使自己考上了好大学，也只不过只能从县里的果园里逃出来，不用拿着锄头锄地了，跟这些人的生活还是比不起。

他最喜欢每周的微机课，他的零用钱不够去网吧，只有微机课他能摸到那台神秘的机器，上面有个叫浏览器的东西可以查到许多图片，他在旁边同学的指导下，还学会了使用多个浏览器减少搜索限制。

学会了这些后孙一辛就发现了自己的兴趣点，他喜欢看美女死亡的图片。他想尽办法用 QQ 的方式加讨论群,在里面获取到目击者拍摄的一些案发现场的图片,有时候在浏览器上也能偶尔搜到。

他不知道为什么自己有这么个癖好,他说不清也不敢说,只是知道看的时候特别刺激过瘾,好像后脑勺里面有电流通过,痒痒的很舒服,人也清醒很多,不再像平日里那么麻木了。

直到有一天上微机课时他被旁边的同学发现了——那个同学是个认真学习的小胖子,课上只用电脑看学习资料,对着电脑屏幕盯着那些例题研究得入迷,按理说他不会转过头来。但那天小胖子就转过头来了,他应该只是短粗的脖子酸了想活动活动。很快,小胖子吓得口袋里的手帕都掉了出来,那是他妈妈每天早上给他洗好放在口袋里让他饭后擦嘴用的——他每天午餐都去颐粟二中外的小饭馆吃四菜一汤,嘴吃得油乎乎的。

小胖子告发他的方式,也不是大喊"孙一辛是变态",而是一声震耳欲聋的尖叫:"啊!"小胖子一只手捂着嘴巴,像个巴洛克时代受了惊吓的贵妇似的,另一只手颤抖着指向孙一辛的电脑。

然后,其他同学迅速拥了过来,像海啸那么迅猛,孙一辛被那一声尖叫和聚过来的同学吓得呆住了,来不及关闭那些网页。

有个好事的同学开始挪动他的鼠标,把其他几个网页也相继点开。"咦……"人群中发出厌恶的唏嘘,"孙一辛你平时上课就看这个啊,啧啧。"

但在后来的传言中最吓人的部分是,孙一辛不但没和大家解释,而且像触电一样跑开了。还有个同学说:"孙一辛跑开的时候回头看了我们一眼,眼神像杀人犯杀人之后,畏罪潜逃一般!"其实那不是杀人犯的眼神，是孙一辛的眼里噙满了泪水，不得不眯起来。

从此在颐粟二中高中部里，"孙一辛"这个名字就和"变态""美女死亡图片"挂上了钩。

后来爱丽丝找到他并质问他时，他矢口否认爱看美女死亡图片这件事，说早就不看了。温瀚清被爱丽丝指挥着，把孙一辛堵在小废楼的走廊里。爱丽丝满脸稚气，脸上有两片因为愤怒而溢出脸颊的红晕，眼里还有因为提到那位挚友的名字泛起的泪花。

"说！是不是你推黎星若下去的！"爱丽丝质问孙一辛，激烈的言辞让她浑身发抖，身边的温瀚清不禁拍拍她的背，以示安抚。

孙一辛被吓了一跳，想跑开却被温瀚清拉了回来。他本就不善言辞，只好推了推鼻梁上歪了腿的眼镜说："真的不是我，警察都没来问我，那个时候我在老家。"夏天的热风扑在孙一辛的脸上，本来就害怕和生人讲话的他出了一头的汗。

"那你为什么会出现在黎星若的日记里？"爱丽丝举起平板电脑。

平板电脑上面是一张她拍摄的黎星若日记的图片，上面写着：孙一辛，我的软肋和伤口，都在你手里了。

孙一辛的汗水滴下来，他用袖子擦了擦："其实……"他憋了一会儿，支支吾吾地开了口，"黎星若是我很重要的人，我也是她很重要的人……"

爱丽丝不屑地哼了一声："你该不会想说是黎星若在和你谈恋爱吧？别自作多情了。"

孙一辛攥紧了拳头，看爱丽丝的眼神有些凶，还带了点戒备心：

"我可没这么说，请你不要妄加揣测！"

温瀚清拍了拍爱丽丝的肩膀："我来说吧。"

他挡在爱丽丝面前，温和、有礼貌，但又一脸严肃地说道："孙学弟，黎星若去世，我相信我们都很难过，当然，如果她对你来说，真的是个重要的朋友的话。"高大的温瀚清把手放在孙一辛的肩上，这让黑黑瘦瘦的孙一辛显得更矮小了，温瀚清左手上那块手表在他的肩膀上像座快要压垮他的山，"学弟，我们这次来，不是怀疑你，是因为有些传言，我们需要和你核实清楚。这位爱丽丝学姐，是黎星若生前最好的朋友，我们三个从小一起长大，我们只是想弄明白，因为她的死实在是出人意料……"温瀚清把手放了下来，露出一贯阳光的微笑，只不过稍稍加了点因为好友的死去应有的悲伤表情，"当然，我要说句对不起，突然把你弄到这里来，爱丽丝也不是存心要凶你的，如果你什么都不想说，你就走吧，我们就当不知道你是黎星若的'很重要的人'。"

爱丽丝显然不懂温瀚清的温和，她只想用霹雳手段，一看孙一辛要走她急了："怎么可以让他走……"温瀚清抓住她的手，看着她的眼睛摇摇头，爱丽丝安静了下来。

夏日傍晚的风继续流窜在小废楼里，呜呜声像是在唱歌，孙一辛开口了："我……我什么都不知道，真的。"然后他转身走了，走的时候他有些腿软，生怕温瀚清把自己拉回去打一顿。

但显然温瀚清的素养让他没办法像个流氓一样，爱丽丝又急又气："你看他走了，什么都没问出来。"

"可是留下他也问不出什么啊，爱丽丝，"温瀚清的眉毛皱了起来,显得温柔又哀伤,他摸摸爱丽丝的头,把她抱在怀里:"不要难过了……也许真的是自杀,我那天问了我妈妈,我妈妈也说,抑郁症病人平时不发病的时候没有什么异于常人的地方,只有发病的时候才会做出极端的事情,可能黎星若真的有抑郁症吧,你想想她小的时候被家暴……"

爱丽丝在温瀚清的怀里点了点头,眼眶湿润了,但她努力没让眼泪掉下来。两个人就这么在风中站了一会儿,温瀚清看了看表,提醒爱丽丝该去绿宝石排练了。他们一起收起了悲伤,就像把课本收进书包里那样稀松平常。然后两个被夕阳拖得老长的影子,黑漆漆地载着两个少年一起从学校出去,走向那栋绿色玻璃大楼。

从没进过绿宝石的孙一辛上高一的时候黎星若上高二,两个人认识时间不长,第一次近距离接触不过就是黎星若坠亡前的四个月,那时放完寒假刚开学。

那个时候孙一辛已经连续三次在希望班考试中排名垫底,受到了学校的警告,他再有三次,攒够六次垫底就会被清出希望班,正常缴纳学费,不需要归还之前的两万元助力费,但如果拒绝缴纳学费并且中途退学,就得将两万元退回。

一个发完成绩单的午后,孙一辛穿着磨得发亮的羽绒服在小废楼旁转悠,口袋里揣着倒数第二名的成绩单,心里又焦又急,倒数第一是因为得了腮腺炎少考了一科。学费、清出希望班……这些词伴随着老师发怒的面孔,不断冒出来,像头春天犁地的牛,用牛蹄狠狠踩踏他的胸口。

他在小废楼旁转悠,就碰到了黎星若,她在练舞,几个转圈,手臂像蛇。她脚下有个红色巴掌大的小音箱,放着 *Everlasting Truth* 这首后来黎星若告诉他名字他才知道的音乐。三月颐粟城的天气还很冷,黎星若外套都没穿却跳得额头有汗。孙一辛呆愣了一会儿,短暂地忘却了一些烦恼。

他以前经常见到这位不同凡响的学姐,她细长白皙的脖子让她在每周一的升旗仪式上,即使只是在人群中发成绩单也鹤立鸡群。好几次轮到她发他们班的成绩单,那纤细的手臂将印有成绩表的A4纸递给他时,都能在空中划出一道优雅的弧线,他能感受到那股奇妙的轻盈——这就是艺术生吗?他心里默默念着"黎星若"三个字,霎时间感到头顶有光环笼罩。

他们第一次见面居然是黎星若先开了口,她停了舞蹈,站在小废楼的楼梯上向下轻喊:"孙学弟怎么在这里?"她招招手,示意他小废楼的入口正打开着,他可以过来和她说话。

音乐还在响,黎星若的声音顺着微寒的风刮进他的耳朵。他一惊,环顾四周无人,又瞪大眼睛指了指自己,得到黎星若的点头确认,才进入小废楼。他上了楼梯,即使和黎星若隔着两米远,他也紧张得结巴:"黎……学姐,你认识我?"

"见过你,算是认识,而且我觉得你很有趣。"黎星若走近他。

孙一辛咬住下唇,微微攥拳:"啊……你是不是也听了那些传言?其实我不是……"他想说"其实我不是变态",但忍住了没说出口,如果说了"变态"两个字,会不会让她觉得自己真是个变态?

黎星若却抢答了一句:"别人口中的话有几句能信?"她捋了捋头发,散发出一股奇妙的香气,"你怎么在这里转悠?"那些发丝在她手指离开的瞬间随着光散落，阳光被染香了。

孙一辛挠挠头："没什么……"

"有什么事你就和我说，我可以，"黎星若再靠近他一些，将手搭在他的肩膀上，"当你的朋友。"黎星若笑了，孙一辛第一次看到黎星若笑，他这辈子一共看黎星若笑过两次，这第一次的笑容是一把剑，一剑刺入他的胸口，把"黎星若"这个名字灌浆一样灌进去，和他的血肉相融。

三月的颐粟城冬季还没离开，霸占着春天的位置，大大小小的虫子还没冒出来，大概是在冬眠，但孙一辛却感到身上有蚂蚁在爬。小废楼旁的积雪已经融化了一部分，雪融水从积雪下潺潺流出。

孙一辛觉得黎星若很特别，她不像高二那几个以爱丽丝学姐和温瀚清学长为代表的关系户一样，走路都带着一股他无法靠近的屏障。黎星若身上有一股黑色的气息笼罩，起码在对话的时候，他下意识觉得她和自己一样，是个普通又充满烦恼的人。

初次接触，孙一辛就发现自己对黎星若有股强烈的倾诉欲，不善言辞的他，对着黎星若居然能讲出自己的窘境。这个学期开学不过一个月，大大小小的模拟考试加起来已经有六场。

颐粟二中的"车轮战"对孙一辛这种自由学习惯了的孩子显然是不适应的，他之前在县里时，教学环境宽松，每个月只有一次月考。他第一次被老师叫过去谈话时，憋了很久才开口将不适应考试这件事告诉老师，这对内向、自卑的孙一辛是个巨大的进步——他说出了自己的心里话。

但矮个子的女班主任噘起嘴，看着眼前的男学生不屑地哼了哼:"你还不适应,这是为你们好,一场又一场的考试为了什么?"她用手指戳着孙一辛的额头,"你当老师愿意判卷子?还不是为了把你们考麻了!"

"考麻了"是颐粟二中高中部最流行的教师专用词汇,一场又一场的车轮战考试,为的就是彻底让学生忘记对于考试的紧张和恐惧,忘记所有的悲喜。伟大的升学主义,当然要用一场又一场的考试来贯彻落实,只要试卷的分数不断地冒出来,学生们就会习惯考试结果的起起伏伏,就会拥有好心态。只要老师手里握着无数个考试分数,就可以轻而易举通过大数据得知每个学生的未来。考试成绩的大数据时代早就来了。

孙一辛真的"麻了",但不是考麻的。他不知道自己该做什么,他感到听觉和味觉都在退化,舌头在嘴里哆嗦,饭量变少了,看到单词也不再像初中时那么敏感——明明在初中时他可以一边帮果树喷药,一边背在手臂上写的单词,正午日头最毒的时候,蝉鸣和蛇都不能阻挡他学习的上进心。但现在一切都那么容易让他分心,那些字母排列组合后好像都差不多,自然就译不出正确的汉语,数学的公式也都长得像多胞胎,他经常用错,开头的公式牵一发而动全身,后面一整道十二分的三角函数大题一分也得不到。

孙一辛还和黎星若谈起自己的父母,他从小懂事,很少向家里讨要什么,小时候为了省笔和本子,锻炼出了极好的心算能力,在心里算出数把答案直接写在卷子上,一支圆珠笔、一个演算本能用半学期。

但这次他真的忍不住了,上体育课时他跑到小卖部给父母打电话,告诉他们想回去读书。父亲在那边把他骂个半死,骂他的重点基本集中在"学校当初给的两万块钱家里已经用完了,全给奶奶治病花了,你要是不念了怎么还学校的两万块钱"和"你弟弟还在上学你不要给家里添乱"。母亲在电话那端哭了,问他:"你要我们全家去死? 你要你妈去卖血? "

父亲的最后一句话是:"你快挂了吧,我记得你们学校小卖部打电话一分钟五毛钱,贵死了! "然后电话那边就传来嘟嘟的忙音,像是无形的电波汇成了一片海洋,淹没了他心里最亲的人,留下一片平静的海面,他再难找到他们,他感到自己也在沉下去。

从那以后黎星若和孙一辛每周三的午饭时间都在小废楼见面。周三是爱丽丝和温瀚清去校外的日料店一起吃午饭的约会时间,小废楼的钥匙一整天都是黎星若拿着。

短短两个月过去,八次见面,他们就成了彼此"最重要的人"。这个头衔可不是孙一辛给自己戴高帽,是黎星若提出的。

见面以外的时间,他给黎星若写明信片,明信片是他周末在图书馆老师那里兼职时拿到的杂志赠品,上面总是印着意大利比萨斜塔、上海迪士尼、北京故宫……那些同学们口中提到过的景色,在写上"黎星若"三个字后,遥不可及的建筑便开始与他不断靠近。

他在明信片中的故宫墙壁上写:"我以前觉得世界是遥不可及的,现在觉得故宫的墙就在我手边。一抹手心上还能蹭上洗不掉的红色,要洗七遍手才能洗干净,连我这样的人也可以走进故宫去。"

他在明信片中的埃菲尔铁塔的塔尖上写:"为什么你不爱笑呢?我觉得你的眼睛笑起来弯弯的,像月牙,我还从没见过天空中出现两个月亮,但你一笑就有了。"

他在明信片中的比萨斜塔旁的天空上写:"你总说的那个他是谁呢?我是你的朋友吧?你也许可以告诉我他的名字。"

在小废楼最后一次见面时,黎星若说:"你的秘密全讲给我,我的秘密,有一天也会全讲给你。"她说这句话时还拥抱了孙一辛,她单薄的身体裹着鹅黄色的羽绒服,轻轻地把头扎在孙一辛的怀里。

孙一辛却在此刻做出了一个不知天高地厚的错误决定,似乎因为近来的亲密接触,他在黎星若面前生长出了一种奇怪的大胆。这个错误的决定在他心里酝酿已久,这一次的拥抱成了他错误决定的导火索。

"黎星若,"他第一次大胆地叫她的全名,甚至直视她的双眸,"我喜欢你,可以和我交往吗?"

那是五月四日,学校外还贴着庆祝青年节的横幅。没有春秋只有冬夏的颐粟城像往年一样,只用五月一日这一天就完成了冬与夏的交接,春像从来没有出现过,但这在颐粟这座小山城里绝对合理。五月一日冬天结束,空气腾地一下就热了起来,蒸腾出一片夏天,这种没有过渡的残酷更替,就像孙一辛的告白,突兀却又合理。

更要命的是,他还不知深浅地补了一句:"我们可以像爱丽丝和温瀚清那样,也可以秘密地在一起,不让别人知道。"

正午炎热的空气凝结着,毛衣里细密的汗珠冒出来,被毛线吸收后反贴在身上。黎星若纤长的睫毛随着眨眼颤动后低低垂下,红润的嘴唇微张着和坚挺的鼻子一起呼吸。终于,她还是给了孙一辛一个答案:"我们以后还是不要见面了。"

孙一辛跑开了，一路疯跑回教室，打开冷掉的卷饼大口大口吃起来。那天之后他的天又塌了一次，还出现了地陷和泥石流。果然，他就知道自己不配。

后来的几周，自习课上他一直在演算纸上写"黎星若"三个字，写了一遍，他就画掉，内心的羞耻感释放得不够，就用手用力把演算纸抓成一团，过一会儿羞耻感消退一些，他再把纸团展开，涌上心头的又是黎星若的脸。

有次他起身去上厕所，回来时发现那个微机课揭发他的小胖子正在偷偷看那团纸。他一把拧住小胖子的后脖颈子，就像母亲教训他那样，小胖子不敢大声叫怕惹来巡视的校领导，到时候两个人都逃不了被班主任骂一顿，于是小胖子抱着胖胖的手求饶。孙一辛松开了小胖子，小胖子又讨好似的，走上来摇了摇这位饶了自己一顿打的大哥，在他耳边说："黎星若，你不知道她的事吧？"

四十分钟后下课铃打响，孙一辛疯了一样冲到了楼上的高二 A 班门口，对离班门口最近的一位同学说："找黎星若。"他声音沙哑，像有团火在喉咙里烧。

彼时爱丽丝正在擦黑板，她瞥了一眼这位学弟说："找她啊，你得拿号码牌。"说完笑嘻嘻地回头看黎星若。

"去你的！"黎星若走上来拍一下爱丽丝的背，还帮她顺便掸了掸落在肩头的粉笔灰，黎星若走近门口看到隐没在走廊黑暗中的孙一辛，暗淡的天色遮盖了他校服上原本常见的污渍，整个人看起来洁净无比，黎星若的双眼一下惊异地睁大了，亮晶晶的像孙一辛在县城里玩过的猫眼玻璃球，她赶紧走进他所在的黑暗里，轻喊道：

"怎么是你？"

孙一辛不由分说拉着黎星若走出教学楼,他就是笃定他能拉走她,她也果真跟着他的脚步。颐粟二中的晚自习为了让学生不方便出班级和教学楼,好好在教室里学习,楼道和楼外都只开了几个昏暗的路灯。他们轻易就躲进黑暗里。那天傍晚刚下过一场不大不小的雨,他们出去的时候雨已经停了,地面上只有一层薄薄的水渍。

"你怎么了？"黎星若关切地问,迎着月光,她能看见孙一辛的眼眶里有眼泪打转,夏天的衣服轻薄,他身上的霉味消失了——三月时他一件羽绒服一直穿,浑身都是霉味;现在夏天的薄衫他大概经常洗,很干净。

"你不答应我,是不是因为,你⋯⋯"黑暗中孙一辛猛地低下头,不敢看黎星若的眼睛,"被那么什么过？"

"什么？"黎星若的声音抖起来,她不可置信地看着他,然后把他的头用手扳起,逼迫他的目光与自己对视,之后狠狠给了他一耳光,看他错愕,黎星若哭了出来:"为什么你也伤害我？"

孙一辛不知所措,他不是个擅长处理冲突的人,更不会哄女孩子,他又跑开了,他在这一刻认清了,自己就是个废物。

可黎星若追上去拉住了他的手, 她张大着嘴巴像一条濒死的鱼, 最后还是选择了贴近孙一辛的耳朵说了那句——我被伤害过,但我没有被强奸!

这句在日记里写了太多次的话,确实是黎星若很早以前就想在与人辩解时使用的、她内心关于所有谣言的完美答案,是她对所有不堪的重拳一击。所有人都觉得自己在发表见解,甚至在光明正大地传播善意，可那只是他们的脑袋在"觉得"，黎星若很小的时候就明白了，那些议论她、在背后悄悄"心疼"她的人，心里比谁都更清楚他们自己丑恶的嘴脸长什么样。

他们睡觉时一沾枕头不会闻到自己那副嘴脸发出的腐烂臭气吗？

我没有被强奸！

她多想把这句话告诉筒子楼里结伴闲话家常的碎嘴老奶奶，想在放学时拉住正议论她的几个本地学生说出来，也想把舞蹈老师出于怜爱放在她头上的手甩开，大声对她喊出这句话。

我没有被强奸！我不是个可怜的人，我只不过像幼童跌破过膝盖、少年被父母用教棍打伤、调皮的孩子不小心把手伸进火锅里烫烂了皮……我只不过碰巧受了伤，为什么大家要反复在我恢复如初的光滑肌肤上涂画上疤痕？

可是她从头到尾都没有告诉过任何人，没有人听到过那句她在心底藏了很久的呐喊，除了孙一辛。

孙一辛怔怔地看着眼前的女孩，她在痛哭。他坚信这种表情学校里只有他一个人见到过，平日里她静得像一潭死水，波澜不惊，谁都想不到她大哭是什么表情。

但此刻黎星若就在他面前大哭，而且哭出了不小的声音。操场上没人，第二节晚自习的铃声早就打响，两个人在人造草坪上看了一会儿月亮，那天的月亮莫名巨大，像一盏无影灯挂在夜空中，把周围的云彩都打亮了。那个"他"在黎星若的描述中，有些光芒万丈的阿波罗的意味，虚幻而耀眼。孙一辛猜测了很久那个"他"是谁，一直不敢明着问。

最后一次见面是傍晚,夕阳西下,黎星若拿着比萨斜塔的明信片,在青艺的天台上向孙一辛说出了那个有关于"他"的答案。

那是六一儿童节,绿宝石里几乎所有的学生都去参加颐粟城大剧院的演出了,而黎星若因为有《镜中人》的演出要准备,就没参加。爱丽丝和温瀚清去约会了,据说去了南营子大街的鹿港小镇吃西餐,饭后甜点大概率是爱丽丝期待了很久的蓝莓起司蛋糕。

黎星若和孙一辛一起站在绿宝石的水晶天台上,孙一辛看着不远处颐粟二中一栋栋的教学楼,觉得像积木块。

这是孙一辛第一次走进绿宝石,以往周末的时候同学们都各自回家了,他为了省去回县城的二十元车费,滞留在宿舍里,一睡就是一整天。实在睡不着的时候,他也会走上桃李街,但不敢进那些文具店,因为里面没有一样东西让他觉得便宜。于是他常常在绿宝石大楼的门口看着这栋绿色玻璃建筑。

水晶树一棵棵错落有致地排列着,被余晖打出耀眼的光泽,孙一辛从没见过这样的建筑,伸手上去摸摸,那些藏在水晶树枝里的光晶亮地反射在黎星若的脸上,她的脸被打上一层莹白。

黎星若在与他对视,一双柳叶眼不像平时总是含着一汪水那般的温柔,里面是绝望与冰冷,她说出了那个名字:"宋疏鸿。"

"谁?"孙一辛歪了一下头,他显然不太记得这个名字,但是稍加迟疑后他还是反应过来了,是那个开学时来演讲过的青艺新校长,他对宋疏鸿的印象是无数个国家的名字:他曾在国外留学,去过很多国家。那些国家像标签一样挂在宋疏鸿高大挺拔的身体上,与当时台上杨淮左的啤酒肚构成鲜明的对比。

反应过来后孙一辛微微张着嘴巴吃惊道:“你喜欢他什么呢?”他无奈地摇着头,他从没有过这么丰富的肢体语言,但此刻语言实在无法表达他内心的迷惑与失望,他的手不自觉做出了动作,在太阳穴上绕了个圈,这是那个又㞞又坏的小胖子唾弃别人智商低时常用的动作,“你打算和他在一起吗?”

黎星若把比萨斜塔的明信片撕碎了,扔下天台,纸片像彩蝶一样翩翩飞舞,无比细碎地飘撒在桃李街的各个角落。

“我想,我不配。”黎星若看着那些飘落的碎纸片,再转过头看孙一辛时已是双眼含泪,鼻头粉红。

她爱上宋疏鸿的原因不必多说——宋疏鸿身上沾满了颐粟城之外的气息,这对黎星若来说无疑是种刺激和致命的吸引。她本来可以一直暗地里爱着,可她与孙一辛一样做出了错误的选择——她也去告白了。因为,就像孙一辛喜欢她那样,她也喜欢宋疏鸿喜欢到失控,做了不符合身份的愚蠢决定。

前阵子再次告白被拒绝之后她才明白,她对宋疏鸿的爱,除了因为对颐粟城之外的世界的向往和对他的才华的崇拜,还有很大一部分原因是为了分散注意力。

她对宋疏鸿的爱,足以盖过那些污言秽语在秘密地带对她的攻击,如果他们能够有一段恋情,那么这段恋情的颜色,足以晕染那些曾经灌满她人生的污泥的黑。这份刺激的大火或许也能让她在短时间内对生活燃起希望,只不过不是把世界烧成灰烬,而是重塑世界。

孙一辛记得黎星若说这些的时候又哭又笑,眼泪流满脸颊的时候她因为想起了宋疏鸿的好和自己的脏嘴巴不自觉地笑了起来。夕阳下，光和泪在她脸上同时出现，亮晶晶的像无数条奔向她胸口的河，最后汇聚至锁骨下方，顺着练功服的细纱领口，流进看不见的乳沟里。孙一辛的眼睛里也噙满了泪水，视线里黎星若背后的水晶树随着泪水晃动起来。他猜那些眼泪的小河最后汇聚到黎星若的乳沟里后，其实是被黎星若内心的寒冷冻住了，成了许多冰锥，刺进了她和他的胸口。

这时他的嘴唇被黎星若的嘴唇覆盖住，一个含着绝望的共情之吻。

他们都有暗无天日的生活，同时又都奢望着可望而不可即的东西。这时，孙一辛第二次也是最后一次看到了黎星若的笑容，这个笑容很漫长，在她挑不出瑕疵的脸上，仿佛洋溢了一个世纪，从生到死那么长。

黎星若说："我没有被强奸过，但是我身上的伤口是不可能愈合的。"她天鹅般优雅的脖子向上仰起，此时夕阳已经完全落下，暮霭覆盖在水晶树上，像一层冰冷的霜。

黎星若笑了，她的柳叶眼本身就水汪汪的，像时刻盛着两兜清泉水，所以孙一辛并不能分清她的眼里有没有泪水，但她的表情确实在笑，笑得前所未有的轻松，她拉住眼前少年的手，用好听的声音问他："你想死吗，我们可以一起死。"她为"死"这个决定而笑，快乐的样子像是已经拿到了永远离开颐粟城的机票。

"死"是一个多么简单的字。

孙一辛点点头，但是很快摇摇头："我早就想死了，但是我觉得你不要死,"他用力反握住黎星若的手,两人十指紧扣,像恋人那般美好,一瞬间他都觉得自己不是单相思了,而是什么战乱时期要让爱人先从战火中逃出去的舍命军官,"你要好好活着,让我觉得我在这世上也曾经美好过,这样我死了也不后悔。"他讲出这些话时,觉得自己浪漫又悲壮,像个英雄。

他为他和黎星若感到难过。他们都喜欢上了不可能在一起的人,而这两份喜欢都像两簇雪地里短暂燃烧过的火苗,释放出热量和刺眼的光后,转眼就灭了,在冰天雪地里化为一缕青烟,很快就又被冷风吹散了,像没存在过一样。谁能记得他们的爱呢?就算被记得也会被吐满口水。

日珥 II

爱丽丝和温瀚清找过孙一辛后不到两个月,孙一辛就从颐粟二中的教学楼上跳下去了。但他命大没死成,成了植物人,躺在颐粟城石洞子沟旁的附属医院里,VIP病房,单间。

杨淮左亲自接待了孙一辛的父母,代表学校努力安抚孙一辛一家,特批将孙一辛的弟弟孙一圣接到颐粟二中初中部来借读。学校还定期给孙一辛友善捐款,每次捐款都有家庭条件不错的同学往箱子里放三四百元,其他同学也最少放个二十块钱。孙一辛妈妈经常感恩戴德地抱着捐款箱,在《颐粟晚报》校园版面特派记者的镜头下心怀感激地走出去。隔天就登上《颐粟晚报》的次条。

孙一辛的父母为了能照顾儿子,直接卖掉了小卖部来了市里,在附属医院旁盘了家小店——这里面也有杨淮左的人脉帮忙疏通。

附属医院旁黄金地段的店铺哪有那么容易盘下的? 就为着这些福利,孙一辛的父母没借着希望班的事情闹起来。

后来爱丽丝有次听舅舅和舅妈聊天,说起孙一辛的父母可真是聪明,直接利用大儿子跳楼的事情威胁学校,全家搬到了颐粟城。城中心的商铺、小儿子的学费,甚至一家人的房租,学校都承诺一直帮忙"补贴",实际上颐粟二中像是在被孙一辛一家打劫。

颐粟二中的莘莘学子在一阵饱含对同学惨事的伤感之情的讨论后,也只剩下了庆幸:还好学校没因为有学生跳楼,就像有的学校那样在所有能透气的地方都安上铁栅栏。

但有个聪明点的同学反应过来,并用一句话点醒了大家:"你们以为学校傻啊,这样大家不就都知道学校有人跳楼了,还嫌事不够大? "

根据可靠消息,孙一辛是周末从教学楼顶层七楼的厕所窗户跳下去的。那天学校里其他同学照常都在家休息,几位留宿同学不是去离宫郊游就是去老师家补课,负责巡视的门卫大爷也因为喝了一瓶二锅头,在休息室的床上睡得死死的。

据说孙一辛是在正午的时候从门卫那里偷了钥匙,溜进了教学楼,教室门都是锁着的,最后他选择了厕所,瘦弱的身躯刚好能钻出那扇窗户——就这么跳下去了。比起黎星若坠亡案件,孙一辛跳楼这件事并不需要太多调查,他在跳下去的厕所窗台上留了一封遗书,他还十分负责地按了手印。

他的遗书十分朴实,不像黎星若的日记那样难懂。

是在一张发黄的数学演算纸上写着:"爸、妈,对不起,我受不了了。"

关于跳楼的理由，爱丽丝和温瀚清后来听其他同学讲过，孙一辛的父母来的时候，他妈妈哭天抢地地说后悔，说儿子上午给自己来电话，说想回家，自己训斥了他一顿，让他省钱，不要没事就想着浪费车费回家。

在《颐粟晚报》记者的采访中，孙一辛的爸爸说起最近孙一辛的奶奶刚去世，丧葬费又是一笔钱，孙一辛的弟弟孙一圣刚上初中，连校服都只敢买一套，而不是像其他人那样买两套换洗着穿。这些苦说完了，没人再怪他们为什么在走入绝境的儿子生命垂危的时刻表现得如此冷漠，只能怪孙一辛不懂事。

但孙一辛有个室友帮他整理东西的时候，发现了一张明信片，明信片的图案是比萨斜塔，上面还有一行黑字：她挥动翅膀离开了，我也要从比萨斜塔上跳下去找她。

那个室友在爱丽丝和温瀚清的软硬兼施下，被一顿羊肉火锅诱惑着说出了另一个惊人的传闻，他说自己并未亲眼所见，但是之前确实有同学传言说黎星若曾经和孙一辛去开过房，而且应该不止一次。这个传言传得有模有样，有据可考似的，内容还包括他们确切的开房时间：每周五放学后——爱丽丝和温瀚清都知道，每周五黎星若的训练时间是在放学两个小时后才开始。这中间的两个小时可以做什么？两个小时也可以什么都不做。爱丽丝想，黎星若喜欢看书，搞不好两个小时都在看书。

每周五放学后黎星若要上私教课，因为老师腾出时间专门教她一个人，这需要把前面的大课上完才行，所以黎星若的私教课自然不是一放学就能上,要等上两个小时才行。

"据说就是学校旁边那种不需要身份证的小民宿……"孙一辛的室友比画着,"我为什么信了呢,是因为后来我还在孙一辛的东西里发现过一盒避孕套,拆封的,盒子上写着一盒三个,但我收拾东西的时候发现里面只有一个了。"

听到这里时,爱丽丝不再像往常一样快人快语,她第一次闭起了嘴。如果换作往常,她一定含着泪水骂这个室友"胡说"。可就在前几天,她彻底读完了黎星若的日记,里面有太多模糊而可怕的事情等着她去验证。

黎星若的死确实让爱丽丝难过,即将过去三个月,爱丽丝时常觉得自己应该慢慢走出来。可那本日记像个有魔力的宇宙,她常常在夜晚翻开,会发现进入那个宇宙后,自己像从未认识过周围的人。黎星若、宋疏鸿、黎竹西、杨淮左……甚至温瀚清,在那本零零碎碎的日记里,都像是变了一个人。就连颐粟城,在日记里也不像大家所认知的那样是座适合养老的氧气之城,而是布满阴云的,因为黎星若在里面写:"颐粟城的天空每天都是晴的,但在我看来却是乌云密布,可是为什么平时还是一片万物祥和的气象?每个人的脸上都洋溢着笑容,仿佛动不动就要载歌载舞。"

这是什么病句?这是什么爱开国际玩笑的日记?爱丽丝一把合上橘色的牛皮日记本,一阵原始香根草的味道从页缝中喷挤而出,扑进她的鼻子。她翻开图尼埃的《桤木王》,却怎么都读不下去了。她又翻开萨克雷的《玫瑰与指环》,看到里面写道:"孩子,我所能给你的祝愿不过是些许不幸而已。"她嘭的一声合上书,不读了,像是在赌气。

"就算瞎编，也太不着边际了。"爱丽丝在一次睡前自言自语道。那天爱丽丝读到的是一篇被荧光笔涂成橘红色的日记，上面画着一只乌鸦，乌鸦下面有一段文字："他的胸口有一颗痣，我觉得那是我的另一双眼睛，他吻她的时候，那双'眼睛'被他的白衬衫蒙住，他说那便代表他的心此刻失明了。只有吻我的时候，他的心扉才真正打开。"结尾处有个"H"。

关于"H"，爱丽丝不能免俗地想到闺密爱上自己男友的狗血剧情，温瀚清常被她称作"瀚"，那么"H"是否就代表温瀚清？以及吻她，那个"她"不就代表温瀚清的女朋友——不就是在说我吗？

她回想着温瀚清夏天和自己一起上游泳课时露出的上半身，完全不记得上面有什么痣。她还特意打电话给温瀚清，问他胸前有没有一颗痣，温瀚清说没有后还打趣她，如果不信，下次课间的时候可以去小废楼给她看一眼。但温瀚清不经意提起小废楼后，两个人都沉默了，黎星若死后，他们再也没去过小废楼，那把钥匙都不知道扔哪里去了。

挂掉温瀚清的电话后，爱丽丝本想着就这么算了，黎星若已经去世，再做什么都挽回不了她已经消失的生命。不如就像温瀚清说的那样好好生活。

可隔天她就被生活在头上狠狠敲了一棍。按照以往，宋疏鸿在夏天也穿着大白背心或T恤，绝不像其他中年男子那样光着上身。但那天宋疏鸿在排练后破天荒地去了某领导的饭局，饭局上喝的是宋疏鸿最不擅长喝的白酒，为了交际应酬，他喝得酩酊大醉，被人像烂泥般扶回来,一进家门就狂吐不止。

仲仪将宋疏鸿的衣服脱下来换洗,考虑到外甥女在家就只脱了他的上衣。宋疏鸿光着上身,整个人瘫在沙发上,爱丽丝赶忙端水过去照顾舅舅,这一照顾不要紧,宋疏鸿左胸前的一颗痣直接映入她的眼帘。

"H",鸿,宋疏鸿的鸿。

所以"她"是谁?是舅妈仲仪?可她从没见过舅舅吻舅妈,他们两个相敬如宾,在爱丽丝面前除了互相搛菜,疏远得跟什么似的。她都没见过舅舅和舅妈接吻,黎星若怎么可能见到过?胸前有痣的男人不止舅舅一个,有没有可能是凑巧?但是,未免也太巧了。

于是那本日记爱丽丝没能放下,在许多个夜晚她又拿了起来,她总觉得这本日记里藏着许多她不知道的秘密。橘色的牛皮日记本逐渐代替了她每晚要读的那些小说,她被它牵引着,被迫参透生活。

在那顿羊肉火锅的尾声,孙一辛的那位室友还讨好地拿出了一个小演算本。本子一看就是学校发的,薄厚不均的再生纸,写字稍微重一点就会渗透到下一页去。那位室友一边喝汤一边说:"这也是我收拾东西的时候找到的,他家里人后来没来拿那些东西,我就给学姐你带来了。"

温瀚清对爱丽丝说:"要不然算了吧,我觉得没必要再看下去了,你的烦恼越来越多了,我觉得最近你很不快乐。"

但爱丽丝还是在许多背诵默写的英文单词和计算的数学公式的覆盖下,找出了一行又一行的汉字。她惊奇地发现,或许这个她一直看不起的学弟孙一辛,是唯一爱过黎星若的人。可惜他现在已经是个植物人，不知道什么时候才能醒来，不知道这辈子还能不能醒来。

她把黎星若的橘色日记本和孙一辛的演算本放在一起看，惊奇地看到这两个本子中高度重合的部分：黎竹西。

而且他们两个都有个同样的举动，在"黎竹西"三个字上打叉，他们有好几次这么做，其中一次孙一辛夸张地把草稿纸都画破了，圆珠笔变成了刺刀。

黎星若和她妈妈关系不好，爱丽丝还能理解，可是孙一辛对黎竹西有什么怨气呢？爱丽丝觉得大概是黎星若和孙一辛说过什么，她真希望孙一辛能再次开口说话，她一定不会像以前那样凶巴巴地质问他那些蠢话，他们需要好好谈谈。

幸运的是，才不到两个星期，孙一辛有了意识，现在的他已经能睁开眼睛，嘴巴偶尔努力能发出呜呜两声叫喊，像是在呼救。

"他的呜呜声，真的很像在呼救。"爱丽丝课间站在小废楼里，曾这么对温瀚清形容过。爱丽丝最近练舞的时间依旧紧张，温瀚清倒是好心，申请作为学生代表去看望孙一辛。呜呜声，就是温瀚清录下来给爱丽丝听的。

温瀚清一边在一旁打断她，一边摸着爱丽丝的头，像摸宠物兔子的耳朵："自杀的人怎么会呼救？"他把一罐冰可乐贴向爱丽丝的脸，她俏皮地躲开，用手背擦了擦脸上的水渍。

爱丽丝喝了一口可乐。果然，她还是不喜欢可乐在嘴里的气泡感，她把可乐递回给温瀚清："谁不怕死呢，就算当时不怕，现在也疼怕了吧。"

爱丽丝继续听着录音,里面是温瀚清温柔的嗓音:"学弟,你要好好养病,我会再来看你的,希望你早日回到学校继续学业。"他的安慰总是那么中规中矩。

爱丽丝看了看手表,大课间还有十五分钟才结束。她问:"他住在哪个病房?"

"VIP啦,"温瀚清苦笑着摇头,"他们家握着学校偷开希望班的把柄,杨叔叔怎么可能给安排差的?"

"也对。"爱丽丝点点头。

十月的颐粟城树木已经开始落叶了,偶尔会有几片叶子随风飘进小废楼,银杏叶纷纷被秋风染黄,今年的秋天一定和往常一样格外短暂,不然银杏叶怎么会早早开始冷得瑟瑟发抖呢?一到十月,学校都开始热火朝天地准备每年一度的秋季运动会。颐粟城所有学校的运动会,无一例外都在露露花园旁边的颐粟城体育场举办,这是这座小城市唯一的运动场,每年十月这座体育场都被各个学校的运动会排期塞满。

爱丽丝是运动会的播音员,负责念加油稿。她像往年一样开始抱着一沓沓的加油稿进行分类:长跑的、短跑的、跳高的、铅球的……爱丽丝认认真真念稿,话筒会把她的声音传遍运动场的每一个角落。

从小学开始参加运动会,她就一直做运动会播音员这项工作,和她父母有朋友关系的校领导美其名曰让爱丽丝多劳动一下,其实谁都知道是因为主席台上有遮阳棚——其他学生都被晒爆皮的时候,爱丽丝可以一边乘凉一边在视野最好的主席台上看着那些同学

在跑道上狂奔,因为站得太高,他们在爱丽丝的视野里小得像一只
只蚂蚁。

往年她身边会坐着黎星若,黎星若清亮的声音常常盖过她的风
头。当然,她从没嫉妒过,因为那样黎星若就可以一直读,她可以拿
本小说读一上午,或者写点什么,有年初中运动会她写了篇小说叫
《拥抱》,投稿到《颐粟晚报》,发表后还拿了十五元稿费。

《拥抱》讲的是真人真事。初二的运动会,她和黎星若在主席
台上念稿,偶尔有同学来送水,大多是黎星若的爱慕者。运动会才
开始不到两个小时,她们的桌上就摆满了各种各样的饮料,有个
初一的学弟还拿着瓶矿泉水过来,给黎星若送水。学弟还不合时宜
地说了句:"学姐我好喜欢你。"

他的衣服很脏,爱丽丝想起来,他是那个招人嫌的"味龙"。

"味龙"这个外号来自某辣条的名字,他名字里好像有个"龙"
字,父母做河鲜生意,除了新鲜河鲜还卖咸鱼,因此他身上总飘着些
奇怪的味道,尤其是夏天,据说能招来苍蝇,没人愿意和他同桌。

周围几个帮忙分稿子的学生忍不住笑了出来,边笑还边捂鼻
子。爱丽丝肯定没有捂鼻子,她的教养不允许她这样做,她先是愣了
一下,转头想和黎星若说两句话缓解尴尬,或者叫温瀚清来把这个
学弟带走。可她转头的一瞬间,却看见黎星若已经走了过去。

黎星若张开双臂轻轻拥抱了"味龙",一秒旋即松开,然后拿过
他的水,露出鲜见的笑容:"谢谢你的水,我刚好口渴了,你快回去给
同班同学加油吧。"

那个学弟转头跑开了,但他转头之前爱丽丝看到他笑了,脸上

浮现的是幸福的笑容。黎星若则若无其事走回主席台，把那瓶矿泉水拧开喝了几口，旋上盖子，再继续念稿。

后来爱丽丝把这件事告诉了温瀚清，她拿着印有自己那篇小说的《颐粟晚报》给温瀚清看，他说："黎星若好善良啊。"

《拥抱》的结尾写道："一个拥抱，可以融化一个人内心所有的阴霾与自卑，从此以后那个少年的人生总会被希望照亮。"

温瀚清说："是啊，"他拿着报纸，替她高兴的样子，但很快又说，"其实你总这么写，很像是歌功颂德，人物太扁平了，你应该写立体的人，人不是完美的动物吧？"一晃过去好几年，那张报纸早在爱丽丝搬家的时候弄丢了，但是温瀚清说他的百宝箱里一直存着一份，那张报纸已经发黄了。

黎星若死后爱丽丝还提起过那篇多年前的小说，她对温瀚清说："我觉得那个'味龙'也不一定真的因为那个拥抱快乐，快乐是一时的，之后巨大的落差感说不定也会让他进入失落的极端情绪。"

温瀚清握了握她的手，关切得像询问一个病人："怎么了？突然这么说，一点也不阳光。"

爱丽丝笑了笑，又握住他的手，像是告诉医生自己很健康："没事的，只是有感而发。"

今年高二的运动会，爱丽丝的身边不再有黎星若了。一起念稿的是几个高一的学妹，她们把稿件分错了几次，忙得爱丽丝焦头烂额。身处高处的主席台，灰色的遮阳棚也没能完全挡住太阳光，那些光太刺眼了，她戴着遮阳帽，看见远处跑道上一只"蚂蚁"和其他"蚂蚁"打了起来。

身边一个学妹说:"那是谁啊? 好没礼貌哟,运动会还打架。"

爱丽丝低头翻开参赛名单,从一长排的名字里看到了那个正在打架的"蚂蚁"的名字:孙一圣——那个因孙一辛坠楼自杀,被学校特许转到颐粟二中初中部的孙一辛的弟弟。

"是他啊,"学妹惊讶道,"难怪了,哥哥就情绪不太稳定,唉……"

爱丽丝清了清嗓子,正色道:"快念稿子吧。"

学妹没再说什么,拿起话筒开始念铅球加油稿:"你抛出的弧线像一道星轨,点亮每个人心中的夜空……"学妹的嗓子里像含着一口老痰,声音呜呜啦啦地钻进颐粟城体育场的每一个角落。

第四章　日冕

日冕:是指太阳大气的最外层,它温度极高,有一百万摄氏度。

黎星若的葬礼拖了足足三个月才举办。原因是杨淮左家是传统的颐粟城兴隆县人,像黎星若这种"横死"而且是"随母姓"的未成年少女,无论如何不能在杨家老祖宗的坟地里入土为安。进祖坟的必须得是自己人,要么是男丁,要么是为家族生育过男丁的男丁伴侣。黎星若火化后没能及时找到墓地,骨灰在火葬场存放了三个月。

"什么规矩啊,听起来好绕……都是自家人,进祖坟怎么了?!"温瀚清摇着头,用一句抱怨为黎星若鸣不平。

黎星若的骨灰最后葬在了颐粟城郊区的半壁山旁,三万元的坟地,公墓。黎星若被烧成一盒小小的骨灰,摆在一块半人高的石碑前。葬礼上来了十多个人,但按照颐粟城本地的风俗,未成年的小孩子不允许出席葬礼,即使是西式葬礼。

"放宽心,很多大城市现在都没有土葬的条件,火葬其实也蛮方便的,而且她不回兴隆县的祖坟,我们有空就可以去悼念了不是吗?"温瀚清的手搭在爱丽丝的肩膀上,黎星若的葬礼是上午十点,九点半他们就一起站在罗汉山顶,远眺着半壁山。不一会儿黎星若的骨灰被一个黄木盒子装着,放进了墓地里。

冰冷的灰色大理石墓碑上写着:"爱女黎星若,来生快乐。"

穿黑衣服的杨淮左低下头,和几十个亲友一起默哀。黎竹西并没到现场去,这是杨淮左的母亲吩咐的,怕冲了喜气,生下来的孩子不健康。

爱丽丝把一束百合花从罗汉山顶丢下去,雪白的花朵掉进看不见底的深渊,转瞬便消失得无影无踪。罗汉山算是颐粟城的著名景点,几座大山的形状像罗汉。爱丽丝此刻就站在"罗汉"的肩膀上,一口又一口地叹气。她没心情用语言回应温瀚清的安慰,只是转过身紧紧抱住他,生怕失去什么似的。

"黎星若没能踏入十六岁,她以前说过十六岁她就从颐粟城跑出去,再也不回来了。"爱丽丝的声音有些哽咽。

温瀚清拍着她的背,把鼻子埋进她的头发深深吸气:"我们会踏入十六岁的,连同黎星若那份一起。"

隔天,太阳照常升起,颐粟这座城市也照常苏醒过来。晴朗的周一,万里无云。爱丽丝要照常背着书包去上学,宋疏鸿在办公室翻开乐理书,温瀚清要去开第二场奥数比赛的赛前准备大会,杨淮左提着公文包走进教室,黎竹西和每天一样抚摸着肚子在阳台的盆景旁晒太阳……绿宝石的大门照旧一开一关,刮起小小的微风,吹动了门卫保安的胡须。

这个一切进展有序的世界里,黎星若像从未出现过一般。只有爱丽丝去排练时看到写着她名字的更衣柜,才能再次从心里证实黎星若在绿宝石、颐粟二中、各位长辈的口中,曾经是个重要的存在。

又过了一阵子,更衣柜上的名字也被换掉了,绿宝石从来不缺新生,更衣柜怎么可能闲置太久?就像世界从来不缺新生儿,死去的孩子也不会被记得太久。很快,黎星若在众人的遗忘中再次很彻底地死去了,死得没有一点点痕迹。

距离《镜中人》演出还有不到一个月,绿宝石的地下一层大礼堂每晚都要用来排练。每天晚上爱丽丝放学后,都要快步跑进暮色笼罩的绿宝石,飞速换上舞蹈鞋和练功服开始排练。又过了几天,练功服变成了演出服,正式的演出排练开始。爱丽丝瘦得有点快,演出服拿到裁缝铺子一改再改,温瀚清也对宋疏鸿拍着胸脯保证会盯着爱丽丝吃饭。

冬至将近,天黑得越来越早,保安知道宋校长的外甥女夜盲,早早就把一整栋楼的灯都打开。绿宝石每晚十点之前都是灯火通明,像一块在黑暗中真正发光的绿宝石,不管楼里灯灭得多晚,爱丽丝学姐练得多用功,住在周围的几个舞蹈生都知道,她比不上黎星若学姐。

几位授课的老师嘴上不说,爱丽丝却能感受到她们在她转过身去时的眼神，有一股阴恻恻的不满意。确实，她的动作还是不够美观，从外形上看她比黎星若差得不是一星半点，就连最后走到镜子前那几步外八字，几个老师都在背地里讨论过，觉得爱丽丝走得有点像鸭子。

于是周末爱丽丝也钻进绿宝石训练，地下一层大礼堂的灯全开着，爱丽丝在台上一遍又一遍地练习，温瀚清在台下的观众席上拿着奥数练习册，跷着二郎腿在一块垫板上做题，从台上看下去像是正在审核资料的经纪人。

演出前的最后一个周末，爱丽丝练到傍晚，练得腰酸背痛，走到台下问了问温瀚清晚饭想吃什么，并自告奋勇要出去买。她披着长长的黑色羽绒服走出去，天空落下了雪花，这是二〇一一年的初雪。有位日本作家曾写道，初雪像处子一样圣洁洁白。黎星若死后她把那位日本作家的书撕了，黎星若是不是处子都洁白，糟糕的句子，还自以为很神圣。

她想起黎星若写在日记里的那些她看不懂的话，其中有一句在写雪花，黎星若写道："初雪像处子般圣洁，我的初雪想落在他的身上。"

他是谁？孙一辛、温瀚清，还是……宋疏鸿？

爱丽丝摇了摇头，不敢想下去了。绿宝石内的暖气很足，和室外的寒冬形成了巨大的温差。她哆嗦着拎着两个肉夹馍走回去，重新走进绿宝石之前，爱丽丝看到五楼的窗户里有个人影在挪动，她数了数窗户，迟疑地歪头，那是佳木校长的办公室。

按理说佳木校长的办公室已经废弃很久了，保安最近为了方便她练习时在大楼里走动，总是一键把绿宝石所有灯的开关都打开，佳木校长的办公室自然也亮着灯。

保安大概是吃晚饭去了，门卫室里没有人。爱丽丝赶忙跑到地下大礼堂喊温瀚清："瀚清！快，佳木校长的办公室有个鬼鬼祟祟的人。"

"什么？"温瀚清从观众席上站起来时爱丽丝已经朝五楼跑了过去，他赶忙跟上，生怕有什么闪失。

两个人一起到达五楼的时候，果然在临近佳木校长办公室的走廊里就听到了窸窸窣窣的声音。一只梨花色的野猫蹿出，温瀚清松了一口气："你看到的应该是猫。学校附近这样的流浪猫不算少……"

"嘘——不是！"爱丽丝拉住温瀚清的手，轻声慢步和他一起弯着腰靠近了那间废弃已久的办公室。

白炽灯的明亮把地板上的污垢照得很清楚，厚厚的灰，踏上一脚都能扬起细尘。屋子里还是爱丽丝从前看到过的木柜子，里面关着一个个泥做的小人，孙悟空、大卫、断臂的维纳斯，全是缩小版，没有一个不显示着佳木校长曾经作为雕塑家的精湛技艺。

"有人吗？"爱丽丝先出了声，没人回应。

温瀚清直起腰身，大胆地四处看着："可能真的没有人吧。"

他们一起走到办公室的最里面，细细打量着那些雕塑，爱丽丝提议："那我们把黎星若的泥塑像拿走吧，当个纪念。"

温瀚清点点头，他们一起在众多玻璃小格子中寻找着小泥人黎星若的身影。突然爱丽丝尖叫起来："瀚清，拦住他！"

温瀚清看到一个老年人从办公桌下连滚带爬地出来，满头灰白色的头发乱糟糟的,穿得像个乞丐。他跟跟跄跄往门的方向跑,温瀚清一把抓住他的手腕,两个人扭打在一起,踢倒了一个木柜,小泥人们从玻璃橱窗里跌落出来,和玻璃一起跌落在地,摔得稀碎。

"滚开,不要碰我!"那人发出野兽般的尖叫,他向四周撞去,跌跌撞撞寻找出口,却好像眼花似的,无头苍蝇般乱走,喉咙中还不时呜呜地带着哭腔叫:"星若、星若……"

"佳木校长!"爱丽丝看清了他的脸,"瀚清快拦住他,我报警!"她拿出手机按下报警电话,佳木校长却在这时狠狠咬了温瀚清一口。

温瀚清痛苦地叫了一声,被佳木校长推倒在地,尘土四起,温瀚清手臂上是一排深深的血牙印,佳木校长正要往外跑,就被闻声而来的保安拦住了。

爱丽丝扶起温瀚清:"瀚清你怎么样了?"

温瀚清龇牙咧嘴指着手臂:"太疼了,"他细看了一下那排牙印接着说,"可能要打破伤风了吧。"

保安压住佳木校长,警察不一会儿也赶到了。他们从佳木校长手中抠出了黎星若的泥塑像,只见它的一条腿已经在打斗中被捏得粉碎,展开的双臂还算完好,但手指断了几根,只怪当初做得太精美……佳木校长在黎星若身上施展的一切技艺都过于细致了,精雕细琢后的泥人黎星若,稍微用力就会粉身碎骨。他被两个警察抓着,依旧浑身发抖,嘴里含糊不清地喊着:"星若,星若……"

"会不会当初就是佳木校长把黎星若推下去的?"爱丽丝做笔录的时候向警察提出了这个问题,但此时她已经没有了从前的冲动,分析问题的样子像个严肃的小警察,像理智温和的温瀚清,像冷静的宋疏鸿……就是不像活泼冲动的爱丽丝,"佳木校长既然可以随意进出绿宝石,说明守卫并不森严,我们都知道,绿宝石只有一个保安,负责开门关门,而且吃饭时间大多不在岗位上,佳木校长捏的那个泥人也太变态了,哪个男老师会把自己的女学生捏成可以捧在手心里的泥人呢,"她扶着额头,说出自己推测的结果,"有没有可能佳木校长一直对黎星若有非分之想,但是从未有结果,所以就找了个绿宝石没人在的时间,把黎星若从楼上推下去了?"

"同学,"微胖的女警官脾气很好,"你是死者的好友我们理解你的心情,但是我们查案的时候也是很认真细致的,请你相信我们。黎星若的死佳木校长有不在场证明,他当时因为心脑血管方面的疾病,以及轻度阿尔茨海默病和心理障碍,需要在老家的医院里二十四小时输液,医院里是有监控的,"女警官扶了扶鼻梁上的框架眼镜,"而且就今天的情况来说,他是回到办公室拿自己的东西,其实是件合理的事情,是你们两个想拦住他,把他抓起来,他确实咬伤了那位叫温瀚清的男同学,但是很大概率也只能属于防卫过当……"她关切地看着爱丽丝,觉得眼前的小女孩满脸稚气内心善良,说话时那种莫名的自信和天真一看就是从小被丰厚的物质环境塑造出来的。

温瀚清的妈妈孟祝赶来了,最后佳木校长赔偿了温瀚清几千元的医疗费。孟祝开车带温瀚清回家,顺便要把爱丽丝也送回家。

深秋夜里的风已经很凉,刮进车窗里,有冬天即将来临的征兆。温瀚清从副驾驶座回头看爱丽丝,逆着车外的霓虹灯光,他的脸一片漆黑,只有两只关切的眼睛在闪烁,那些霓虹灯被风打冷后,像刀子一样从背后插进他的身体却没能穿透,这个角度,好像他为爱丽丝挡住了无数把五颜六色的刀。他用唇语问爱丽丝:"没事吧?"

爱丽丝也用口形回复他:"没事,你还好吗?"

温瀚清点点头,自信满满地笑着拍拍自己的伤口,却龇牙咧嘴起来,逗得爱丽丝无声地笑,然后他把身子转了回去。孟祝一路上,只问了爱丽丝几句最近学业怎么样之类的问题,对今天的事情她只字未提。直到说起书法协会的事情孟祝话才多了起来,她说下个月如果有书法大赛,可以请爱丽丝和温瀚清一起过去参观,会有许多书画家现场创作,用人那么高的毛笔,蘸水在地板上写。

爱丽丝故作开心地答应了,她的笑声轻松稚嫩,这个年纪的孩子就应该这么笑。可实际上她心里在哭,黎星若的小泥人她想从女警官那里要过来,但是女警官说这个物件属于佳木校长。本来她已经放弃了,但佳木校长的女儿来的时候,她追上去求佳木校长的女儿把小泥人送给她。

那个女人看着残破的小泥人轻轻点了点头,表示也感谢爱丽丝报了警,不然他们都找不到佳木校长,他最近经常疯跑出去,虽然这次很尴尬,但是作为谢礼,小泥人就送给爱丽丝了。

佳木校长的女儿还补了一句,如果喜欢的话,佳木校长办公室里的其他泥人爱丽丝也可以带走,反正不会再有人去替佳木校长收拾那间办公室了。

于是残破的黎星若的泥塑像现在就被爱丽丝握在了手里,迎着寒凉的晚风和她的手一起在口袋里颤抖。外套太薄了,怎么就忘了换件厚的呢?应该早点听舅妈的话换件呢子外套的。她和她,现在多冷啊。

其实早在前几天,黎星若的橘色牛皮日记本就已经被爱丽丝读完了,那些涂鸦覆盖在文字上的硕大的嘴巴、流血的眼睛,甚至有乐谱,抑或是用红蜡笔涂满整张纸——不知道是血泊还是火焰,但"H"却经常在日记中这些图画的缝隙中出现,有些能看得出是个句子,有些有关"H"的已经看不清了。

最后"H"被黎星若在日记本的末页写了一个结局:"我觉得他总有一天会离开的,离开这座祥和却空虚的城市,离开家,离开她。天啊,我不相信他爱她,哪怕他只托词说爱过她,哪怕他们曾经那么亲密。我不够好吗? 还是因为我在他眼里只是个肮脏的、该死的孩子? 开什么玩笑,她不脏吗? "

就是这个结尾,爱丽丝一直没有向舅舅询问"H"的事情。因为这个结尾让爱丽丝霎时间不觉得"H"是舅舅了。

爱丽丝心里一直清楚,舅舅一点也不爱舅妈仲仪,更不用说亲密,他们两个的关系说好听了是相敬如宾,说不好听是疏远。这一点让爱丽丝把舅舅从"H"的人选中完全排除了。

事实上看到这段话后把宋疏鸿排除掉的那一刻,爱丽丝松了一大口气。对啊,怎么可能是舅舅呢,他们这么悠闲美好的生活,像颐粟城的风景一样干爽晴朗的日子,怎么可能破个窟窿呜呜漏风呢?

《镜中人》的大型舞蹈演出在十二月于颐粟城大剧院顺利公演,最后舞蹈老师们把一些爱丽丝不擅长的动作改掉,再让几个刚学了没几年的舞蹈生在旁边簇拥着她——原本的舞蹈功底展示变成了大型歌舞场景展示，爱丽丝被许多女孩子包围着，像含苞待放的花骨朵的花蕊，前几场欢快的舞蹈戏份中，爱丽丝的笑容几乎要流出蜜汁。

但只有台下的温瀚清隐约觉得，爱丽丝此刻的笑容大概率只是舞蹈生训练有素的表情管理。他太了解这个女孩了，她的天真与快乐一直以来都是贯穿全身的，但如今，她身上属于无知少女的天真光芒在逐渐退去，隐没进一些灰色地带，都是因为黎星若的日记吧，她就算看不懂，也多多少少被浸染了。他在台下拼命鼓掌，不鼓掌时手里拿着相机拍个不停，不在意闪光灯的强光会刺得多少人流泪。

"爱丽丝，我只希望你不要流泪。"后来爱丽丝告诉温瀚清台上几个学妹后来抱怨，说闪光灯闪得让她们流泪时，温瀚清轻轻抱住爱丽丝，许下了这个心愿。

《镜中人》细分为四场舞蹈，最后一场时，爱丽丝一个转圈停在镜子前，一阵小提琴声响起，舞台角落里负责合唱的音乐生们唱道："我不认得自己，也不认得你，但这样，或许一切可以继续美好下去……"和声的各个声部配合得过于完美，空灵动人地响彻整个颐粟城大剧院。

这个悲伤的舞蹈编舞是几位老师一起构思的，为了迎合宋疏鸿校长的欧式口味，一个少女们主导的舞蹈，做得像许多欧美歌剧一样，给少女们化了浓妆，惨白的脸庞和浓密的假睫毛，让每个人脸上都微微有了些悲壮的意味，但还好青春当道，怎么化都靓丽。

结束时几片带着亮片的幕布从天而降，颇有百老汇年代女明星谢幕的氛围。宋疏鸿在台下满意地鼓掌，负责编舞的老师也松了口气。

《镜中人》不出意外地拿了一等奖，爱丽丝和宋疏鸿领奖时站在一众老师和伴舞中间，开心地捧着奖杯，留下一张金灿灿的合影。宋疏鸿和所有绿宝石的校长一样，按照惯例带所有人赴庆功宴，一共五桌，在新华路的天宝假日酒店，主桌除了宋疏鸿还有几个外地的艺校校长和相关领导。

席间几个领导向宋疏鸿夸赞爱丽丝，说宋校长的外甥女真是貌若天仙，舞蹈功底也是出类拔萃。爱丽丝听着刺耳，一群在艺校里工作多年的领导，见过多少美丽的学生，把自己这种中等艺术生比作天仙未免太过了，还不如直接换个方式，夸自己可爱，这不是大人们一贯聪明的夸人说法吗？况且他们大多数本身就是学艺术专业出身的，怎么会看不出自己的舞蹈功底只不过刚刚及格？爱丽丝摇摇头，一口菜都吃不下去。

有位大城市来的艺校校长给宋疏鸿递烟，宋疏鸿习惯性地用手一推："谢谢，我不抽烟的。"然后主桌一桌子的男人们开始烟雾缭绕，爱丽丝看见舅舅坐在中间，没有大肚腩也没有不干净的胡楂，笑容可掬，像是不染烟尘的仙鹤。

庆功宴结束后爱丽丝回到家把黎星若缺了一条腿和几根手指的小泥人用滴胶包裹起来，做成一个魔方大小的透明方块，小泥人黎星若嵌在里面看起来十分安全——起码不会再缺点什么，厚厚的滴胶层可禁得住摔呢。这个小礼物在一个周末的午后被爱丽丝用盒子和丝带包起来，她拎着它缓缓走向颐粟城附属医院，准备去看望孙一辛。

爱丽丝想着，她大概会把这个小礼物塞进他病房桌子的抽屉里，或者他病床的枕头下，但她很快在脑袋里做了决定——还是放在抽屉里，枕头下容易硌到孙一辛的头，毕竟听温瀚清还有其他去探望过的同学说，孙一辛现在只是刚恢复一点意识，身体还是完全动不了。

周末她原计划下午在绿宝石练舞或在家温书，这个时间，按理说无论如何她也不该去看孙一辛。可她总觉得泥人在自己的书桌抽屉里像块火炭，它好像不肯留在自己家似的，好几次做梦，小小的泥人都在咚咚敲打她的抽屉，梦里的她打开抽屉，就看到小泥人黎星若在抽屉里闭着眼抽泣，像个蹬腿啼哭的婴儿。

那就送给孙一辛好了，放在他病房的桌子抽屉里，看小泥人黎星若能不能把他彻底叫醒。

爱丽丝悄悄走近病房，本来是本着在医院轻声慢步的原则，却没想到悄然地接近，让她看到了人生中最为惊悚的一幕，后来爱丽丝回忆时常想，如果自己那一天好好在家做一套数学卷子，或者在绿宝石跳舞，再不然去咖啡厅里用刚买的蓝牙键盘连上平板电脑写些也许投稿之后杳无音讯的小说……会不会自己永远都不会发现那个深渊，生活是不是在读完黎星若的橘色牛皮日记本后，就带着一丝丝阴云继续晴朗下去？

但也许这一幕根本不算深渊，只是划开深渊的一把刀。

爱丽丝在住院部顶楼孙一辛住的那间单人病房门口停下了，里面传来的是温瀚清的声音："你应该知道你弟弟还在这里上学，那就应该继续闭嘴，黎星若给我写的信到底是不是在你那里？"这声音是温瀚清的没错，却丝毫没有温瀚清以往的温柔。

她听到孙一辛呜呜挣扎，是想发声却发不出来的憋屈，想说的话被关在身体里，像灵魂被闷在一口扣在地上的笨钟内。

温瀚清继续逼问道："她死前到底有没有把我的事情和你说过？虽然你那个草稿纸的本子上什么都没写，但是你有没有在其他地方有记录？"

砰，里面传来拍桌子的声音，暖瓶摔在地上，又是惊心动魄的声音："你不说是吧？不说我就每天来问一次，你记住，等我没有耐心的时候，你弟弟就惨了！"这不是温瀚清吧？这也许只是一头声音和温瀚清一样的野兽。

爱丽丝不可置信地微微探头，想通过门上玻璃看看，确认一下里面的人是不是真的是温瀚清。

"谁？"温瀚清的脸一下子转过来，快速从病床前走向门口。那张脸是那么清晰，一张无数个清晨在颐粟城四面钟的旁边背着书包等她的爱笑的脸，一张讲数学题时微微皱眉认真思考的脸，一张她清楚上面什么时候开始长了胡子的脸。

爱丽丝就像一只无处遁形的小兽落荒而逃，仿佛是自己做错了事，她急忙躲进旁边的女厕所，温瀚清的脚步声出了病房门，朝这边走过来了。她的心跳到嗓子眼，却不知道自己究竟在怕什么，还好这个时候有人向病房走了过来。

是孙一辛的妈妈，一个微胖的妇女："瀚清，又来啦，"她拎着饭盒从远处走来，看到了病房门外的温瀚清，拉着他就往病房走，"真的辛苦你经常过来看一辛啊，他最近已经能开口说几句话了，"爱丽丝重新回到病房门口时,透过玻璃看到那个女人拿出一些零钱塞进温瀚清手里,"我们开店忙,早饭还是你帮忙给一辛带的,这钱呀,说什么这次你都得拿着!"她一边说着一边拉着温瀚清回到病房里。

温瀚清却把钱推了回去,还让阿姨坐下,自己去倒了杯热水,温瀚清独有的温和又慢条斯理的语调重新响起:"阿姨,这些钱我家不缺的,一辛学弟情绪还是不太稳定,我尝试和他交流,他一直很暴躁,不知道是不是之前导致他自杀的事情对他刺激还是很大,希望您以后能多安抚他呀,毕竟母亲的爱是最伟大的!"他一边说着一边将一杯热气腾腾的水摆在孙一辛的妈妈面前。

十多分钟后温瀚清走出病房,医院的白色墙壁被夕阳打成血红色,整个楼道看起来像是刚被屠戮过的修罗场,他的身影被拉得老长,也染上了太阳的血红色,像是刚从地狱回来。

爱丽丝从背后拍了拍温瀚清,他回头的表情还是残酷且冰冷的,但看到爱丽丝时瞬间扭转成了温柔阳光的笑容,迎着余晖,他长长的睫毛扑闪着,嘴巴笑成好看的弧度:"你怎么在这里?"

"不要装傻了,我都听到了。"爱丽丝深吸一口气,"你,在威胁他不要说出你和黎星若的事,你为什么要像个恶魔一样威胁孙一辛?"

"我听不懂你在说什么。"温瀚清双手摊开,滑稽的演技让她觉得可笑。

"如果你不说实话继续装傻,我会揭发你,而且永远不会原谅你。"爱丽丝语调平缓,表情却像灌了铅一样沉重,这段时间她早就已经明白,小孩子般的大吼大叫没有任何意义了。

她看到眼前的温瀚清灿烂的面孔逐渐凝重,五官的棱角被夕阳的金色勾边,但很快又重新绽放出一抹无耻的笑:"怎么,你有证据吗?别傻了,我的爱丽丝。"少年的手摸上她的头,力道像往常一样轻柔,却在顷刻间将她的灵魂压得粉碎,"爱丽丝,你真的很有进步,没有像以前一样大吼大叫,你成熟了稳重了,可这却是我最不愿意看到的,你能理解我吗?"

第五章　双极黑子

双极黑子:太阳黑子中磁场极性相反、强度相近的成对黑子。

双极黑子 I

黎星若不喜欢爱丽丝这个人,被父母强迫着和她做朋友太痛苦了,她曾经在日记里写道:"一个小孩子,天真是幸福,太天真就是不幸。"

在黎星若看来,她们的友谊就因爱丽丝的天真而不幸。

但她喜欢去爱丽丝的家,不光因为能看到宋疏鸿,还因为爱丽丝有一面墙的书架和乐谱,还有一架爱丽丝从来不弹的钢琴——宋疏鸿从筒子楼搬出去后买的,他们的新房子一百五十平方米,放下它绰绰有余。

据爱丽丝说,宋疏鸿晚饭后常用它弹奏一首叫 *Sad Angel* 的曲子。黎星若就把 *Sad Angel* 下载进米老鼠形状的 MP3,独自练舞的时候别在腰间听。她还在爱丽丝书架上的书中读到过"幸福的人用童年治愈一生,不幸的人用一生治愈童年"。

黎星若眨巴着眼睛问过宋疏鸿:"宋叔叔,什么是童年?"

那是个屋外的温度能把人烤熟的普通夏日,小学六年级的暑假,没有作业的压力。爱丽丝刚和黎星若玩过洋娃娃,在卧室里给洋娃娃整理头发和衣服,那些洋娃娃的胳膊和腿有些不牢固,在换衣服的时候被黎星若不小心拧了下来,爱丽丝好脾气地给它们安上。

黎星若借口喝水,自顾自从卧室跑出去找宋疏鸿。宋疏鸿正在客厅的躺椅上吹着空调看一本音乐理论教材。她看到那双修长的手,一只手轻松抓着书,另一只手的两根手指在空中比画,在画着逃出颐粟城的蓝图。

"就是十岁之前吧,其实在国际规定里,十三岁之前都算童年的。"宋疏鸿把书放下笑眯眯地看向黎星若,"怎么了,你不是还在童年里呢,在担忧什么?"宋疏鸿看到那双漂亮的柳叶眼里,有泪光闪烁,出于人的本能开始心疼这个孩子,但又很快因为性格中自带的冷酷与自私,轻松地把那种同情抛诸脑后。

他眼里一闪而过的心疼,让黎星若马上就因为这一点不存在的爱坚强起来,勇敢地问下去:"宋叔叔的童年是怎样的?"

"我啊……"宋疏鸿把书放下,被放下的书像一只海鸥蛰伏在黑亮的皮沙发上,黎星若心中一阵欢喜,他居然为她放下了最爱的音乐书,"我的童年是在音乐里长大的,那个时候我姐姐,哦哈哈,就是爱丽丝的妈妈,宋疏渺,她学习很好,所以家里总是她拿一百分的考卷,我拿钢琴老师的夸奖,我们两个都各有所长,父母也省心,家里没人吵架的,每天都很快乐。"

他没说自己小时候常被母亲骂学音乐没出息，也没说自己的父母因为忠诚问题分居过一整年，自己跟着父亲每天都没饭吃，冬天颐栗城零下四十摄氏度时他生过冻疮，他母亲居然狠心不管……反正那是初中才有的事，而且后来他父亲因经济所迫，带着他回到家，一家四口又和和美美在一起了不是吗？为了钱。有钱很好。家世好又有钱的小孩都能像外甥女爱丽丝那样天真无邪，集万千宠爱于一身。

"嗯……"黎星若把头低下来，"宋叔叔，我以后能经常来玩吗？"

宋疏鸿露出一整排雪白的牙齿，礼貌节制地笑了："当然可以，你和爱丽丝是最好的朋友，这个我知道。"

黎星若抬起头，泪光点点："我是说找你玩。"

"呀，你怎么哭了？"宋疏鸿从椅子上下来坐到沙发上，却被黎星若迅速吻了嘴唇。

小小的、湿湿的吻，就这么突如其来针一样扎在宋疏鸿的嘴上。他腾地站起来，慌了一秒，很快又像什么都没发生过一样对她说："仲仪马上就要回来了，你要留下吃晚饭吗？"

但黎星若不理他这缓解尴尬的聪明话："你的秘密我都知道，你不爱我，我就会毁了你。"她的眼泪消失了，只剩下发红的眼眶，歪着头，像暴怒的小兽，情绪的变化像过山车。

"什么？"宋疏鸿难得皱一次眉，他一贯对人保持礼貌，看得出他已经感到极为不适，哪有这么不听话不识趣的小孩？嘴里说得都是什么胡话！

"你和黎竹西的秘密，你偷着和我妈妈睡在一起。"黎星若的柳叶眼含着泪笑成了月牙,脸颊上两朵粉色哭晕是稍纵即逝的晚霞。

"我听不懂你在说什么。"这是大人最常用的一句托词,杨淮左和黎竹西也经常用,宋疏鸿摇摇头,拿起书走到爱丽丝的卧室门口又说,"爱丽丝,你出来和黎星若一起玩吧,我去接你舅妈下班。"宋疏鸿出门了。

爱丽丝屁颠屁颠跑出来,拿着穿了一半衣服的洋娃娃,看到黎星若红着的眼睛,诧异地问:"你怎么了?"

黎星若摇摇头:"我走了。"门被用力地关上了,声音很大,爱丽丝重新打开门,发现门外并没有在刮风,奇怪,黎星若肯定不会摔门,舅舅也从来没去接过舅妈下班,今天真是个神奇的日子。爱丽丝把穿了一半衣服的洋娃娃塞进玩具箱,她一向懒得全收拾好。

黎星若追上了去接仲仪下班的宋疏鸿,她已经摸到他的背了,她拍拍他:"宋叔叔……"但宋疏鸿转过身推了她一把,她跌坐在地上,宋疏鸿跑远了,跑步的姿势很难看,像落荒而逃的穿山甲。

可就像宋疏鸿没办法停止和黎竹西私会一样,黎星若也没能停止向宋疏鸿索取她想要的那种"爱"。黎星若不多要,只要吻和拥抱。宋疏鸿成为绿宝石校长后,她也只不过要求他来看自己排练,宋疏鸿演得很好,一副辛勤的教育园丁关心稚嫩的花朵的模样。

他面临的,只不过是五年来从没停止过的索取,他像个受害者,被黎星若这个绑匪挟持。

直到她离开世界前的几天,爱丽丝十五岁生日聚餐那天,他们一起走出地下大礼堂那段漆黑的路,爱丽丝和温瀚清先走出去了,是她拖住了宋疏鸿。

"吻我。"她用极小的声音威胁、命令他。

他同意了，黑暗中一个吻印在黎星若的额头上。

"我有了喜欢的人，这是你最后一次能吻到我了，我要奔向他的国度了。"她确定前面的爱丽丝和温瀚清已经完全走出了绿宝石大楼，才出声向宋疏鸿宣告这个伟大的决定。黑暗中她闪烁的眼睛里带着骄傲。

"太好了。"宋疏鸿回答，黑暗中黎星若看不到他的表情，只好伸出纤细的手臂环绕着抱紧他，像抱紧过去的自己。她知道，他觉得"太好了"大概率不是为她高兴，而是庆幸他自己终于摆脱了这个奇怪的不定时炸弹、这个奇怪的累赘。

"但我想最后争取一次，你，宋疏鸿，你要不要和我在一起？"黎星若在一片黑暗中坚定地进行着自己的第二次也是最后一次告白，但怎么听都像垂死挣扎着要进行最后一次勒索。

"不了，我老了，你还有大好的将来。"宋疏鸿牵强地讲出这句话，推了推黎星若纤瘦的背，示意她往外走。

"太好了。"黎星若还了他一句一模一样的答复，有种在脑海里假设了伤他心的快感。两人一起向前走去，黑暗中吻留下的湿热也渐渐消散了。

但她似乎能在心里听到宋疏鸿的心在由衷感叹：太好了。这三个字刺得她微微有点痛。

走出绿宝石后，宋疏鸿拍了拍他们三个的肩膀，说第一个到饭店的切蛋糕。黎星若像离弦的箭一样跑了出去，她跑得最快，一头长发飘起，风在耳畔呼呼作响。

黎星若是真的没有被强奸过。陈志茹案发生那年她五岁，舞蹈班提前下课，她不听话，没等父母接她一个人跑出去想采喇叭花当书签，却在路上被逃犯陈志茹拉进仓库里。浑身恶臭的陈志茹和同伙心里想侵犯她，但却因为饥饿过度没有实施侵犯，最后打了她一顿了事。他们踢她的全身，每一处都不放过，以此发泄自己终将落入法网的恐惧。直到两个人都虚脱了，气喘吁吁倒在地上，像是犯了低血糖似的，比她还虚弱。

　　黎星若从始至终都不知道那两个人是谁，她浑身发抖，却只恐惧于暴力。

　　被警察救出后她浑身是血地躺在医院里，仅仅住了一天就被接了出来，杨淮左生怕有熟人过来探望，生怕丑闻就这么粗暴地摆在他人的目光之下，像自己这位有望转正的颐栗二中副校长被脱光衣服站在车水马龙的十字路口，供人嘲笑赏玩。

　　于是黎星若被抬回家，几天都在喊疼。黎竹西哄了哄没用，认定孩子越哄越闹，绝对是矫情，于是就把玩具熊的棉花拆出来堵在她的嘴里。

　　但真正让黎星若不敢再哭闹的不是那团塞进她嘴巴里的棉花，而是亲眼看着玩具熊破掉的肚子像被开膛，玩具熊的两只玻璃珠眼睛怔怔盯着她，显得麻木呆滞，还有一丝恐怖，黎星若不敢吱声了，上药的时候也就咝咝咝地用气表达痛苦，像冷血动物里的蛇吐出芯子。从那时开始她隐隐明白，以后自己必须冷血一些，对痛苦，哦，尤其是自己的痛苦，要做到熟视无睹，以任何人喜欢的方式来隐藏，不然就被开膛破肚。

但为什么所有人都要说她被强奸过?仅仅因为警方所说的下体出血吧,这一点点凭证,其实不过是她被打的证明。她已经坚强地好了起来,却还是要活在非议里。尤其她爸爸杨淮左,不准她向人解释,这位智慧的领导在家里训斥刚痊愈的女儿:"你就当什么都没发生过,别人不提你还自己提?犯贱!"黎星若含着眼泪,心想再疼都忍过来了,却得到了最坏的结果。

她听到过最让她心惊肉跳的谣言,是从筒子楼里那几个爱聊天的奶奶嘴里蹦出来的,在她刚打完招呼背着舞蹈服转身离开时,那几个老奶奶说的那句——可惜了,是个小破鞋!还不如当年死了,活受罪!

"我没有被强奸过"这句话,黎星若一生都没能真正说出口,唯一听过这句的是孙一辛,可惜没什么用,他在她死后不久,也变成了几乎不能说话的人。

她常希望一切都能消失,大火席卷整个世界,那些羞耻与嘲笑,以及背后的议论,通通被大火烧成灰烬。杨淮左和黎竹西这对父母最好也一起消失,这样她的生活里便不再有"不许说出去"的威胁。

直到她抓住宋疏鸿的小辫子,再用这根小辫子抓住了他的吻和拥抱,生活里才有了一点点光。他的气息与唇每一次触碰她的额头,一股清洁的电流就传遍全身,让人忘我。

黎竹西是真正一辈子没出过颐粟城的人,实在是没机会出去,少女时她就被养在深闺,是大家闺秀,长大后被关在家里,偶尔带出去参加饭局,是杨校长体面的贤内助。

黎家和杨家是世交,一个在颐粟城里,一个在兴隆县里,但是不妨碍两家定娃娃亲。谁叫杨淮左家里有厂子。黎竹西的父母早盘算好，把黎竹西嫁过去换来物质享受，比黎竹西考上个大学后再去挣工资强多了。杨淮左的父母则觉得，从小看着长大的女孩，娶回来做儿媳知根知底。

在两家父母的谋划下，出生时间相差六年的杨淮左和黎竹西的名字都是按情侣起的，出处是：淮左名都，竹西佳处。

少年时期黎竹西喜欢音乐，家里有点小钱，加上妈妈对女儿有限的疼爱，还是供她学了钢琴。八十八个琴键在她手下跳跃成仙，飘飘然的音符醉了一楼的邻居，老师都说这是真有天赋。但家里总觉得学音乐不是正道，最后让她去考了本地的师范大学，毕业后却没找工作，直接和杨淮左结婚，杨家不算小气，彩礼给了三十万元。这笔彩礼在颐粟城不算小数，但对杨家来说绝对不算大数字，连二儿子杨振寰考上大学，他奶都发了五十万元的红包。

新婚时，身材短小精悍的杨淮左绝对是个可靠的丈夫，衬衫下盖着还没大到夸张的啤酒肚，手伸进西装的口袋掏出钱包，塞进黎竹西口袋里一张副卡，答应以后给她买架钢琴，还会找机会送她学钢琴，请最好的老师。"要过十级哟。"杨淮左假装为难她的样子，把她对钱的喜悦在手心里捏爆，捏成脸上害羞的红晕。

但他们婚后住的是杨家在颐粟城住过的筒子楼，杨家人觉得要等拆迁再买新房才划算。筒子楼的小屋子放不下钢琴，杨淮左答应黎竹西等搬出去就给她买一架，可这一等就是十年。搬出筒子楼后，杨淮左又觉得钢琴在房子里太多余，即使客厅已经大得可以用来骑自行车了。

钢琴多余,学钢琴也多余,学校高层领导的聚会活动只有吃饭和高尔夫,钢琴能用来做什么呢?钢琴没办法让别人觉得黎竹西是个好太太,不如去学做糕点。

宋疏鸿搬进筒子楼的第一天,黎竹西眼神里的希冀之光不亚于女儿黎星若。那阵子她突然开始打扮,又是转起圈来飘飘欲仙的连衣裙,又是倍显清纯的白衬衫配显身材的牛仔裤,甚至有几套定做的真丝套装她都拿出来穿过,这与筒子楼形成了极不协调的亮丽风景。

不上班的家庭妇女黎竹西,按理说只在作为校领导太太出席饭局时才会认真收拾自己,但杨淮左并没注意到妻子的变化。和世界上大多数对婚姻毫无热情的男人一样,杨淮左一进家门就是盲人,还是聋哑人。化不化妆都那么漂亮的妻子能有什么变化?除非她肚子大起来,里面装个带把的,才能惊到他!

第一次秘密幽会是在某个工作日的上午。杨淮左前脚出门,仲仪也去上班了,宋疏鸿借口准备支教材料和当时工作的普通艺校八中请了假。宋疏鸿身穿粉色T恤和灰色运动裤,走到黎竹西家门口,还提着一盒绿豆糕,他轻轻敲了三下门,一派休闲的姿态,像个来做客的客人。黎竹西开门,她身穿淡紫色的碎花连衣裙,是一望无际的丁香花,腰间系一根丝绸腰带,为了显出腰身,勒得紧紧的,涂满珊瑚色口红的嘴唇像一道秘密的缺口,一张一合:"你好,宋老师。"

一片灿烂的晨光中,污秽悄悄蔓延在筒子楼房间的角落,像泉眼中冒出黑水,一下流成了一条奔腾的河流,一奔腾就是整整七年。这条虚拟的河流在他们的欲望里奔腾,有时是汽油河,火焰燎满整条河，像火海；有时又结冰，河底清澈得像黎竹西戒指上的水晶，把两个人的灵魂秘密地冻在冰下。

宋疏鸿长久地被这段不合规矩的婚外情吸引，无外乎因为黎竹西的外表和她口中那一点点对音乐皮毛的见解。虽然所有人都夸黎竹西的女儿黎星若美得像仙子，但是宋疏鸿却感到黎竹西比黎星若更胜一筹，黎星若再漂亮，基因里避免不了中和了父亲杨淮左的一部分缺点，她五官不够惊艳立体，前凸后翘的曲线也不像黎竹西那么夸张，只是美得轻灵秀气，却绝不是黎竹西这样的美艳。

宋疏鸿有多喜欢美艳的女人？他流连在法国、意大利的时候，最爱浓艳女郎，她们的头发和内衣里必须藏着香水，一口吸进去能让他晕眩，这样才像进了温柔乡。回到国内后，看到五官扁平、身材像矿泉水瓶的仲仪，他顿时感到人生太艰难了，即使当了校长也不会快乐，白天的风光，夜里的荒凉，对比起来多可怕，还好有黎竹西填补。颐粟城美女不少，但能入他的眼还能在这段关系中秘密存在的，除了黎竹西他暂时找不出第二个。

偶尔约会也在宋疏鸿家里。去到宋疏鸿家里时，黎竹西才发现，窄小的筒子楼里的房间是可以放下一架钢琴的，而且放下后也没有那么拥挤。她弹那首 *Sad Angel* 的曲子时，宋疏鸿对她的品位赞不绝口。

黎竹西懂些音乐的常识，但不懂高端学术，她口中的音乐，通常被她用通感的方式表达出来。

"这段和弦好像一把刀把橡树扎出树液。"

"巴赫的曲子是从脚尖弹奏出的吧，它总能带着人的心跳舞，像童话里穿上红舞鞋就跳到死的女孩。"

"唉,你这段曲子写得很好,像湖面的波光被收进小瓶子,然后再融入春光里……"

宋疏鸿回国后写的曲子第一次有人听懂,听懂的人又恰好是他的情人。他先是有些迷乱地爱上她,又很快理智与清醒地认识到——他是爱她懂自己,不是爱她。说白了,他爱的是他宋疏鸿自己,只不过黎竹西的出现让他对自己的爱有了个载体,他的优势、他的存在感,通通被这个蠢女人的话语表达出来,具象化了。与黎竹西的赞美相比,仲仪的无脑崇拜像是临近保质期的蛋糕,食之无味,弃之可惜。

可惜有黎星若这个小麻烦在作怪,本来只有他们两个人知道的婚外情一下多了不稳定的因素。宋疏鸿怕黎竹西退缩,没把黎星若知道二人婚外情的事情告诉黎竹西,自己一意孤行用吻和拥抱解决黎星若这个麻烦。直到黎竹西受够了这段婚姻,表达出了想和宋疏鸿一起生活的意愿,宋疏鸿才把黎星若揭发出来。

"我们不够情投意合吗,你为什么不同意? 我离婚你也离婚,我们一起生活,你不是说喜欢和我一起谈音乐?"黎竹西在新华路上的星期八酒店的房间里哭起来,身上只穿了一条内裤,两个不算大的乳房带着老态耷拉下来,像两个破布袋吊在胸前。

宋疏鸿在一旁抽烟,默不作声,他会抽烟这件事,连仲仪和爱丽丝都不知道。"完美"校长宋疏鸿抽烟的样子,整座颐粟城只有黎竹西见过。他听到黎竹西的荒唐话,脑子一片混乱。窗外下着不小的雨,今天出来幽会本来就是个麻烦,回家后还得赶在仲仪回来之前把鞋底擦干净。毕竟仲仪知道自己下雨天不会出绿宝石的大门,出门就开车,鞋底怎么可能有泥? 还不是因为黎竹西吵着要喝颐粟城商厦旁的街景奶茶,一条街的距离开车不方便,他步行去了,还淋湿了衬衫。

"竹西,"宋疏鸿把烟掐了,"我们都不是小孩子,不要再做伤人伤己的事情,得不偿失。"他拎起白色的被子裹住黎竹西,"不要着凉。"

黎竹西却一把掀开被子,双眼因为刚刚哭过布满血丝,她瞪着宋疏鸿时显得格外愤怒:"我告诉你,宋疏鸿,你就是个道貌岸然的伪君子,你就是不想抛下你完美的身份,怕体面的工作做不下去,校长当不了,家里也和你断绝关系不给你钱了吧,你个虚荣鬼! "

宋疏鸿皱起眉头诧异了好一会儿,黎竹西什么时候变得这么面目可憎了,像个泼妇,她嘴里喷出脏话的时候带着一股难闻的臭气。她这一暴怒宋疏鸿才发现,那张漂亮的脸上不知道什么时候长了些雀斑,像白面馒头沾了沙砾;一口白牙好像也在渐渐变黄,虽然这是他教她抽烟导致的;后退的发际线下那张发黄的脸不再像光滑的鹅蛋了,是臭鸡蛋、臭鸭蛋。

他只用不到一分钟就决定离开这个丑女人,失去美丽的黎竹西就像 5A 级景区破掉的热气球,造价不菲,可惜不能再带宋疏鸿飞往巫山浏览云雨。仲仪这种"临期蛋糕"饿极了还能吃,何况是在自家的冰箱里,随时取用都可。黎竹西这种"废弃热气球"必须丢掉,不然就是有害垃圾。

宋疏鸿很快舒展了眉头,拍拍她的背,一副好脾气的样子:"你应该不知道,黎星若其实隐约明白我们的关系,她亲口和我说过,我却没来得及告诉你,她很为你这个母亲伤心,"他叹了口气,摸着黎竹西的发丝,"既然我们现在都在这段关系里并不愉快,要不要就趁此机会,我们各自回归正轨,你去做你的好母亲、好妻子,我也去做我的好丈夫? 我自觉这些年,因为对你的一时冲动,亏欠了仲仪……"

黎竹西不屑地笑着打断他:"别胡诌了,我怀孕了,你的,爱信不信。"

看到宋疏鸿哑口无言,她又补了一句:"哦,对了,你少在我面前装什么道貌岸然的君子,你要真有这些顾虑,当初怎么会和我在一起,别说什么一时冲动,一时冲动能冲动一天,七年怎么算?"她拍拍宋疏鸿的脸,像是在扇他耳光,"人不可能一直吃着锅里的望着盆里的,别傻了,还一冲动就冲动七年,你当自己是永动机?"

宋疏鸿的脸冷下来:"你打掉!"

黎竹西的眼睛里像着火一样:"不可能!"

宋疏鸿又点燃一支烟:"你识趣就打掉,生下来也无妨,我不会认的,你和杨淮左会因为这个孩子离婚,我和仲仪不会,到时候大不了我说应酬的时候喝多了,你勾引我,仲仪会原谅我的,我老婆我清楚。"宋疏鸿挑了挑眉,歪着头,挑衅的样子。

"那我现在就去告诉仲仪我怀了你的孩子!"黎竹西被气坏了,发疯一样光着脚跳下床。

宋疏鸿一把将她拉回来:"孩子还没生出来,DNA 都没办法做,我可以说你在胡说,"他一只手就把黎竹西纤细的两条胳膊揽住,

"你不考虑你女儿,也要想想你妈,她现在做透析,花的可都是杨家的钱,仲仪那边你闹翻天,我最多跪下道歉,和你断联……那你这边呢?杨淮左会怎么对你?"黎竹西的妈妈是她的软肋,只要抓住这根软肋,孩子即使生下来黎竹西也会拼命保密。

果然,此话一出,黎竹西先是不可置信地望了他几秒,很快像被一场冰雹突袭,瑟瑟发抖,枯坐在床上,野兽般的眼神也消失了,宋疏鸿刚松开她的胳膊,她就抱上去,语调缠绵地说:"疏鸿,我多么爱你,你不会不知道,我不能没有你……"她整个人变得软弱无力,柳絮般重新落在雪白的宾馆床单上,"我会去把孩子打掉的,只要你愿意继续见我!"或许是因为神情转变过快,宋疏鸿此刻觉得黎竹西的脸虽然恢复了温柔,但还是怎么看怎么不对劲,僵硬且丑陋。

宋疏鸿摇摇头,甩开她后迅速穿好了衣服,就像他们初次偷情时穿衣服那样迅速,只不过他神情中全是冷漠,没有了初次时为了方便再续前缘而故意流露出的恋恋不舍:"我们以后就不见面了,做完手术后照顾好自己,拜拜。"门啪啦一声关上了,关门的声音很轻很轻,听起来很温柔,带出的气流都像春风拂面。

和黎竹西分开后,宋疏鸿唯一需要考虑的就只有黎星若了,她大概不会说出去,这个面容清冷的女孩,很多时候只需要他在她的额头上轻轻印上一个吻。一场关于吻与拥抱的诈骗,宋疏鸿怎么算都没有输,不赔本,他继续在这场诈骗中保持着弱者的身份,想着某一天勒索者黎星若会自己主动出局。只要等她长大一点,他变老一点,世界的奇异色彩就会把她吸走,从此远远地走开。

就在爱丽丝十五岁生日那天,黎星若真的主动出局了。

那句"我有了喜欢的人,这是你最后一次能吻到我了,我要奔向他的国度了",让宋疏鸿又惊又喜,这女孩说话的语气都和她妈妈一模一样,总爱用一些不着边际的词语形容一些无意义的事情。黑暗中他在心里给自己放礼花,一朵又一朵,把全世界都照亮了。"太好了。"宋疏鸿礼貌而克制地讲出这句话,心里想的其实是:快滚吧!你这个大麻烦。

在这场关于"爱"的勒索里,宋疏鸿没有输掉什么,但他却常常觉得自己吃亏。吻一下而已,不敢也不能更进一步,却还是要时刻承担被人看到后,误会自己早已和黎星若在一起的风险。

爱丽丝生日聚餐结束后,爱丽丝与宋疏鸿、仲仪三人一同回家。宋疏鸿负责开车,仲仪和爱丽丝在后座上有说有笑,仲仪说着爱丽丝的父母——艾远和宋疏淼会在明年的时候回到颐粟城,听说是艾远觉得钱永远赚不完,应该回来给女儿做高三陪读,宋疏淼也决定要远程管理公司,最近仲仪正在帮他们物色房子,大概会买在世纪城或者颐粟城大桥附近。爱丽丝一听父母要回到颐粟城,高兴得直拍手,仲仪笑着说她"小没良心的"。

只有宋疏鸿一直假装专注开车,没进入仲仪和爱丽丝的话题。其实是他想着终于甩脱了黎星若,觉得车窗外刮进来的风都是甜的,他已经有了新的目标——新来的舞蹈课专业讲师,长得像二十世纪走红的影星,说话声音细细软软,从小不读书只跳舞,没什么主见,他可再也不想要聪明的情人了。那个舞蹈课专业讲师想法不多,只知道穿衣服、脱衣服……最重要的是,她和他一样有和睦的家庭、稳定的事业,甚至她还有个正在上小学的孩子……两个人出来都只是想找刺激,这意味着即使有一天结束这段关系,也能结束得相当体面,谁也不会折腾。换一个新情人就像换一台新车,多么甜蜜而令人激动!

那天仲仪早早睡下,宋疏鸿躺在双人床上难以入睡,他听到外甥女爱丽丝从卧室出来到厨房拿水,叮叮咚咚,他知道爱丽丝又在用红酒杯装矿泉水了。傻孩子,怎么总盼着长大。

等了一会儿,确认爱丽丝应该也睡着了,他从卧室出去拿了个红酒杯,只不过里面装的是真红酒。庆祝一下吧,上一个纪元结束了,马上开启新纪元。他真想提前五个月祝自己新年快乐,怦怦怦,他心头又在"放礼花"。

可宋疏鸿做梦也没想到黎星若第二天就从绿宝石天台上跳了下来。

被同事们在微信群里传的那些鲜血淋漓的图片震惊的同时,他的眉头狠狠皱起:晦气,怎么非要从绿宝石上跳下来,还偏偏选了自己新修的水晶天台? 好不容易申请下来的修建批示,可别因为有人跳楼让上面怪罪下来再给拆了。看到图片里黎星若流出的血凝固在绿宝石门口的灰色大理石地板上,他心里气得想吐,黎星若怎么连死都要给人找麻烦? 宋疏鸿命令后勤马上和警方沟通,看什么时候可以清理现场,确认能清理了就第一时间洗干净,必须洗得像什么都没发生过一样,不然不准下班。

黎星若跳楼这件事对他来说,不过像是一枚鸡蛋放进冰箱格子没放稳,掉到木地板上摔得粉碎罢了。

大理石地板洗干净后,宋疏鸿的新纪元终于开启了。

但温瀚清的日子却陷入了灰暗与焦灼,他想清洗的东西可不像大理石地板上的血迹那么简单,洗洁精加八四消毒液,拖布用力拖几下,就能干干净净。

双极黑子Ⅱ

想看到黎竹西一家倒在血泊中或者成为精神病彻底崩溃,是个宏大的愿望,在很小的时候它就从温瀚清的心底萌芽了,一想起这个温瀚清就心潮澎湃。拥有清澈的大眼睛、睫毛扑闪着的温瀚清,从七岁开始目光便不再像离宫里的泉眼那般清澈。

从小学开始,笑容真挚的爱丽丝就常常拿着学生专用的年票和他一同走到离宫的秘密泉眼旁,泉眼是古代皇帝专供的特饮,但藏在离宫深处,所以很多游客走不到这里就折返了,通常只有本地人会去。

温瀚清心底早就知道,他哪里对得起爱丽丝对自己的形容?爱丽丝指着里面流出来的潺潺细流说:“瀚清,你的眼睛就像它那么清冽。”

这个傻丫头,脑子里净是在小城市里看起来极不靠谱的写作梦想,用词也常常随心地乱用,居然用“清冽”这种只能形容泉水的词汇形容人类的眼睛。人类的眼睛怎么可能像泉水那么清冽呢,人的眼睛是什么来着?那句很俗的中学生作文结尾常用的话——眼睛是心灵的窗户。

那么人类的目光一定是全世界最混浊的存在, 人类多复杂啊。温瀚清常常这么想,想的时候还会点燃一支烟。或许是为了弥补温瀚清过早没了父亲,孟祝给温瀚清零用钱时总是很大方。他表面很乖,学习很好,孟祝偶尔问起零用钱都用在哪里了,他就说自己买了考卷资料,在学校做完就扔了。实际上他是习惯了每周去离家很远的小南门旁的一条街,随便选一家商店,走进去后露出他一贯温暖乖巧的笑容,对柜台前的营业员说:"你好啊,阿姨(或叔叔),我来替爸爸买烟。"虽然他的爸爸早就死了。

"咳咳咳。"温瀚清饮泉水时不小心被呛到。那是离开筒子楼前的最后一个夏末,他每个周末都和爱丽丝腻在一起,两个孩子玩起了生离死别的游戏,仿佛搬出筒子楼后即将分别居住在两座城市。他们每次约会分开时,都会表现出极度的依依不舍,即使约完会回到家两人就住筒子楼的上下楼,即使搬出筒子楼后两个人住的小区不过隔了十分钟路程的一座颐粟城大桥。每次去泉眼都是下午时进去,爱丽丝上午总是要在绿宝石上课,他们走出离宫的时候通常迎着日落的光,满面金黄。

爱丽丝赶忙过来拍他的背:"哎,瀚清,没福气啊,这泉水不是以前皇帝专用的吗,你一喝就呛到,是不是没有皇帝命啊?"早就是社会主义国家了,哪儿来的皇帝。两个孩子笑作一团,拥抱在一起的样子像两块胶皮糖,并且未来一万年都会如此。他们楼上楼下传递的小篮子里的小纸条上,也常出现"一万年"这个词,它被爱丽丝用来形容许多事物,仿佛她的人生将有无数个一万年。

很小的时候温瀚清有关父亲温明松的记忆就断档了,"父亲"这个角色在温瀚清的生命中毫无征兆地消失了。他只记得有段时间温明松不怎么在家,那时候他刚开始记事,四五岁的样子,但许多事情都记得还不十分清楚。这导致后来父亲的脸在温瀚清脑海中常常很模糊,温瀚清记不起动态的父亲是怎样的,只记得他常在书桌前批阅成堆的文案资料,小灵通不断接打着有关学校事务的电话。他脖子上总挂个工牌,在他下班回到家的时候通常还没来得及摘下。

温明松不是个在意美观的人,也不讲究穿搭,对身上衣服的需求只是夏天的衬衫足够透气,冬天的毛衣足够厚实。所以在温瀚清的记忆里,温明松是一个在不同季节,拥抱起来厚度不一样的爸爸。他们拥抱的时候通常会有一个冰冰凉凉的工牌贴上温瀚清的脸。

那时他还不识字,但是温明松把他抱到大腿上教他识字似的念出工牌上的内容:颐粟二中副校长,温明松。

后来有段时间温明松不怎么回家,温瀚清和母亲孟祝待在一起的时间越来越长,记忆中父亲的脸越来越模糊,母亲的脸越来越清晰,筒子楼里狭窄的房间因为现在只有母子二人,显得有些空荡荡。温瀚清只记得爸爸消失那段时间,牛奶从英文包装变成了中文包装,其实喝起来没什么区别,甚至中文包装的更好喝。但孟祝总是一副亏欠了温瀚清的样子,她开始早出晚归地工作,虽然在颐粟八中成了骨干教师,但脸颊却无尽地消瘦下去,甚至偶尔凹进去像光碟里的"僵尸新娘"。放光碟的DVD还是父亲温明松留下的,架子上还有一整摞动漫光碟,但温瀚清更爱读书,对光碟不大感兴趣,只有爱丽丝来做客的时候,两个人会一起看。

上小学第一天,其他小朋友在校门口问送自己上学的父母"什么时候能像高年级的哥哥姐姐一样系上红领巾",温瀚清却问孟祝:"妈妈,我什么时候能像其他小朋友一样,有爸爸来送我上学?"

但那时温明松已经彻底从这个家里消失了，像是开水壶烧开水时的水蒸气，渐渐消失得无影无踪，像从没出现过一样。温瀚清踩着小板凳去柜子上拿东西，或是打开衣柜，会发现父亲的剃须刀、衣服通通不见了。孟祝常用的托词是"爸爸去出差了，很远的地方，外派"。后来"外派"这个词作为谎言，被小学时的班主任打破了，刚工作不久的班主任摸着温瀚清的头说："你来做班长吧，小男孩从小没有爸爸，是需要锻炼一下领导和组织能力的。"温瀚清听到这句话，浑浑噩噩了几个星期。但他从小看到孟祝作为母亲的不容易，才七岁就懂得这事不该问母亲，他趁着周末母亲去外面给学生补习赚外快，跑到奶奶家。

自从父亲从他们的生活中消失后，母亲就没怎么带他来过奶奶家，只是偶尔来吃顿便饭，吃完就走。美其名曰"奶奶已经半瘫了，不给她添麻烦"。

饭桌上奶奶通常满眼怨愤，似乎有话要说，却欲言又止。奶奶是个保守的女人，儿子不在后在她心中最大的显然不是儿媳，而是她的大孙子。对大孙子理应无话不谈，即使他只有七岁，也是家里仅剩的男人了。在她眼里，男人最大，男人最强，男人最能扛重担，即使他才七岁。

奶奶说："你爸爸死了，自杀，但是是被人逼死的。"

昏天黑地的下午，温瀚清在奶奶家听着那些真相。温明松赌博，虽然只是几场小赌而已，但被对手抓住了把柄。那时温明松正面临升职，颐粟二中的"温副校长"马上要变成"温校长"，但无奈副校长有两个，杨淮左和温明松。于是杨淮左抓住了温明松赌博的把柄，威胁说要举报他,希望他直接退出竞争。

奶奶拿出温明松生前使用的手机,一个小灵通,里面还存着些备忘录:"你看你爸爸对你多好,里面还写着你爱吃啥。"鸡蛋糕、豌豆黄、鱼唇羹……一样不落地被记在备忘录里。

说完儿子的好,奶奶又添了句:"你妈最坏,她一直骗我说是你爸背了债,走投无路自杀的,但是你看,我早就发现不对了。"

奶奶给他看小灵通里的短信,里面赫然有一条:温副校长,我们知道你赌博欠了四万块钱,明人不说暗话,我们要求你退出校长竞选,否则举报。

这么说父亲是被逼得走投无路了,债务加上名声,还有努力很久的事业……年幼的温瀚清仅能想到这些,想到父亲回到家都来不及摘下的工牌,和他书桌前成堆的文件资料。后来他长大一点,仇恨就在他心里成了三昧真火,烧得心脏疼,父亲的困境在他脑海里越发真切,加之多年来被人嘲笑无父的苦,他越来越觉得父亲的骨灰被那些嘲笑和恶意挤得更碎,从粉变成烟,飘散在筒子楼的角落。

"你爸绝对是被人逼死的,多毒啊杨淮左一家,要不是我半瘫了,说什么做娘的也要为他讨回公道。"奶奶捶着轮椅,满是老年斑的手抖动着,像是要把那些老年斑抖下来似的。

从奶奶家出来后,温瀚清凭着好学生惯有的记忆力,拨通了那个要求父亲退出竞选的电话号码,嘟嘟的声音响了没几下,电话那边就传来了黎竹西的声音。

温瀚清和黎星若一个班,而且两个孩子都住在筒子楼,但他们放学从不一起走。黎竹西和杨淮左有意躲着他们似的,那种躲避的眼神,温瀚清很早就察觉到了。他从不在黎竹西和杨淮左的面前和黎星若一起玩。

直到上三年级时,宋疏鸿一家搬了进来,爱丽丝和温瀚清的关系好得过分,黎星若才偶尔和他们玩在一起,大大方方地在大人们面前成了三人组。尽管除了宋疏鸿外,从没有其他大人参与过他们的聚会。但那时放学已经没必要想要不要一起走,因为爱丽丝和黎星若要去绿宝石学舞蹈,温瀚清要去学奥数。颐粟城的小学生都被课外班拖得很累、很乏。

但温瀚清内心中的仇恨却越来越重,他常觉得胸口长了个肿瘤似的,沉沉地往下坠,抑或者像是拴了块大石头。这种奇怪的生理感觉,让他在每次学生体检时都错愕不已,往体重秤上一站,哎,怎么和同龄男孩差不多沉? 那块石头哪儿去了? 也许是块看不见的肿瘤吧,他常觉得四肢沉重。尤其看到杨淮左春风得意的样子,下班有司机来接黎星若,黑色锃亮的轿车,刺得温瀚清眼睛痛。上了初中,他们都在颐粟二中的初中部,杨校长每周一在主席台上风光地坐着,发表着长长的演讲,一副领导做派,声音掷地有声,那声音每个字都像是捶在温瀚清胸口,看不见的肿瘤更沉更痛了。他在忍耐,他从小就过于聪明了,就像能解出同龄人看都看不懂的奥数题一样,他知道敌人会有破绽,他必须等到敌人露出破绽。

他一早就发现了黎竹西和宋疏鸿的奸情,比黎星若更早。在筒子楼大院里的人都对杨淮左溜须拍马、在黎星若背后说闲话的时候,温瀚清早就注意到了黎竹西的变化,衣服、神态,他太敏感了,这个女人的变化不一般。他在上学时偷偷说肚子痛,要回家,老师不觉得好学生会撒谎，一律批准。几次"肚子痛假期"过后，温瀚清掌握了黎竹西和宋疏鸿约会的规律。那时他已经因为爱丽丝的到来，在班级里和黎星若熟络了起来。

温瀚清告诉黎星若："你明天下午和老师请假回家，但是别告诉家里人，你偷偷回去，会有大发现，你好可怜，真心疼你。"

但他没想到的是黎星若选择了忽视，她下午就回到了学校，还告诉温瀚清："你就当自己从没告诉过我，你就当自己什么都不知道，反正我什么都不知道。"

根据之前从筒子楼的长辈们口中听到的黎星若的"前史"，他本来指望着这个被强奸过的"小破鞋"能因为承受不住这份冲击而崩溃，她最好能大哭着告诉杨淮左，这样他就能顺利看到他们一家四分五裂。然后宋疏鸿那边如果有什么问题导致家庭破裂，他正好可以借机抱住爱丽丝，疗愈她人生中的第一道伤口。最好爱丽丝从此能够顺利依赖他，被依赖意味着拥有。

温瀚清不知道黎星若是怎么想的，他也不会知道少女黎星若利用这个机会开始向宋疏鸿勒索拥抱与亲吻。第一个引爆杨淮左一家的机会就这么被错过了，他还往杨淮左的办公室里偷偷塞过写着"黎竹西和宋疏鸿出轨"的字条，但是依然石沉大海，估计是被清洁工阿姨扫走了。匿名发了短信，杨淮左那边依然没有什么动静，大概是杨校长不看短信，和许多领导一样喜欢一键清除。

他只好等待下一个机会。但越等，他的计划就变得越复杂，让他们因为出轨而争吵怎么行呢，他越长大越成熟，越成熟越知道怎么让人痛苦。如果能让他们家每个人从此生活在痛苦中就好了。

从七岁那年起，温瀚清就知道，全世界最漫长的是仇恨。仇恨是有生命力的，像筒子楼里的苔藓，哪里有阴霾它就有资格从哪里生长出来。温瀚清一早就知道自己的五脏六腑都被仇恨的苔藓铺满了。可他依旧为了复仇，执着地练习着表情，长出了一副拥有温暖阳光的面孔，连笑容都是刻意对着镜子练习过无数次的，自信而不自负的嘴角上扬，露出八颗牙。

但爱丽丝是明媚的光源体。温瀚清床头的相框里，是爱丽丝幼年时学舞蹈上台表演的照片，这是她妈妈宋疏渺拍的，她爸爸艾远在一次回来时把这张照片送给了温瀚清，说是家里当时影印了好几张，可以送温瀚清一张贴在他们小学班级的留言册上。这是他为了和艾远叔叔要一张爱丽丝的照片撒的谎，什么留言册的照片，他们班根本就没有什么留言册。

艾远有络腮胡，笑起来很亲切，他说："温班长，辛苦你了。"

照片上的爱丽丝五六岁，掉了颗牙，这让脸上的笑容有个缺口，可有个缺口都能甜得那么圆满。

明媚无瑕的爱丽丝，不愿意喝牛奶的理由，居然是不想和可爱的小牛抢妈妈。

这个理由，即使在最浓稠的深夜想起，温瀚清都会笑出来。可惜夜色太黑了，天色太晚了，他没在这种想起爱丽丝的时刻去照过镜子，也就没机会看到他很久没在自己脸上看到过的发自内心的笑容。可他在心里发过誓，要一心一意地好好保护她，至于能保护多久，他期待的是永远，什么时候开始一心一意地保护，要等他的复仇结束，等让杨淮左一家人痛不欲生的伟大计划实现。"很快，爱丽丝，等我。"他经常这样安慰照片上的爱丽丝,也安慰自己。似乎在那个计划的终点,他就能望见生活的曙光,从沉溺已久的黑暗里挣脱,双腿拔出仇恨的泥沼,爱丽丝是光也是清泉,照亮他冲刷他,那双总是在冬天冰冰凉凉的手,会牵着他走向美好的未来。而没有她的未来,无论怎样都是坏未来。

这一次,黎星若死了。本来终点已经快到了,温瀚清能感到自己身上的泥沼已经掉落了一半,他离出口越来越近,光已经打亮了他的上半身。

可偏偏出了孙一辛这么个麻烦,仿佛黑暗中一双巨人的手从沼泽中伸出,死死抓住了他的一只脚,五指嵌进他的肉里,厉鬼索命般告诉他:"你别想从这阴冷的黑暗里出去。"但他想出去,拼了命也想挣脱原来的生活。爱丽丝十五岁生日宴会那天,他在饭桌下悄悄牵起她的手,觉得生日歌里,"生日快乐"四个字怎么听都像天长地久。

本来温瀚清也没想到黎星若会死,他原本的计划是把黎星若逼到崩溃,让她将宋疏鸿和黎竹西的感情向杨淮左全盘托出,看到他们一家吵个天翻地覆,从此各自心怀鬼胎,永无宁日。然后他再实施下一步计划,让黎星若的生活彻底失衡,比如曝光她和孙一辛的密切关系之类的……可谁知道她选择了一跃结束生命呢!

秘密的依赖很早就开始了。从初中开始,温瀚清就和黎星若偷偷见面,在爱丽丝放学后单独排练的傍晚,两个人在小废楼里谈心。

读书不算少的黎星若对温瀚清说:"我觉得爱丽丝写得很差,她太喜欢歌颂了,好像什么都值得歌颂似的,就像我不喜欢托尔斯泰,他在书里面,总是追求人物的道德自我完善,多蠢啊,人性本恶,我还是喜欢陀思妥耶夫斯基。"这是温瀚清第一次听到黎星若说爱丽丝的不是,他感到自己已经到了黎星若心脏的大门口。

"哦,我也觉得不好。"温瀚清用简单的一句回答,让黎星若觉得自己和他志趣相投。

他们偶尔也交流一些趣闻,黎星若说:"瀚清,你知道鸭子交配吗?"

温瀚清皱着眉,为难地笑着摇摇头:"少儿不宜哟。"

黎星若啪的一声,用数学练习册打他的头:"你才想歪了,"她拿着可乐,冷静地讲起科学知识,"公鸭子一到春天就会强行和母鸭子交配,后来母鸭子为了防止这件事呢,就进化出了螺旋状的阴道,但是没想到公鸭子也把自己的生殖器进化成了螺旋状,方便和母鸭子交配,所以母鸭子还是继续被强迫生育。"她看向温瀚清,一双柳叶眼里映出少年的脸,那一刻温瀚清觉得黎星若的眼睛像镜子,但他不喜欢这两面镜子里的自己。

黎星若不知道温明松的事情,只觉得温瀚清这个很早就没了父亲的男孩,身上有一种其他男孩身上没有的温柔,阳刚中掺杂着母性的光辉,尤其一双眼睛毫无攻击性,让人禁不住想依赖。

怪就怪温瀚清太好了,他有些好得过头,外貌、成绩……他的人生似乎没有一处缺口能成为一扇门,让黎星若走进去说说自己的秘密,她不敢说"我没有被强奸"这句话,可她敢讲讲宋疏鸿,讲自己为什么在温瀚清让她发现黎竹西和宋疏鸿的奸情后忍而不发。隐秘而令人羞耻的感情她讲出口时,温瀚清居然没有跑,而是递给她一罐可乐:"嘿,星若,我真心疼你。"黎星若低下头不说话,心里却有个缩小版的自己在又哭又笑的。

黎星若以为他们在谈恋爱,偶尔抱着对爱丽丝的愧疚,谈一场无名无实的恋爱。

他们甚至有时候只是静静坐着,端着一罐可乐、一杯奶茶,说说今天的作业有什么难的。黎星若在图书馆里透过书架偷看过爱丽丝和温瀚清在接吻,一次两人沉默地坐在台阶上时,她也冲动着想吻他,却被他巧妙地躲开了。可她心中一直记着那个图书馆书架后面的吻,爱丽丝和温瀚清的美好,冲击了她的心,那颗被宋疏鸿填满过的心一下碎了一半。为什么她就不能拥有"正常"的美好生活呢?

两个同龄人,像两块刚出炉的胶皮糖那样新鲜地黏在一起,一起领略世界的美好。

她偷偷把这一点告诉温瀚清时,温瀚清就明白了她心中的期待。温瀚清听到黎星若说的那句"偷偷在一起,心里好有个依靠"时,温瀚清心里兴奋得尖叫。太好了,知道一个人期待什么,就可以通过她期待的东西毁了她。

"如果你彻底离开宋疏鸿,或许会快乐些,"他之所以劝黎星若这样做,是因为他知道,离开宋疏鸿,黎星若就离开了唯一的寄托,"但是不能直接离开吧,太像分手了,你们又没有在一起过……"

"那我怎么办呢?"黎星若的柳叶眼裹着失落。

"既然你爱过他,就要弄明白,他到底有没有爱过你,你真的太可怜了。"温瀚清在心里给自己拍手叫好,他看得懂宋疏鸿,他不爱任何人,黎星若真是在"爱"这条海市蜃楼的康庄大道上自寻死路。

爱丽丝十五岁生日宴会结束那天,宋疏鸿开着车带着仲仪和爱丽丝先回家了,黎星若和温瀚清一起走上颐粟城大桥,他们会在桥的另一端的十字路口分开,各自回家。

颐粟城大桥的灯永远那么昏黄,四面钟上的数字闪着幽暗的绿光,远处彩虹桥和旅游桥上满是霓虹灯,照得武烈河的水面像是流淌着打翻的水彩盘上的颜料。

"彻底分开了,我和他。"黎星若突然开口,身边经过几辆车,风声呼啸地将这句话冲淡。

温瀚清只说了句:"哦。"

他看到黎星若走到自己面前,一双清澈的柳叶眼弯起来:"所以现在我们可以在一起了吗?我已经做好了向爱丽丝摊牌的准备,如果需要,我可以以任何方式负荆请罪,哪怕《镜中人》的女主让她演,哪怕我少一个奖,大学上不了舞蹈学院。"黎星若轻轻把头靠在他肩膀上,像只夜里归巢的麻雀。

"我没说过要和你在一起啊。"温瀚清没有推开她,而是后撤两步,让她的身体离开了自己。

黎星若背后是盛华大酒店红色的灯光,照在白色的桥柱子上,像血那么红,她声音很小,几乎是低声哀求:"瀚清,求求你,我什么都没有了,我对生活好失望……我们偷偷在一起也可以,我可以装得很好。"

温瀚清摇摇头:"可我最不喜欢的,就是你太会装了,我还是喜欢真实的人,真实快乐的人,你懂吗?"

黎星若靠近他一步:"我也可以从此以后很真实,你有什么理由不接受我,你不喜欢我吗?"她抓起温瀚清的双手,放在自己的脸上。

温瀚清用力抽回手,内心在鼓掌,高潮来了,他计划的最后一步,他甩了甩头发,迎着温热的晚风叹了口气,双眼中饱含着他练习了无数次的无辜和无可奈何:"因为你是个破烂货,是个破鞋,哎,这可不是我说的啊,我只是听许多人都这么说你,"他聪明地将话锋一转,刀就在黎星若的心口上插得更深,"本来,我觉得你比爱丽丝好多了,可是……唉,只能说可惜了,如果你是个完整的人,或许我爱上的就是你了。"多好的理由,迂回曲折,像一柄曲线构造的长刀,正好撞上了黎星若的心路,那颗心已经被伤到对普通攻击无感了吧,但温瀚清这把刀就是能弯弯曲曲地刺进去,像公鸭子进化了的螺旋状的生殖器。

　　他看到大颗的泪珠从黎星若的眼中滑落,一直滑到锁骨上。确实,她一直觉得自己配不上温瀚清。每次和孙一辛在小废楼里见面,都是因为那个时间温瀚清去学奥数或者陪爱丽丝去了,她害怕内心空荡荡的感觉,就找了孙一辛这样一个人填补空白。

　　"好,我知道了,"黎星若点点头,"我没办法修好我自己,但是你听好,我知道你明天会照例和爱丽丝去约会,我上午十一点钟在绿宝石楼顶等你,你不来,我就跳下去。"

　　温瀚清摇摇头,不阻拦也不逼迫,再多说一句都怕负责任,就让她在楼上站一会儿吧,起码能让杨淮左和黎竹西慌乱起来,也许到时候黎星若受惊吓进了医院,自己能想办法把黎星若的失常引到黎竹西的奸情上,让他们家先分崩离析一次呢?

　　和爱丽丝约会那天,温瀚清其实一早就进到了桃李街。他甚至就躲在姐妹土豆粉的店里面,看着黎星若背着包走进了绿宝石。然后他挪到了绿宝石对面的肉夹馍店,看着黎星若过了好一会儿才登上六层的水晶天台。怎么还换了身粉色的练功服?他心里想了一下,迅速记起了黎星若曾经说过,如果有一天要去死,她真希望爱人看到自己最美的样子。

那身淡粉色的练功服袖子上有两根真丝飘带,随着天台上的风飘动着,偶尔还绕在水晶树上。周六上午十一点,桃李街的人很少,学生不上学,上班族都去南营子大街或者离宫附近聚餐了,只有温瀚清全程注视着绿宝石顶层水晶天台上的黎星若,他才是最佳的目击证人。

他看到黎星若坐在了围栏上,那块不厚的玻璃,她凭着舞蹈生的平衡感坐在了上面。

温瀚清就等这一刻,他准备走出去提醒小贩或路人,最好是遇到个嗓门大、好事的阿姨,能大喊"有人要跳楼啦"之类的,让这件事彻底热闹起来。

可还没等他从肉夹馍店走出去,就看到黎星若开始在厚玻璃围栏上摇晃,摇的幅度越来越大,似乎已经无法掌握平衡。不等温瀚清喊人,她就摔了下来,掉下去的瞬间温瀚清听到了那不大的尖叫声。黎星若从来都习惯了小声说话,只怕掉下去的一瞬间,连那句"啊"她都没能放肆地喊出来。低声低语的一辈子,比鸿毛还轻。

这下不用温瀚清出声,周围的几个路人尖叫起来,黎星若的尸体迅速被看热闹的人围住,救护车和警车也来了。温瀚清站在肉夹馍店里愣了好一会儿,肉夹馍的店主跑出去看热闹之前,还告诉他把钱放在前台菜单下面就行。

但温瀚清很快反应过来，往桃李街北口走，爱丽丝快到了，他必须马上去接她。他在心里排练了好几遍悲伤震惊的表情和该有的反应，在爱丽丝崩溃时，他顺利将她揽入怀中。但抱着爱丽丝的同时，他也在心中充满了狐疑，他真的已经冷血成这样了吗？他的心好像确实不会因为任何人和事痛了，像一潭铺满了青苔的死水，他甚至偶尔能在夜深人静时闻到那潭死水散出的肉体腐烂的气息。

可黎星若死后最让温瀚清失望的是，黎星若的死居然没能给杨淮左和黎竹西造成丝毫影响。这对夫妻轻松得像摆脱了一个大麻烦，继续快乐地生活在颐粟这座让人心情美好的城市之中。只有几次出席校长和高层领导聚餐的活动时，因为席间众人的瞩目，他们不得不应景地将应有的哀伤露出一小会儿，再将哀伤迅速消退包装成坚强的勋章，使得杨淮左校长伟岸的教育园丁形象更加熠熠生辉。

反倒是温瀚清迎来了一个大麻烦。黎星若被警方判定自杀不久，爱丽丝就提起，黎星若有一本日记，而且还被她拿到读完了。但是还好，根据爱丽丝的描述，日记里面没写什么太明显的话，只是简单提到了"H"的事情，温瀚清心知肚明"H"是宋疏鸿，那么接下来就是孙一辛了。他不确定黎星若和孙一辛说了多少，会不会把他们两个似有若无的感情说给孙一辛，会不会让孙一辛知道她在楼顶的原因是自己。

他分析了好几遍，觉得黎星若其实不想死，不然不会坐在玻璃围栏上等待，估计是想弄个清新脱俗版的一哭二闹三上吊来威胁自己和她谈恋爱，所以不会告诉孙一辛她要死了之类的。可他又觉得黎星若的情绪反复无常,搞不好早就和孙一辛说了什么。他在黎星若说和没说的猜想之间反复猜了一小会儿,就决定还是让孙一辛从颐粟二中出去比较好。

决定孙一辛在颐粟二中能否继续上学的最后一次月末考试很快就到了。虽然温瀚清知道孙一辛不可能在这次考试中从倒数十名内逃出生天,却还是为了以防万一,利用数学课代表的职务之便,从老师办公室偷出了试卷。拿到试卷做了一遍之后,他又假借帮助学弟学妹之名,把几个常考倒数、名次徘徊在孙一辛附近的学弟学妹召集起来,把题稍微变形一下后给他们当作补课练习题,保准孙一辛能进倒数三名以内。

可没等考试,孙一辛就跳楼了。他受不了压力,受不了即将要交那笔对自己家来说是天文数字的学费。知道孙一辛没死成,温瀚清主动担任起了探视病人的学生代表工作,一副温柔学长的做派,实则是为了恐吓他,让他即使日后好起来也要闭嘴。自从知道孙一辛能开口了,他第一反应就是以后每周都要去两次医院,看看能不能从孙一辛嘴里问出黎星若到底说了多少。

那时孙一辛刚刚能开口,说话只能吐出发音模糊的字,意识也不清醒,在温瀚清的咄咄逼人下他更蒙了。温瀚清问他:“你知道多少?”

孙一辛说:“全……部……”其实他想说的是,全部不知道。

温瀚清不知道的是,孙一辛根本不可能怀疑到他和黎星若身上。一是因为黎星若从来没有将温瀚清这个在她生命的污泥里算是美好的秘密说出去,二是黎星若早在六月就向孙一辛透露过自己想死的事情,也是在绿宝石六楼的水晶天台上。

可六月那次黎星若想寻死的理由,大概只有孙一辛能懂。温瀚清是不会理解黎星若的,他永远不会懂黎星若的恐惧,那种被迫困在一口井内的无奈与凄凉,放弃挣扎就沉下去淹死,继续挣扎也只有头能浮出水面呼吸而已。

温瀚清或许要很久以后才会因为年纪渐长而明白,黎星若的爱不过是一双从泥沼中伸出的挣扎的手,拼命想要把他和宋疏鸿当成救命稻草,她是想上岸,想走出自己的心,藏进别人的心里。外表光鲜的黎星若,只是一只苟延残喘的可怜虫罢了。

第六章　极羽

极羽:日冕中比背景亮的延伸结构,它出现在日面的两极区域,呈羽毛状,在太阳活动极小期特别明显。

极羽 I

从附属医院走回家,全身像灌了铅似的,爱丽丝觉得整个身子越来越重。走到新华路时,爱丽丝已经觉得自己快要从地面上沉进地下了,像水渗进土里般一直向下沉。她能感觉到自己的记忆在一点点褪色,写过的句子看过的书,那些字在逐渐发黄、干枯,像鲜花被抽干了水分,只剩下一碰就碎的脆弱的花瓣。温瀚清刚才说了什么?不记得了,只记得他的笑容那么冰冷,爱丽丝一瞬间仿佛被关进太平间,和里面的尸体待在一起,甚至在太平间都没有看见温瀚清恐怖的笑容。现在爱丽丝心口的温度，让她抱住尸体都算取暖。

冬天已经来了，地上还有未融化的积雪，踩在上面咯吱咯吱的。莹白的世界在她眼里剩下的是苍白与无力，她想不出从前那些梦幻的形容词了。她想起黎星若总是在她兴奋地看着那些景色的时候表现出无奈和不耐烦，那种不耐烦的神情，她突然就明白了一点点。

她脑海里一直会放着温瀚清那句："爱丽丝，你真的很有进步，没有像以前一样大吼大叫，你成熟了稳重了，可这却是我最不愿意看到的，你能理解我吗？"温瀚清的脸被夕阳照得十分灿烂，就像小时候他们下午跑去离宫的泉眼喝水时那样，金黄金黄的。

可他的笑容为什么那么可怕？这份恐惧在回忆中蔓延着，浸染了每一个角落，连回忆中温瀚清的笑容都变得狰狞起来。

但温瀚清照旧和她一起上下学，像什么都没发生过一样。第一天爱丽丝想躲，他跑上来，笑容温暖如故："一起走吧。"

爱丽丝有些蒙，一瞬间分不清那天医院楼道里的事情到底有没有发生过。直到他们一起走到魁星园附近，温瀚清开口说："你不要太介意，无论我对别人如何，我对你永远是真心的，我真的希望你好，想保护你，我不希望看到你成熟，成熟太痛苦了。"

爱丽丝转头看向这位多年的恋人，他正在沿着武烈路看武烈河，说这话的时候他显得无比陌生，像个放学路上与她擦肩而过的陌生人。他的手紧紧握着爱丽丝的手，两个潮湿的手心相碰，让爱丽丝又舍不得他了。于是他们每天又一起走，两个人在旁人看来好得像两块胶皮糖，将永永远远黏在一起。

爱丽丝每周五晚上在大礼堂练舞，时间照旧，温瀚清也照常陪着爱丽丝一起去,他每次还是会拿着习题册在观众席上做题,他做了一张又一张,对答案后没有一道错题需要修改,错题本对他来说永远只是草稿本。

台上爱丽丝迎着追光谢幕,整个四月是她最后一场演出的排练时间,为了五一劳动节的晚会,她们要把上次拿奖的《镜中人》稍微改几个动作,重新拿上去演一遍。

根据宋疏鸿和宋疏渺商议的计划,五一晚会结束后爱丽丝就彻底不再学舞蹈了。她和温瀚清都即将迎来高二升高三的期末考试,爱丽丝说服了父母这次排练结束拿到奖状之后就不再跳舞了,她想去考中文系。如果文化课实在跟不上,也可以像其他艺术生一样去考个剧作和编导之类的专业,比起表演她还是更喜欢创作。温瀚清还自告奋勇给爱丽丝辅导数学,一副负责任的小大人模样,让人放心得不得了。

温瀚清对她像往常一样体贴,甚至更好,偶尔还把舞鞋用手提着,顺着春暖花开的大街陪她一路走到仲仪最近投资的咖啡厅吃晚饭。路上爬山虎已经爬满了情人路,发黄的嫩绿,温瀚清手里提着爱丽丝的鞋,他穿一条灰色纯棉运动长裤配粉色衬衫,爱丽丝穿一条白色连衣裙和他并排,两个人都在周五放学后就把校服换了下来,此刻他们的背景是罗汉山和武烈河,他们养眼得像是一对电影中的恋人。春天就这么来了,不顾人的感受说来就来,树叶也不顾爱丽丝的心情有多灰,说绿就马上绿意盎然起来。

"周六想去做什么?"温瀚清会在每周五晚饭时问她。他问这话时无论在切牛排还是拌沙拉,总是手上做着,头却抬起来,一双眼睛炯炯有神地看着她。仲仪投资的咖啡厅里有许多五颜六色的串灯，将温瀚清的面孔打得如霓虹一样。热烈的邀请一次又一次，好像要把近日爱丽丝所有痛苦而空旷的夜晚都填满，她一下忘了夜里不断提醒要离开温瀚清的那个自己。

爱丽丝会低下头扒饭，像考砸了的小朋友面对家长逃避分数那样："复习。"她多么不想承认温瀚清是自己青春期的零分考卷，他长得太像满分了，尽管清醒时能轻而易举发觉他就是零分。

可温瀚清就站在眼前，他是她此生至今为止唯一的爱人，不是什么梦幻泡影，不是什么转瞬消失的风。他结结实实摆在她眼前，像是象征他们秘密国度的雕塑。在这个秘密国度里住着飞行员和作家，飞行员温瀚清会开着飞机，带着作家爱丽丝冲上九霄采风，在梦幻国度，无论写出什么烂句子都能扬名天下。

"啊，这样……我也要复习，我明年要考飞行员，提前批，要体检，除了复习我还得健身，每天我都……"温瀚清的声音在爱丽丝的耳中模糊起来，她确实需要周六好好温书了，最近她经常放空自己，就像眼前温瀚清还在说话，蹦进她耳朵的却只有"拉伸""俯卧撑""臀桥"几个词语，老师在课上讲的数学题，蹦进她耳朵的也只有"sin""tan""等差数列公式变形"……确实应该好好复习，她也意识到成绩在直线下滑，舅妈正在和舅舅商量要不要给她请家教，父母打电话专门抱怨过，说她从艺术生转文化课考生转得有点晚，不知道能不能跟得上，全国一卷又那么难。

温瀚清的生日在五月，爱丽丝提前就送了他一件宽大的风衣外套。提前送礼物意味着不去生日聚会。温瀚清倒是对那件外套爱不释手,一件黑色的鹿皮绒长风衣,爱丽丝排练时,温瀚清穿着它在观众席上,隐没于阴影之中,但一开灯又能清清楚楚看到他在那里等着。

自从温瀚清对爱丽丝讲了黎星若的一部分事情后,她觉得无论在家里还是在学校都待不下去了。在家里她越来越沉默,仲仪做了好几次她最喜欢吃的菜,却发现她纹丝未动,而是揪着以前最不爱吃的炒青椒一吃就是一盘。

于是仲仪认定外甥女在减肥,心疼得一个劲儿地给她做心理工作,还给她一张自己投资的咖啡厅金卡,里面有五千块钱,让她每周五加餐,甜品炸鸡也可以想吃就吃。

以前仲仪是万万反对外甥女在外就餐的,总觉得外面的东西再好也没有自己亲手做的放心,而且即使是自己投资的咖啡厅里的餐饮,她也担心糖分和油,怕毁了外甥女练舞蹈的身材。但现在仲仪的标准因为爱丽丝的变化放低了,只要能让她多吃点,怎么都行。

可每次仲仪关心爱丽丝的时候,爱丽丝都想抱住她大哭,可怜的舅妈,一直被黎竹西和舅舅蒙在鼓里!可她不能说,什么都不能说。

因为温瀚清有选择性地讲出黎星若的痛苦和宋疏鸿的秘密后,已经说服了爱丽丝:"即使你揭开了,你能改变什么?你只会让他们活得更糟。你想一想,如果你能一直活在'生活的表皮层'该有多好?"

爱丽丝点点头,她在心里重重地安慰自己,谁敢钻进生活里窥探生活的真相,就会遭到生活的报复。

她想起黎星若的日记里写过:"一个小孩子,天真是幸福,太天真就是不幸。"

此刻她真的懂了自己就是那个不幸的人,懂得的一瞬间,像正式演出时穿破了的昂贵的羊皮舞鞋,忍着脚尖上的狼狈还是要继续跳下去,泪水为了不被人看见,要从脚尖流出来。

可偶尔深夜时她也想,如果重来一次让自己选择,她还会去听那些秘密吗?她会让自己去看到真实的温瀚清吗?温瀚清是真实生活的导火索。

她想不出答案。就像黎星若的日记里经常出现的填空题,里面写着:"我是个怎样的孩子?"她最后看到黎星若写出的答案:"我是个肮脏的孩子、该死的孩子。"

爱丽丝在日记的最后一页写下:"我是个天真的孩子。"

写完后她觉得对极了,不过瘾,又在句子的结尾打了个钩。写了个一百五十分,这是全国一卷数学科目的满分分数,也是一道全对的概念计算题。"我是个天真的孩子"这句话里没有一个贬义词,但是她肯定这句话比黎星若的"我是个肮脏的孩子、该死的孩子"要贬义得多。

极羽 II

五一劳动节的演出《镜中人》没能如期上台,排练的最后一天绿宝石起了场大火。颐粟城的中学生从贴吧上看到这个消息戏谑地说二〇一二年世界末日还没来,绿宝石就在二〇一二年的四月被烧毁,塌了一半,一二三层的绿玻璃全部要重修,青艺被安排搬到了小红楼,正在排练的演出一律暂停。

起火的原因是人为纵火。纵火犯是佳木校长。

佳木校长的家人已经在疗养院陪伴他一年之久,最近发现佳木校长出现一些精神问题后,原本计划是在医院治疗完剩余疗程就送他去精神病院。结果佳木校长的女儿一时疏忽,这一天没等到丈夫来医院替班看护,就匆忙出去接孩子放学,让佳木校长有整整两个小时的时间没人看管。

据出租车司机回忆,佳木校长打车、告知地点、付钱一气呵成,除了身上穿着的病号服,完全不像是病人。据出租车司机回忆,佳木校长讲话时气宇不凡,有领导风范。

当时爱丽丝正在地下一层排练,大火从一楼烧起,封住了出口,学生们闻到烟味跑得快,大部分都跑了出来。

只有爱丽丝,在这最后一次排练时穿的是正式演出用的高跟鞋,跑几步就崴了脚,偏偏又有呼吸道脆弱的病,老早就得过咽炎,浓烟滚滚下被呛得几乎晕过去。晕过去之前她想起父亲艾远在她很小的时候告诉过自己,火灾中大多数人不是死于火烧,而是烟熏窒息。

"所以,我是要死了吗?"爱丽丝摔倒时感到天旋地转,不知道自己是头磕到了什么东西还是单纯被烟熏的,倒在地上就起不来,她只能凭借身体的触觉知道,自己是倒在地下礼堂通往一楼的楼梯上。

她再醒来时是在普通医院的病床上,身边坐着宋疏鸿和仲仪。看到她醒过来大家并没有什么诧异,只有仲仪抹着眼泪说:"还好没事。"

"消防员叔叔把我救出来了？"爱丽丝在病床上一大口地深呼吸,除了嗓子有点哑没有什么不舒服的。

宋疏鸿一边端一杯水给她喝,一边缓缓告诉她:"温瀚清进去把你抱出来的,你要不要去隔壁看看温瀚清呢?但是舅舅保证,他绝对没事的,只是胳膊划了个口子,其余的,一根头发都没少!"宋疏鸿边说边点头,像是在肯定自己的诊断。

爱丽丝瞬间怔住,脑子又乱起来,震惊里掺着复杂性极强的感动。宋疏鸿在旁边细致描述了经过,所有人都跑出来了,温瀚清跑到一半发现爱丽丝没跟上,就返回去救她。据说温瀚清是用地下一层卫生间水龙头的水,把那件爱丽丝送的外套浸湿,紧紧包住了爱丽丝,像怀抱一团行李那样将她抱出来,但他自己的胳膊被掉下来的灯光支架划了个大口子,口子在左手肱二头肌正中间,四厘米长,很深。

除了这道口子,温瀚清全身只有腿部有几处擦伤。当爱丽丝跑到隔壁病房时,发现根本没有人。她急忙跑回病房,用宋疏鸿的手机拨通孟祝的电话,打了三次才有人接,等待接听的时间仿佛有一个世纪那么漫长。

电话那端孟祝的声音很冰冷:"爱丽丝,温瀚清没事,我正带他去北京看一下手臂上的伤口。"旁边传来温瀚清的一声"妈",但很明显被孟祝凶了回去,不再出声。

爱丽丝沉默了一会儿,开口说:"对不起,谢谢。"声音里有哽咽。

孟祝那边没再说什么,直接挂了电话,爱丽丝耳边是嘟嘟嘟的忙音。她端着电话一直听,感到自己仿佛驾着一艘船来到了无风带,无法前进也无法后退。直到忙音自动消失,舅舅拍了拍她的肩膀:"爱丽丝,别难过,你要理解孟祝阿姨的心情。"

爱丽丝转过头,一双小鹿眼冷冷地看着舅舅的眼睛,里面满是厌恶和冷漠:"我不理解。"

"你怎么啦?"宋疏鸿惊讶地看着爱丽丝,她居然把宋疏鸿的手从肩膀上甩开,一点都不乖。

爱丽丝冷笑一下,歪着头像坏掉的洋娃娃:"我不理解为什么你身上有烟味,也不理解为什么你和温瀚清都对我那么好。人为什么那么复杂,为什么有那么多面,我不理解,也不知道该不该爱这个世界。"

"傻孩子,舅舅从来不抽烟,烟味估计是赶来看你的时候,从别人身上沾的。乖,是不是呛到你了?"宋疏鸿关切地看着她。

爱丽丝刚要开口说什么,仲仪就赶上来抱住了她。

仲仪只轻轻说了两个字:"算了。"她短粗的手覆盖住爱丽丝的脸,像半张面具。

第七章　光

光 I

天阴过又放晴,六月的初夏一场接一场地下雨,雨后的空气里,凉意像薄荷变成无数根小针刺进皮肤,任谁都要打冷战,起鸡皮疙瘩。爱丽丝就是在这个时候每天裹紧了外套出门,在南营子大街的新华书店二楼阅读区，捧着杯热水温书。大火过后，她请假休养了一个月，与其说是请假休养，不如说是为了补课。她每天要往返于三个老师家里，分别补习数学、地理、英语。

偶尔在数学老师家做数学卷子时，她也会想起温瀚清。想起他的时候，她会觉得这个男孩子像是上辈子出现的人。给她补课的数学老师，是个已经退休的数学组教学组长，姓许，高一时教了爱丽丝他们班半个学期就退休了。

许老师一脸慈祥，笑容里含着的皱纹都充满善意。她常在爱丽丝来上课时给爱丽丝泡各种名贵的花茶，还留爱丽丝吃午饭。许老师家里有两个冰柜，里面塞满了在北京工作的儿子节假日回来探亲时给她带的食物，可许老师胃口小，所以经常在爱丽丝课后留下吃饭时，一做就是一大桌子菜，四凉三热是常态。许老师和爱丽丝聊天，聊起温瀚清，许老师倒是有着和其他人不一样的看法。或许是饱经岁月洗礼的老人眼中特有的混浊光芒，容易将人的情绪弄得复杂，也或许是许老师此刻讲的事情本身就很复杂。

休养的一个月中，有次爱丽丝回学校拿书，发现温瀚清已经不在学校。她的座位后方空荡荡的，没有堆满的草稿纸，也没有成摞的练习册，桌子干净得反光。周围的同学看到爱丽丝进入班级，一下子都安静了下来。后来临时当数学课代表的一位女同学带爱丽丝去办公室拿卷子时，偷偷告诉她温瀚清转学了。她们一起抱着卷子走回教室，爱丽丝拿着属于自己的那份走出校园，周遭的树早就和人造草坪一样绿了。

爱丽丝想起，那天留下吃午饭的时候许老师讲起以前的一个案子。许老师说自己多年前还没调到颐粟二中时,曾经和孟祝在颐粟八中共事,有些事情她不好说,但是她觉得爱丽丝还是好好学习,目前不要想别的。爱丽丝想起许老师那双混浊的眼睛,霎时间仿佛有热风从心头拂过,干燥又炎热。

最后她是在黎竹西那里听到了那件不知真假的事情。

当年逃犯陈志茹绑架了五岁的黎星若,和另一个帮凶在仓库里殴打黎星若,那个帮凶就是温瀚清的爸爸温明松。这么多年,颐粟二中为了声誉,一直压着这件事情,时间久了大家也确实淡忘了。而孟祝当初给杨淮左跪下,是希望大家都能对这件事守口如瓶,毕竟是温明松欠了赌债,所以走上了和陈志茹一起抢劫银行的犯罪道路,但是温明松已经被警察当场击毙,孟祝心里唯一希望的是这件事不要对温瀚清产生什么影响。黎竹西承认当初杨淮左和温明松竞争颐粟二中校长的时候,她发短信威胁过温明松,但那只是正当竞争手段。这个版本后来还得到了爱丽丝母亲宋疏渺的认证,说这是他们那一辈大部分人知道的真相。

黎竹西讲这些时正在疗养院的月子中心里疗养,她五月底生了个男婴,六斤四两,白白胖胖。爱丽丝在疗养室里见到黎竹西时,感觉她讲什么话脸上都有一股母性光辉。她看起来那么善良,望着婴儿床时珍惜的样子像是可以为他去死。如果不是爱丽丝曾经目睹过黎星若死后那段时间黎竹西的冷漠,她简直不敢相信眼前这位母亲与那位母亲竟是同一个人。

爱丽丝没有提温瀚清报复黎星若的事情,她这次是专门来送补品给这位刚生完孩子的干妈的。而她心里也十分清楚,黎竹西愿意和自己讲这么多,是因为杨淮左要向上调任了,需要用到自己姥姥家的人脉,所以关系真是越来越亲了,像一家子似的,没什么不能说的。她已经完全做好了当领导太太后享受生活的准备,整个人容光焕发,目光弃满憧憬的神采。

爱丽丝不知道的是,在她探望黎竹西离开医院的第二天,出差已久的杨淮左就回来了。他这次是来提离婚的,他觉得这几年黎竹西脸上渐多的雀斑实在是不好看,让他倒胃口。他给自己物色了一位北京老婆,北京本地人,户口和家里的关系都有利于他再往上走一走。只要他通过黎竹西生的这个长孙,拿到他老妈的钱,就可以光明正大迎娶这位北京的新太太。

黎竹西气得直哆嗦,咬牙切齿地告诉他:"你知不知道孩子根本不是你的?你和我离婚,孩子是要跟我的,这样你还是拿不到你妈的资产。"

杨淮左轻声笑了:"如果你说孩子不是我的,那我可以起诉你,让你离婚后一分钱都拿不到,和孩子一起净身出户,你可以想想你妈的病,"他拍拍穿的西装裤子,从沙发上站起来,"我早就知道不是我的,"他摇摇头,"你太蠢了,还总是自作聪明。"

说完杨淮左就离开了病房,留下黎竹西一个人枯坐在病床上。

升高三的暑假爱丽丝接到了温瀚清的电话,电话那边的声音比以往记忆中的成熟了许多,说着要见面的计划。接电话的时候爱丽丝正在武烈河沿岸,本来计划要去体育馆游泳,接了电话之后一下坐在情人路的椅子上,觉得波光潋滟的武烈河格外刺眼。爱丽丝没有回绝温瀚清的邀请,可他迟迟没有回来,一直拖延,后来听说孟祝给自己办了外地的蓝印户口,温瀚清要在外地高考,而且之后也不大可能回颐粟城。

温瀚清因为救爱丽丝胳膊受伤留下了伤口,让他没办法再考飞行员,飞行员的梦想破裂后,他也不愿再联系爱丽丝,渐渐消失在了她的生活中,不知道是消沉了下去还是开始了新生活。他的十六岁,爱丽丝也没能看到。

宋疏溯和艾远都回到了颐粟城,爱丽丝也和父母住在了一起。颐粟城的高三暑假短开学早,这一年七月一日就开学了,那天刚好是爱丽丝十六岁的生日。她早上路过舅舅舅妈家,本来已经走过了,却还是忍不住心中的一点小期待,折返了回去,打开家门口的信箱,发现里面并没有温瀚清的明信片。她走进桃李街,路过绿宝石,大楼已经重新修好了,走在外面也能听到里面传出的音乐声和舞蹈老师喊拍子的声音。她趴在窗户上看一楼的空教室,里面还有温瀚清捧着奥数金牌的照片。门卫大叔拍了拍她:"哎,玻璃上都是灰,别蹭脏了衣服。"显然,他认出了这是校长的外甥女,露出了一脸讨好的笑容。

爱丽丝离开窗户,点点头:"但是下过几场雨后,就会洗刷得很干净的吧?"她背着书包快步跑向学校,想起今天是新学期的第一天,应该会有摸底测验。她跑进颐粟二中的校园,跑进了十六岁,因为怕迟到她跑得很快,带起来的风把泪吹干,她发觉,只有她跑进了十六岁,黎星若和温瀚清,都消失在了十六岁这一年,从此他们是三条永不相交的平行线。

光 II

二〇一一年七月二日上午十点五十分,十五岁的黎星若登上绿宝石六楼天台,左等右等,没看到温瀚清。十一点,黎星若凭着对自己作为舞蹈生良好的平衡感的自信,跨过了厚玻璃围栏。此刻她看到正午的太阳已经快到头顶的位置,她没戴手表,但她知道自己上天台的时候是十点五十分,她猜现在已经十一点了。这么快的心跳跳了这么久,十分钟肯定早就过去了。她想,如果温瀚清不想让她死,就不会现在还不出现。黎星若骑在厚玻璃围栏上,思考了一下,把另一条腿也挪到了玻璃围栏外面。

于是黎星若彻底坐在了厚度不过十二厘米的玻璃围栏上,她第一次把双腿悬空在这么高的地方俯瞰桃李街,除去最高的帝景园大厦挡住了视线,她能看到行人们在街道上来来往往。

"什么时候才会有人发现我呢?"她想起了很多电视剧里的情节,会有人大喊:"有人跳楼!"于是会有一群人围过来在楼下仰头看着她,七嘴八舌地安抚她。她打算自己今天的结局是落进消防队员的弹力垫上,那个影视剧女主角都会落进去的黄色垫子,回家后她也许会挨骂也许会挨打,但起码是一种证明,向温瀚清证明她是真心的,也是一种发泄,毕竟对宋疏鸿,她想这样折腾都不可能。

黎星若开始用目光四处寻找温瀚清的身影,她不知道温瀚清就在绿宝石楼下的肉夹馍店里偷偷看着自己。突然,她看到了一些纸屑,卡在玻璃围栏的低处,仔细辨认了一下,发现是上次和孙一辛一起在天台时撕碎的比萨斜塔明信片的残屑。

"都一个月了,居然还在。"她看着比萨斜塔的碎片,自言自语,扎起的丸子头的碎发在她的额角随风飘动。她看着这些碎片,猜测着这个部分是比萨斜塔的门还是窗,她看着看着,身子一歪,不受控制地掉了下去。掉下去之前的一刻,她还想着用力回到围栏里面,却没意识到她早已经回不去了。

明信片碎片被她的练功服飘带刮了一下,居然从缝隙里跑了出来,和她一起坠了下去。可惜那片比萨斜塔的碎片太小了,没人注意它坠下去的样子像翩翩飞舞的蝴蝶那样美,落地后它迅速被黎星若的血渗透,后来被当作和现场所有的叶子和废纸一样的东西,丢进了清洁工的垃圾车。

怎样到夜的尽头去

对于岑欢这类高管而言,夜是随着笔记本电脑合盖的声音黑下来的。凌晨两点,天才算黑。加班过后她常失眠,明明早上八点就要起床化妆去公司开启新一天的战斗,可她总得习惯性地玩上两个小时手机才能入睡。在这一年的十月之前,岑欢通常是用手机购物,买些有用或没用的东西,这是她为数不多的解压方式之一。在上海这座小布尔乔亚气息浓郁的城市里,她看起来体面光鲜,却常感到如同独居深海般的孤寂,工作占据了她生活中的大部分时间,赚到了钱却没时间花,所谓上升的道路像个无底洞,明明向上走着,精神却向下坠着。

于是岑欢和其他白领一样,开始喜欢在深夜加班后网购——这是他们这群高管每天加班结束,大脑这个 CPU 高速燃烧过后的最佳缓冲方式。但这几个月,岑欢的夜间生活从购物变成了看直播,"大王紫"闯入她的生活只用了十五秒。

遇到大王紫的开端,是有天岑欢和助理小雪对接完工作后的凌晨,购物软件通知她某旗视店在短视频平台做活动,在直播间可以抽到限量版化妆包,她下载了短视频软件后,买完东西就闲着无聊刷了一会儿短视频。大王紫的视频,就是在这个时候通过同城推送找上她的。那条主宰了他们初遇的视频共十五秒,前五秒都是模糊的,伴随着音乐,画面逐渐变得清晰——一张酷似明星的脸,在椰树下回头,笑着把阳光收到他深邃的双眸里。她看了好几遍,觉得他和目前网络上流行的男主播长得格外不同。大王紫的头像显示他正在直播,她点了进去,发现平台审核过的无美颜无滤镜镜头下,大王紫的脸和短视频里的他完全没差别,甚至更帅气自然。

她一点进去,这位明星就开口说话了。

"欢迎你啊,岑欢,晚上好。"

她才想起自己是用真名注册的短视频账号,但想想觉得反正自己是个素人,也就没改昵称。

"晚上好。"她在评论区礼貌回复。

大王紫笑了,露出一排整齐的牙齿,左边有一颗虎牙:"欢迎关注我,可以加一下粉丝灯牌哟。"

"不啦,不关注陌生人。"她回复了一句。

没想到大王紫笑得更加帅气了:"关注下嘛,这样岑欢就可以经常来我直播间和我'约会'了。"不像其他求守护的主播一上来就要求刷个礼物,初次接触大王紫就表现出在这个平台无数主播中少有的涵养。

约会?

岑欢想不起上一次约会是什么时候,甚至不记得在那个约会中前男友斯桀——那根在她大学生涯中主动靠近她的救命稻草——与她做的任何一件事，只记得那几天她刚升了职，在迁入新办公室开始战斗之前，领导为她放了几天假，说让她休整身心，好赶快更好地投入工作。最后一次约会就发生在那几天的假期里，她和斯桀一起去了次海南岛。

后来她几次在无聊失眠的深夜里，努力回忆那次海南岛之行，却总是在记忆的模糊地带卡住，像只饥饿的秃鹫在腐肉上空盘旋不定。高耸的椰树插入湛蓝的天空，滚烫的沙、热烈的他……都在她工作彻底忙碌起来后的半年里消失不见了。约会，散发着腐烂却足够诱惑的香气，她是寻腐味而来的秃鹫，孤独的秃鹫。

岑欢还是点了关注，退出直播间之前，她花一元钱加了个粉丝灯牌，顺便没有理由地和大王紫发了个小脾气。她在评论区里留言："哼，谁是你姐姐。"

这是岑欢和大王紫的第一次"会晤"，隔着屏幕，她只消费了一元钱，就买到了平日里在购物平台几千元都买不到的心神荡漾。大王紫在她停留在直播间的二十几分钟里，分别问了她工作的忙和累，给她推荐了几部电影。明明岑欢是直播间里话最少的人，但大王紫一直在和她说话，好像下面留言的人不存在一样。岑欢仔细分辨了下，觉得应该不是套路——留言的人级别各不相同，里面甚至还有带着铁粉标志的人，但他还是在专注地和自己聊天。

后来岑欢终于与大王紫见面，终于一起去了海南岛旅行，她都问起过这个问题："那么多人你为什么只和我说话？"这是种甜蜜的明知故问。岑欢作为收入颇高的金融领域的高管，加之还算好看的外表,无论何时,在社会中的任何一处,都很容易被人因为她自身的附加条件加以特殊照顾。唯有那天在直播间里,她披着一件弱势的"互联网马甲",作为小透明被大王紫无理由地重视着。

好看的男人总是更容易让人心动,那双卧蚕饱满的桃花眼没来由地饱含着不知从哪里冒出来的深情,透过屏幕辐射到她荒芜的原野上,似乎有些因辐射而变异的畸形植物想发芽了,种子们蠢蠢欲动着,这种奇特的感受现在在互联网上,和某些其他更简单或更复杂的情绪一起被概括为"上头"。岑欢确实上头了。

"为什么只和你说话?"其他男生听了会一头雾水的问题,大王紫有着站在女性角度颇为完美的回应:"一种感觉,好像是种命运,我预感到有什么美好的事情要降临在我身上。"

"是我吗?"岑欢第一次听到这个答案时,满心期待,面前的大王紫不置可否地笑了。

"那肯定不是我,"第二次也是最后一次听到这个答案时,岑欢笑着摇摇头,但很快,笑容在她脸上消失了,"但这个回答,是专门为我设计的,对吗?"

椰树下林涛作响,大王紫笑着摇了摇头,清爽的发丝随着海风丝缕分明地飘动:"欢,你疑心太重了,"他抬手摸她的头,"别多想。"他的话音一落在沙滩上,她就又重新沉入梦幻里,热浪冲昏头脑。

最开始岑欢是不肯加微信好友的,在短视频软件的私信里,大王紫告诉她:"你看直播时给我刷了飞机呀,要不是你,我PK(对决)可就输了,我们加微信交个朋友吧。"岑欢以工作忙为理由拒绝了。后来她偶尔进到大王紫的直播间,看到他在和别人打PK,即使只是在旁边观战,大王紫也会发现她进了直播间。

"嗨,岑欢,还没睡？"他一边忙着摇花手,一边手忙脚乱和她打招呼。

"打PK"是主播之间连线的一种方式,两个主播或者最多四个主播像开视频会议一样同时出现在屏幕上, 每场PK的竞赛时长是四分钟,谁的粉丝刷的礼物多谁赢,赢的主播会恭喜本场为自己刷礼物最多的粉丝,并且称这位粉丝为"MVP"。

赢的主播可以在四分钟的竞赛结束后选择惩罚输了的主播的方式,惩罚方式分为才艺和体罚两种,才艺惩罚环节可谓八仙过海,唱歌的、跳舞的、变魔术的,体罚则是蹲起,通常就是罚五十个。岑欢常看到输的女主播在直播间里大跳钢管舞,大王紫不像其他怕女粉丝不高兴的男主播一样装作不感兴趣,而是认真看完后客观评价对方"很性感""感觉认真准备过才艺,很辛苦"之类的,礼貌地笑着,像在评价一件艺术品一样,尊重着对面穿着并不体面的女子,不带任何情欲地尊重着。断开PK回到自己的直播间后,他会放上一首歌,和大家聊聊天。

几次PK看下来,岑欢也会在直播间里刷上几百块钱的小礼物,听着大王紫的声音沉沉睡去,几次睡眼蒙眬时她能在彻底睡着前的一刻听到他说:"岑欢睡了吗?晚安咯。"几百元是她偶尔花费的面膜钱而已,却能买到些安心,她不觉得这是过度消费,因为她心里有只老虎追着自己,血盆大口发出慑人的腥臭。

那只老虎不停地对着她的心嘶吼:"你得把钱都花完,都花完,不花完钱就不是你的,花了钱,钱才真正属于你。"

最后还是加上了微信好友，原因是大王紫在直播间里和岑欢聊起她平时的饮食，岑欢说自己常忘了吃午饭，下播后大王紫自告奋勇要给她点外卖。在当天中午，一份闪送到达了岑欢的办公室，居然是纯手工的爱心饭。

岑欢感到自己心底有个小人儿在转圈圈跳舞，轻快的舞步把过去的某些回忆重重地踩死了。岑欢一口口吃着用芝麻拼出她名字的盒饭，又想起斯袂和自己说过，感情是互相付出，不是单向救赎。她低头看着饭盒，这算不算付出呢，还是算救赎？岑欢分不清，她只知道居然有人会亲手为自己做工作餐了。

对于岑欢这样的人来说，感情不是救赎还能是什么？就算一步步走进的是陷阱，只要里面的诱饵足够甜蜜——或者只需要看起来甜蜜，她便浑然不觉脚下荆棘给的刺痛，被蜜汁灌满口鼻，最后幸福地溺死在罐中，这甚至比痛苦地活着好多了。母亲从去年开始没再带着弟弟过来找她要钱了，而是选择扣留她的户口本，并告诉她："你不养你弟弟，不给你弟弟买房子，你就别想回家。"

那时岑欢好不容易有了买房的钱，并在心里默默树立了一面叫作安全的旗帜，但母亲在一个清晨带着弟弟、弟媳，龙卷风一样造访了她的家，将这份安全感卷得稀碎。以往这阵龙卷风只会让她失去一些现金和弟媳看上的包包、衣服，但这次他们格外沉默地坐在沙发上，显示出岑欢从前从未感受过的宁静——可宁静从不属于她的家庭，她明明是在争吵中长大的。

母亲说以后他们不来了，因为弟媳怀孕了，他们准备换套大房子，现在呢，希望岑欢可以自己先别买房，用那些钱来给弟弟换个大的住房,用来迎接弟媳肚子里还不知道是男是女就已经被称为"大孙子"的婴儿。只要这套房子岑欢能给弟弟买,他们以后就不来打扰她了。

但如果岑欢不同意,他们不但要定期过来"拿点东西",还要扣押岑欢的户口页,让她没办法和斯桀结婚。

当时的岑欢还和斯桀住在一起。岑欢记得那是个混乱的清晨,初秋的落叶在她窗外随着不小的风飞卷于空中,母亲的表情格外严肃,弟弟、弟媳一如既往的理直气壮,她好像是愣在原地的,也好像是哭了,因为那时她下巴好像偶有一阵阵冰凉的泪水,但又很快被羞愤的火烧干了。她只记得那天斯桀从卧室里穿着睡衣走出来,用手机对着母亲、弟弟和弟媳录了一通,便拨打了报警电话,并且岑欢惊奇地发现,斯桀手机里还有前几次弟媳强行拿她包包、衣服的视频。警察提出,如果坚持斯桀报警时提到的入室抢劫、勒索,是可以向法院申请断绝母女关系的。

警局里的凳子很冷,但斯桀抱住了岑欢的肩膀,说:"清醒些,你可以没有他们,以后有我,别怕!"

但岑欢内心深处还是有股恐惧,这股恐惧是被母亲的哭声唤醒的,母亲要冲过来打她了,被警察拦住后母亲还挣扎着吼叫:"你这个没良心的,连自己的老娘和亲兄弟都害啊!你就是个白眼狼,我怎么没喂奶的时候把你掐死?你是我身上掉下来的一块肉,我怎么可能害你?"在母亲的眼中,岑欢似乎永远只是她身上掉下来的一块肉,而且也只是一块可以被吃或暂时不吃的肉,整块肉得任她烹调,抑或不吃的时候吊起来风干。

岑欢最终选择了谅解,她记得斯桀无奈又心疼的眼神,也记得斯桀临走前告诉她母亲和弟弟、弟媳,说如果再来,会直接起诉。她母亲冲上去拉起岑欢的衣服,把她的红腰绳扯断了,那是她父亲去世前给她买过的唯一的礼物。斯桀拦住她母亲时,绳子已经被她母亲攥在了手里,岑欢的腰上则留下了争抢时磨出的火辣辣的伤痕。

那天之后,斯桀为岑欢更换了手机号码,换租了新房子,她再也没让她母亲联系过她,理智上她知道这是场灾难式的亲情,应该躲避,可脑袋里的情绪却是羞怯。

岑欢如愿交付了房子的尾款,并且开始供贷款,贷款对于已经升职的她来说不过是小钱,可她却再也存不下什么钱。她明明知道母亲是错的,可就是忍不住的愧疚,心里有四五个小人打架,大多数的小人告诉她这是不孝顺的,可少数的小人更强大,告诉她那些老旧的观念应该滚蛋。

和斯桀分手后岑欢开始购物,没有了亲人的缠绕她终于有了大把的闲钱。

钱可是一定要花掉哟!她心底有个声音这样告诉自己。

钱只有花掉才是自己的,不花掉总感觉它随时会被龙卷风吹走,毫无准备地消失得无影无踪。

"你爱我吗?"第一个夜晚,大王紫吻着岑欢的额头。这不是个普通的问题,这个问题上一次问是在直播间,打赏第一的 MVP 可以在直播间与主播直接连麦对话三分钟,评论区会众星捧月般给他们起哄。

"来咯,MVP 的岑总,连线三分钟开始!"

"谢谢岑总对大王紫的爱！"

"为真爱刷999！"评论区马上冒出许多"999"。

"终成眷属的三分钟！"三分钟好像又确实不太久。

"今夜我们都是伴郎伴娘！"

起哄的内容是快餐般油炸式洗脑，让岑欢很久没有恋爱的小脑一下就被炸熟了。评论区还有人直接把名字改成"岑总和大王紫的CP粉"来给他们炒气氛。明明两人从未相见过，却仿佛已经在热恋期的甜蜜巅峰了。这是一场狂欢式的互联网婚礼，尽管只有三分钟。

有评论开始带节奏：大王紫叫老婆！岑总叫老公！也许是入戏了，大家都不觉得尴尬。

大王紫看起来很害羞，捂着额头笑了，但非常绅士地告诉评论区里的人："大家不要为难岑总，人家可能看不上我，哈哈，我一个人叫就好咯，"他将酷似明星的脸放在镜头前，告诉她，"岑欢，我的老婆，我爱你哟，你爱我吗？"面都没见过的两个人，在三分钟里能有多爱？

但评论区炸了："哦哦！好苏的声音，岑总也说一个嘛！"

连线的岑欢猛吸了一口气，终于开口了："我……我也爱你。"

评论区的"叫老公！"此起彼伏，最终大王紫猛打圆场："好了各位，我的新婚妻子比较害羞，各位不许为难她，但是，岑欢，我的妻子，"他笑了，"喜欢我吗？"

"……喜欢。"

岑欢下了线，心里久久不能平静，这种心跳加速的感觉是什么？理智让她判定这不是爱情，大王紫每次直播五个小时，要做至少三十场 PK,能赢的 PK 最少有一半,要和本场打赏最多的人做三分钟的连线少说要做十五场。她在屏幕上看的时候明明没感觉,可不知为何,第一次连线后,她就对这魔幻的三分钟开始上瘾了。一座冰山苏醒似的,融化后流动的水让她的身体重新有了生机。

一个好的原生家庭能成就你,一个糟糕的原生家庭会杀死最好的你。这是岑欢费劲考上重点大学之后才知道的真理。

许多人与人之间的距离,不是靠学历和努力就能拉近的,许多人与人之间的隔阂,几乎是生来注定的,无论找了多好的工作,赚了多少钱,那种不易察觉的隔阂感依然存在。比如,她不觉得下午茶是一种必要活动,喝奶茶,端一杯走在街上不也是喝吗,和坐在好看的沙发上喝有什么区别?再或者,手办这种东西真的有必要买吗,不就是块不实用的塑料,买了,二次元里的人也不会真的来到身边不是吗?她花了好久才明白这些没意义的事物真正的意义,在这短促而残酷的成长过程中,她遭受了比在原生家庭中遭受过的更多的冷眼。

等到岑欢有钱了,她开始学着给自己买点什么没用的东西,一把昂贵的梳子、一套薄如纸的红酒杯子、一个百元的发圈,她使用它们的时候没有丝毫幸福感,忍耐、痛苦……她忍受着使用这些东西时的负罪感,艰难地在人生旅途中向前爬行着。明明她有着比大多数同龄人更好看的外表、更聪明的头脑,可她却没能像个优秀的玩家般,在这个世界走一遭的过程里来一场狂欢。岑欢经常看着宿舍里某个家庭条件不错的女同学,娇滴滴地从包里掏出一个真丝小布袋,里面装着她的纸巾——纸巾为什么要用真丝包来装?她不经思考将这个问题问出口时,那个女同学一瞬间露出了让岑欢此生难忘的表情,一种极其细腻的厌恶,但女同学颇有教养地将那种表情收了回去,笑着打趣她说:"哪有那么多为什么。"但这还是让岑欢尴尬不已。

后来是同宿舍的另一个女孩给解了围:"可以不让钥匙划伤包包里层嘛,也可能因为打开看到就觉得精致让人心情好。"

好的生活就是,很多高质量的东西,无理由地出现在你的周围,就是一些美观、昂贵的东西出现在一些不必要的地方。尽管有些偏激,岑欢还是这么理解了。以前和斯粲还没分手的时候,每当家人给她的精神以冲击时,她就会购进一些昂贵且不必要的东西,让它们出现在自己的生活里。

如今,大王紫也像一个昂贵且不必要的奢侈品般,出现在了她的生活中。

岑欢和大王紫躺在海南的一座海底酒店里,窗的另一边就是能看到水族馆里各种生物的透明玻璃墙,一条鲨鱼在里面游来游去。大王紫的呼吸声很轻,有种易碎的美感,岑欢失眠了,望着魔鬼鱼张大的嘴巴,她再次陷入情绪的黑洞。岑欢想起过去的日子里,每当她陷入黑洞时,斯粲会抱住她,拉她去吃个消夜,给她讲讲道理,比如:"那不是你的错,你只是观念错误,你不帮助你的弟弟和母亲不是错,亲情不是没有底线的。"

但长此以往,岑欢还是好不起来,斯粲不再讲长篇大论的道理,而是开始催她工作了,希望她能用忙碌填满创伤期,走得更高,或者去旅行,选择短暂地忘记那些事情。她确实忘了,把斯粲也一起忘了,她记得最后她对斯桀表达的居然是怨恨——是他,让她没有了家人。她记得斯桀听到她的想法,笑了笑就走了,带着大包小包的行李,离开了他们的家。

这次海南之行是岑欢答应送给大王紫的生日礼物,与其说是礼物,不如说是补偿。大王紫生日直播那天,岑欢因为加班错过了他的生日专场直播,本来答应了是要去直播间送九个"火箭"给他的。于是大王紫闷闷不乐,好几天不愿意和岑欢见面,岑欢第一次心神不宁起来。后面岑欢对着大王紫哄了又哄,最终和好的条件是去海南岛旅行——大王紫想在三亚亚龙湾拍短视频,岑欢满口答应下来,订了机票和酒店。

亚龙湾的海滩上沙子还是滚烫的,大王紫在远处随着摄像机奔跑,摄影师是他在网上联系的,一看肤色就知道他和相机一起经受过海南太阳的无限考验,大王紫在沙滩上奔跑,对着镜头撩头发,一撩就是十几遍,把头发都摸油了,镜头一离开,他的脸上就有了疲惫和不耐烦。恍惚间岑欢突然想起最开始看到的那个小视频里,他站在椰树下灿烂的笑容。那个笑容,他究竟练习了多少遍呢?他的心,真的在笑吗?

下一次,他会出现在哪里?是杭州路边小资的咖啡厅窗口里,成为笑容可掬的男店员;是椰树林立的海岛街道上,穿着校服骑电动车游玩的快乐少年;还是昏黄路灯下,缓缓转过身朝她伸出手,她却无论如何都抓不住的一个靠近即碎的梦?

大王紫是个很好的聆听者,几次约会下来就将岑欢的身世听得一干二净,但岑欢却从没听过他的事情,只有一次在高级餐厅吃饭的时候,听到他给父母打电话,他大概没想到,她多年在职场打拼能听懂粤语,那些"养猪""下雨西间屋顶塌了"被她听得一清二楚。等他挂了电话又恢复成平时的样子时,岑欢不由得心疼。大城市的包容度在于任何一个人都可以活在这里,大城市的排斥力在于,无论你是本地人还是外地人,都要用钞票或美貌才能获得作为"人"的资格。

这次的海南之行动用的是岑欢的年假,提交请假申请的那天,岑欢向助理小雪说了理由,助理小雪大吃一惊:"欢姐,疯了?"

岑欢居然点了头,确实疯了,大王紫好像有什么魔力,让她明知道两人没有未来却还是心甘情愿付出。临行前的最后一个工作日的中午,助理小雪和岑欢一起喝咖啡,岑欢第一次与人分享她的"恋爱",说起大王紫在她刚申请账号的时候就一直和她聊天。

小雪的手在咖啡杯上摩挲了很久,说起了她曾经也因为学历不高找不到工作,刚毕业时做过一段时间直播。

"那后面你为什么不做了呢?"岑欢听到小雪说的收入数字,在心里迅速计算了一下,以她现在的助理工资,连以前收入的一半都不到。小雪抿嘴苦笑了一下,说自己当时被一个"榜一大哥"一路追到现实生活中,差点闹出人命。她还讲了许多关于主播的套路,似乎是在暗示什么。例如主播会在意两种人进入自己的直播间,一种是级别较高的大哥,一种是完全没有级别的新号,前者被主播重点关注的原因自不用说,但是后者就有意思了。小白号通常是两种人,第一种是已经有了固定守护的主播的高级玩家,为了自家主播不吃醋,用小号来和其他主播撩骚,另一种就是像岑欢这样的,为了领取大额消费券的有钱人,初入短视频平台,最易上手,最舍得掏钱。

"你看看,"小雪拿着岑欢的手机,"你这里第一条还有自动生成的领券视频呢,广告商设定的,领了有时候不经意一点,就自动发送在你的主页上了,准是被他经纪人发现了你这个'土大款',要不怎么就逮着你聊呢? 包括'氛围煽动',只要刷到最高就可以获得三分钟'连线谈恋爱'资格,不就是让你快速沉浸嘛? 好让你习惯虚拟的恋爱氛围,快速养成把不可能变为可能的奢望体制! "

岑欢和小雪聊了一下午,心中升起一股隐隐的痛感。这股痛感后来随着大王紫在网上直播后来岑欢家"吃消夜"时,在两人的欢声笑语中消失了。大王紫在她床上沉沉睡去,岑欢来到卫生间,发现自己最近黑眼圈很重,确实,有了他之后,她居然能在为数不多的睡眠时间里失眠——他不来她家的每一晚,岑欢都在死寂般的黑夜中瞪大双眼,床变成了棺材似的。这场"恋爱"实在是太诱人了,可是也太让她痛苦了。不付出任何日常的消磨,花些钱就可以买到一切嘘寒问暖的温存,但也要在金钱里苦苦寻觅似有若无的真情。

"人不可能一直活在虚假里,虚假是让人痛苦的来源,总得有点真实的东西支撑吧?"这是岑欢独自一人过夜时发的朋友圈,大王紫说,他不来她家的时候,就是直播太累倒头就睡了。隔天,大王紫在那条朋友圈下面留言:网络是虚拟的,爱你是百分百真实哟,亲亲。

爱是这么容易说出口,是这么容易做的? 岑欢在上班时突然走神,对着电脑苦笑。

"那天为什么只和你说话?"大王紫躺在沙滩椅上,摘下墨镜,"这个问题你不是问过了吗,小笨蛋! "

"你说实话也行，不用在意我的感受。"

"我怎么可能不在意你的感受，嗯，我的妻子？"又是不用付出任何代价的过界的暧昧从他嘴里冒出来，这么轻而易举地冒出来，"有种预感，有美好的事要降临在我身上了。"

"那美好的事，肯定不是我，"岑欢笑着摇摇头，但很快，笑容在她脸上消失了，"但这个回答，是专门为我设计的，对吗？"

大王紫摇摇头："欢，你疑心太重了，"他一边把手放在她的额头上，一边戏谑地笑着，好像在确认眼前的女人有没有发烧，"别多想。"

他又给了她的伤口甜蜜一针，是极强的麻醉剂："别多想，我，爱你。"

岑欢刚爬出来的躯体，就又重新坠回以爱为名的深渊里。

海南之行拍的小视频，让大王紫又涨了一些粉丝，他的事业在蒸蒸日上，岑欢却越来越没安全感，他依旧每天回复她的消息，偶尔也来过夜。但岑欢也在深夜里偷偷翻看过他的手机，他的微信黑名单里有几个人已经被拉黑，拉黑前的备注是"老床单"。她自己现在是新床单吗？苦笑几下后，她把熟睡的大王紫叫醒，发了脾气。

这一晚他们吵得过于凶了，凶到邻居过来敲门。

最开始是岑欢质问："什么是老床单？谁是老床单？是不是我也是老床单？"

他解释说那都是年少轻狂。

"你才二十六岁，多大算年少？"

"遇见你，我就觉得已经白头到老了。"

"不就是看上了我的钱？"

"你该不会以为你是我所有客户里最有钱的吧？"

"说漏嘴了吧！客户？如果我不给你刷榜，你会来陪我？觉得我从小过得不幸好拿捏？对！我不是最有钱的，但是架不住您苍蝇蚊子都是肉，出来卖什么都想要，大钱小钱都不肯放过！"

他冲上去捂住她的嘴，用虎牙在她肩上刻下血印。

不知是否是疼让岑欢恢复了冷静，她一愣，哭了起来。大王紫松开了捂住她嘴的手，对视了几秒，居然和她相拥而泣。

第二天在电话里，大王紫又主动解释了一遍，像是在给岑欢吃定心丸："我早就和她们没有关系了，在遇到你之后。"这种废话般的解释，岑欢很快就信了，这种相信让她在很久以后越发觉得自己愚蠢。她的相信来自大王紫的愤怒，明明做错事的是他，可生气的也是他。岑欢就那么怕人生气吗？她想起斯桀每次好好讲道理的时候，她都听不进去，只会发脾气，但是好像大王紫很懂她，只要大王紫主动发脾气，岑欢就马上败下阵来，他多清楚她对原生家庭发生争吵的那种恐惧啊，只要主动发起争吵的人不是她，她就会格外清晰地感受那份恐惧。

大王紫的语气很无奈："你为什么突然发脾气？你这样让我觉得见到你时没有从前快乐了。"

岑欢在电话那边顿了顿："对不起，但我，好像对你开始认真了。"

兴许是看到岑欢在这场争吵中已经败下阵来，他的语气变软了："我知道你这种独立女性都会压力大，我是要靠接纳你的脾气来爱你的。"这场对话结束时,岑欢答应在下周末的"直播周年庆"里,在直播间给他送五十二架"飞机"。

独立女性的身份真能让女性对自己有认同感吗?岑欢最近也有了新的思考,从来没有男人计较自己是不是独立男性,与她在同一事业高度的男人,在获得金钱和名声后,要么找喜欢的女人生孩子,要么玩得不亦乐乎。但她作为一个女人获得这些时,却发现前方的夜色没有尽头,甚至,她搞不清天是何时黑下来的。

周末一大早,岑欢就往网银绑定的银行卡上打了一万元,大王紫的直播海报早早在榜单上贴了出来,中午还给岑欢发过消息,她手机不断的嘀嘀声让这一整天变得期待而肉麻。凌晨时岑欢点进软件,却在进入直播间的页面停住了。在这个窗口,她看见大王紫在直播间里生龙活虎,又是讲笑话又是唱情歌,只要她不点进去,他就不会发现她来了。岑欢看了看网银上的余额,最终没能下手将它们充值到视频软件的账户里。她关了所有的灯,在黑夜里待了一会儿,注销了账号删除了好友,打开购物软件给自己买了个包。

令岑欢意外但也没有那么意外的是,大王紫没有再联系过她。后来有次她周末购物,再次打开短视频软件,在店家的直播间里领优惠券,在众多直播间推荐列表里,她看到了在热度榜前十的大王紫,现在的他,大概已经有了专业的团队帮他拍摄短视频,从设备成像的质量上就能看得出——这像素很贵。岑欢用这个叫"杜拉斯"的新账号点进他的直播间,不一会儿就收到了他的问候:"你好啊,杜拉斯,今天开心吗?为什么这么晚还不睡?"

"这么多人看你,为什么和我说话?"岑欢隔着屏幕问他,她想起自己刚刚买的奢侈品消费成功的消息，应该已经在主页自动发布了。

"因为你的名字,让我觉得可能有幸福要降临在我身上了。"那张酷似明星的脸眨了下眼睛,笑容比以前更灿烂——他应该是整过牙齿,把那颗虎牙磨平了。

岑欢很快退出了直播间,心里毫无波澜地开始工作,下班时她拨通了电话,对面传来斯桀的声音:"喂, 你怎么想起给我打电话了? "